「科幻推進實驗室」的誕生

雖然生物技術已經越來越高深
可是《科學怪人》的憂慮卻似乎離我們越來越近

雖然「一九八四」已經過去二十幾年
可是人類卻好像越來越走向《一九八四》

偉大的科幻心靈就像宇宙中原子聚合的恆星
發光發熱，照亮銀河中黑暗的角落

「科幻推進實驗室」立志要集合這些既精采又深刻
既娛樂又啓發的科幻傑作，逐年出版

把科幻推進到這個社會
讓我們享受這些非凡想像力所恩賜的心靈奇景

讓我們在娛樂中獲得啓發
在通俗中得到智慧

這就是「科幻推進實驗室」誕生的目標

沙丘系列 003

沙丘救世主

Dune Messiah

法蘭克・赫伯特◎著
蘇益群◎譯

貓頭鷹出版社
科幻推進實驗室

ISBN 978-986-7001-61-0
986-7001-61-0

沙丘系列 003

沙丘救世主

作　　者　法蘭克・赫伯特（Frank Herbert）
譯　　者　蘇益群
主　　編　陳穎青
責任編輯　陳湘婷
校　　對　魏秋綢
特約編輯　魏秋綢、黃鼎純
內文排版　李曉青
發 行 人　凃玉雲
社　　長　陳穎青
總 編 輯　謝宜英
封面構成　林敏煌
封面繪圖　王達人
出　　版　貓頭鷹出版社
　　　　　讀者意見信箱：owl_service@cite.com.tw
　　　　　貓頭鷹知識網：www.owls.tw
發　　行　英屬蓋曼群島商家庭傳媒股份有限公司城邦分公司
　　　　　聯絡地址：104 台北市民生東路二段141號2樓
　　　　　郵撥帳號：19863813／戶名：書虫股份有限公司
　　　　　購書服務專線：02-25007718~9
　　　　　（周一至周五上午09:30-12:00；下午13:30-17:00）
　　　　　24小時傳眞專線：02-25001990~1
　　　　　購書服務信箱：service@readingclub.com.tw
香港發行　城邦（香港）出版集團
　　　　　電話：852-25086231／傳眞：852-25789337
馬新發行　城邦（馬新）出版集團
　　　　　電話：603-90563833／傳眞：603-90562833
印　　刷　成陽印刷股份有限公司
初　　版　2007年7月

定　　價　250元
港幣售價　HK83元

國家圖書館出版品預行編目資料

沙丘救世主／法蘭克・赫伯特（Frank Herbert）著；
蘇益群譯. -- 初版.-- 臺北市：貓頭鷹出版：
家庭傳媒城邦分公司發行, 2007〔民96〕
面；　公分 .--（沙丘系列；3）
譯自：Dune Messiah
ISBN 978-986-7001-61-0（平裝）

874.57　　96009800

【導讀】
憂鬱沙丘，魅影幢幢

政治大學英文系專任講師、作家　伍軒宏

在沙丘系列的第二部，我們看到宇宙級的革命後憂鬱。

多年前，第一次看大衛林區版《沙丘魔堡》電影，還有赫伯特原著小說第一部後，過癮之餘，也相當不安。亞崔迪家族毀滅與復興的故事，無論是小說或電影，都風格厚重詭異，絕對精彩，但也帶著強烈的男性中心傾向。小說出版於反體制、性別關係重整的六十年代，書中的性別政治卻顯得傳統。男性彌賽亞英雄人物的強勢形象，除了使讀者覺得魅力無窮外，也引發質疑。如同最近《三百壯士》一片引起的討論，我們要問，應該如何面對美學上耀眼但文化價值上可疑的文藝作品呢？有趣的是，沙丘系列作者赫伯特似乎也在反思類似的問題。系列的第二部《沙丘救世主》可以說是對彌賽亞情意結的批判，或轉化和深化？

經過一番驚天動地的叛亂後，舊皇朝被推翻，亞崔迪復仇成功，被壓迫民族興起，權力重新分配，宇宙局勢改觀，沙丘也開始綠化。「聖戰」革命帶來慘烈死傷，但得到勝利與和平後，「沙丘救世主」保羅卻不知何去何從。面對自己創建的體制逐漸僵化，保羅越來越覺得疏離、被困。救世主開始質疑救世主的價值。從反抗軍領袖變成皇帝之後，他已經快要被「造」成神，朝聖者前來沙丘星球，絡繹不絕。以他爲名的教會致力於奪權，本土沙漠原住民弗瑞曼人則質疑保羅所帶來的改變。另一方面，他獨佔珍貴的「香料」生產，導致被擊退的舊勢力，包括宇航公會、比吉斯特姊妹會、精於工技的特雷亞拉克斯星球等等，聯合起來密謀顛覆刺殺。而保羅的法定妻子，前朝公主伊如蘭，則立場曖昧，意圖不明。被稱爲「穆哈迪」的救世主保羅身陷重重危機之中。

「聖戰」的狂喜之後，遺留下深層的憂鬱。保羅能夠走出難關嗎？《沙丘救世主》是系列中最薄的一本，也是情節最集中的，展現深入的人物刻畫。除了外面的奪權和陰謀之外，保羅還要處理「血」或「血緣」的問題。法力強大的妹妹阿麗亞愈來愈失控，要如何面對？他必須在愛情與生殖之間做出選擇嗎？愛妾加妮如果生育，要付出什麼代價？他的子嗣可能會帶來什麼？在錯綜複雜的關係之中，赫伯特巧妙運用幾個「鬼魅人物」貫穿情節，有效提供架構，也讓沙丘系列有更多可以思考之處。

鄧肯．艾德荷是亞崔迪家族倚重的軍事人才，是朋友也是兄弟，在沙丘系列第一部中爲救保羅而死，卻在第二部中被保羅的敵人修補恢復身體，送回來當作無法拒絕的「禮物」，實爲密探與刺客。死而復生的艾德荷是違反自然的「死靈」，具有原來的肢體樣貌，但不確定是否保留前身的記憶和感情。艾德荷過去的殘跡是否會被喚醒？他是來自過去的鬼，考驗保羅更新過去的能力。相反的，精於工技的特雷亞拉克斯星球派遣的「變臉者」，是另一種鬼，臉部、身體、聲音、性別都可以任意模仿和變化，但一心一意執行暗殺任務。身份不明，形體不定，「變臉者」像影子一樣，潛伏在沙丘帝國的權力中心，準備適時出手。

受困於自己帝國的保羅，如何面對「死靈」和「變臉者」的威脅，如何褪去一切，離開一切，生死不明，在生死間，成爲遊蕩在沙丘上的魅影，是第二部的主軸。在事件的震盪間，他失去很多，包括所愛的與擁有的，但不算失去一切。受香料的影響，他的孩子，「不等出生，它就將是一個有意識，能思考的獨立實體」，是「未來的孩子」，在身上承擔「他所有的男性祖先」。在科幻頻道拍攝的沙丘影集裡，沙丘之子被刻畫爲催生自己的孩子，把小說裡提到的「胎兒知道時間緊迫」，做了具體的呈現，像是來自未來的鬼魂。最後，留下未來的種子後，塵土歸於塵土，已經遠離沙漠與沙蟲很久的保羅，終於回到沙丘，「和沙海合而爲一」。

從神變成魅影？也許這是赫伯特「解構」救世主的企圖。救世主要放棄文明，走入沙漠，放棄救世主身份，才是眞正的彌賽亞？沙漠是沙丘系列的中心象徵比喻，延續它在西方思想中的深意，是基進並化解一切的位置平面：沙漠中的耶穌只是最有名的例子。赫伯特的科幻史詩探索沙漠的各種意義，而在《沙丘救世主》裡，沙丘與救世主角色的古典結合（也是再度結合），讓我們看到救世主與庶民、體制、權力之間的糾結，還有未來性的議題。法國哲學家德希達說，如果人類對未來的期待可能少不了某種彌賽亞式的屬性，那麼如何去想像「沒有彌賽亞的彌賽亞結構」，也許才能維持未來的未來性。《沙丘救世主》不是解構練習，但它的敘事啓動思索，除了反省《沙丘魔堡》裡的價値，也邀請讀者進入《沙丘之子》與《沙丘神皇》中超出想像的未來。沙漠的未來，未來的沙漠。

【編輯室報告】

法蘭克·赫伯特的沙丘世界

法蘭克·赫伯特是美國知名的科幻小說家，一九二〇出生於美國華盛頓州，從小就立志成爲作家。他曾參加二次大戰，戰後從事過各種稀奇古怪的工作，但以編輯與記者工作居多，甚至他的第二任妻子也是在大學的寫作課上認識的，可明顯看出他對寫作的熱愛。赫伯特在五零年代開始創作並投稿至科幻雜誌，第一篇作品〈Looking for something?〉一九五二年於「Startling Stories」刊出，而那時美國科幻的黃金年代已至尾聲，一度興盛的通俗科幻雜誌正逐漸衰微，該雜誌也於一九五五年停刊。同年赫伯特出版第一本小說《*The Dragon in the Sea*》，書名取自聖經新約〈啓示錄〉，主角是一名心理學家，在二十一世紀東西方爭奪石油的戰爭中，被派到潛艇上執行秘密任務，兩個典型赫伯特探討的主題：宗教與心理，在此都出現了。

沙丘原本並非赫伯特預期的小說題材。他接到一份撰寫雜誌文章的工作，報導美國農業部的一項計畫，要解決奧勒岡州海岸的沙丘問題，如何才能固定住沙丘使其不再移動等等。文章最後沒寫成，卻引起了赫伯特的興趣，他花了六年時間收集大量資料，深入研究構思，終於構成一個龐大世界觀。沙丘世界初次登場於科幻雜誌「類比」（Analog）上，以兩篇短篇的形式出現。後來赫伯特以此爲基礎，重新改寫擴張成長篇，出版過程卻不甚順利，被退稿二十次後才於一九六五年出版，沒想到一出版就大受歡迎，這個長篇就是我們現在看到的《沙丘魔堡》。

在《沙丘魔堡》出版的時候，美國的科幻環境經過多年耕耘培養，已經相當成熟了，不但有一批從小看科幻雜誌長大的忠實讀者，同時也養出許多職業科幻作家，整體無論在文學性或是故事設計與深度上，都進入另一個層次。《沙丘魔堡》正是其中傑出作品，最大的特色就是整個沙丘世界的設定，它建立了一個讀者完全不熟悉的異世界，書中非常詳實地描寫這個世界特異的環境、政治、宗教、習俗，這些不只是背景，也深深滲入角色的思想行為之中，影響故事的發展；而赫伯特敘述故事的全知角度，彷彿在紀錄歷史，更增添了全書的眞實感。這樣完整的世界設定，難怪許多人第一個想到的相仿作品便是《魔戒》了。

而在深厚的異文化設定之外，《沙丘魔堡》又包含了許多復古的元素，如果說《星際大戰》是開著太空船的西部牛仔，那麼《沙丘魔堡》就是中世紀宮廷鬥爭的宇宙版，通俗小說中的動作打鬥、叛變、權謀、家族世仇等戲劇元素，書中幾乎一樣不少，爲故事添加了強大的張力。赫伯特自己也把這個救世主的故事視爲一場「大戲」，裡面有煽動家、狂信者、各種各樣的角色一起登台演出。這來源於赫伯特的一個理論，他認爲超級英雄其實是人類的災難，無論這個超級英雄再怎麼完美，他的周圍會形成一種權力結構，而這權力結構最後必定被不完美的凡人掌控，最後導致災難，類似的事情在人類歷史上周而復始地發生。所以當赫伯特撰寫沙丘報導時，他意識到生態學很可能是下一面煽動家揮舞的正義大旗，也可以是英雄展開聖戰的舞台。《沙丘魔堡》也是第一個以生態學作爲主要元素的科幻小說，現在地球暖化與資源耗盡的問題逐漸成爲顯學，赫伯特在四十年前的科學樂觀年代竟能提出這一點，觀察確實非常敏銳。

《沙丘魔堡》另一個有趣的地方是，作爲一部科幻小說，裡面卻有很多一般認爲很不科學的東西，包含宗教、預言、「東方神秘思想」等等。這些點在改編的電影與影集中可能不甚清楚，但是赫伯特在小說中的態度其實非常明顯，他根本就把這些東西當作人爲產物看待。宗教是爲政治目服務而特地散播的思想，「救世主」是經過精密計算的基因組合產生，咒語是催眠的秘密口令，香料的預言能力是服用後的化學反應，思想者「門塔特」本身沒有特殊能力，只是經過長期訓練以排除感情模擬電腦思維。可以說整本書裡根本沒有超自然的「神秘」，只有許多被掩飾的「未知」。另一方面由於未來的各種可能已然可見，書中角色常常是在努力對抗「命運」，手中唯一的武器就是理性的思想和行爲，相形之下顯得無助且無力。沙丘的世界非常現實冷酷，各種勢力就像動物在原始叢林中，使盡全力爲了生存搏鬥，只是經過文化提昇後，手法更細緻，所及層面也更擴大。

赫伯特在《沙丘魔堡》之後的二十年間，又陸續出版五本續集，構成一個龐大完整的世界，前三本連續的故事圍繞著救世主「穆哈迪」保羅·亞崔迪，通常以三部曲合稱，而後三本的故事則跳至三千年後。由於豐富的故事元素、強烈的視覺特點以及其深受歡迎的事實，沙丘常有影視作品改編，最廣爲人知也最不叫座的，就是一九八四年由名導大衛林區導演的同名電影，後來科幻頻道將三部曲改拍成兩部影集，電視播出時相當受到好評。《沙丘魔堡》也三度改爲電腦遊戲，其中一九九二年由開發「終極動員令」系列（Command and Conquer，簡稱C&C）的Westwood Studios製作的「沙丘魔堡2」，成爲公認的即時戰略遊戲鼻祖。

赫伯特在一九八六年去世，他的兒子布萊恩·赫伯特繼承遺志，以父親留下的大量資料爲本，與專業科幻作家凱文·安德森聯手續寫沙丘故事。而沙丘迷的熱情始終不墜，《沙丘魔堡》首次出版四十餘年後的今天，依然有無數新舊讀者，一起沉浸在赫伯特的沙丘世界中。

（陳湘婷執筆）

沙丘作品列表（部份）

法蘭克·赫伯特著作

經典沙丘系列

沙丘魔堡（Dune, 1965）
沙丘救世主（Dune Messiah, 1969）
沙丘之子（Children of Dune, 1976）
沙丘神皇（God Emperor of Dune, 1981）
沙丘異教徒（Heretics of Dune, 1984）
沙丘大會堂（Chapterhouse: Dune, 1985）

布萊恩·赫伯特與凱文·安德森著作

沙丘前傳系列

亞崔迪家族（Dune: House Atreides, 1999）
哈肯尼家族（Dune: House Harkonnen, 2000）
柯瑞諾家族（Dune: House Corrino, 2001）

沙丘傳奇系列

沙丘：巴特蘭聖戰（Dune: The Butlerian Jihad, 2002）
沙丘：機器戰爭（Dune: The Machine Crusade, 2003）
沙丘：柯瑞諾戰役（Dune: The Battle of Corrin, 2004）

接續經典：沙丘第七集

沙丘獵人（Hunters of Dune, 2006）
沙丘沙蟲（Sandworms of Dune, 2007）

前情提要

宇宙中最貧瘠的行星阿拉吉斯，人稱沙丘，由於出產可使人預見未來，並且延長壽命的香料，成為兵家必爭之地。萊托·亞崔迪公爵受皇帝之命接管阿拉吉斯，然而公爵和其側室潔西嘉夫人，一位受過嚴格身心訓練的比吉斯特成員，都知道其中必有蹊蹺。

果然，亞崔迪家族的死敵哈肯尼家族脅迫公爵手下反叛，公爵因此身亡，潔西嘉與其子保羅勉強逃出，加入沙丘星原住民弗瑞曼人的部族。由於大量攝取香料，保羅的潛在能力爆發，瞭解到他就是數千年來基因育種計畫的完美產物，可以了解過去並窺視未來無限可能，使他決心帶領宇宙走向生存之路；潔西嘉為了成為弗瑞曼人宗教中的聖母，在儀式中飲用毒水，使得她的女兒，公爵的遺腹女阿麗亞，尚未出生便擁有歷代聖母的記憶與智慧。

生活在沙漠中的弗瑞曼人世代處於極端缺水的環境，希望有朝一日能綠化行星，但各大家族為了確保香料的收益，對他們強力鎮壓，於是他們將希望寄託在保羅身上。在弗瑞曼人的幫助下，阿麗亞手刃哈肯尼公爵報了父仇，發動陰謀的皇帝也被迫下台，保羅迎娶公主伊如蘭以登基為王，一場橫掃宇宙的聖戰就此展開……

沙丘救世主

Dune Messiah

死囚牢房與伊克斯的布朗森談話

問：是什麼促使你用這種方法研究穆哈迪的歷史？

答：我為什麼非得回答你的問題？

問：因為我會把你的話保存下來。

答：啊哈！對一個歷史學家來說，絕對有吸引力！

問：這麼說，你願意合作了？

答：為什麼不呢？可是你永遠不會明白我的歷史分析法的靈感來自什麼地方。永遠不會。你們這些教士顧忌太多，惟恐……

問：給我一個機會吧。

答：你？這個，話又說回來……為什麼不呢？我是被這顆行星那種毫不起眼、一覽無遺的外觀給迷住啦，大家都叫它：沙丘。請注意，不是阿拉吉斯，是沙丘。沙丘的歷史令人著迷，因為它的沙漠，還因為它是弗瑞曼人的發源地。從前的歷史研究主要集中在當地習俗上。這些習俗源自水的匱乏，以及弗瑞曼人半流浪的生活方式。那些人穿著一種蒸餾服，能回收身體排放的絕大部分水分。

問：這些難道不是事實嗎？

答：表面的事實，但忽略了表面之下的東西。這就等於……試圖理解我出生的行星，伊克斯星，僅僅知道這個名字，卻不知道名字的來源：它是我所在的太陽系的第九顆行星。不……不。不能簡單地把沙丘看成風暴肆虐之地，問題也不僅僅在於巨大的沙蟲所造成的威脅。

問：但對住在阿拉肯的人來說，這些東西是最關鍵的！

答：關鍵？當然。但這些東西使星球景色單一，一成不變，而沙丘星本身也成了一顆只有一種作物的星球，那就是香料。它是香料、香料粹唯一的出產地。

問：是這樣。我們就來聽聽你對神聖的香料的闡述。

答：神聖？香料和所有神聖的東西一樣，一隻手給出，另一隻手又收回。它能延長壽命，老手們還能靠它預測未來。但它也會使你成爲癮君子，其標誌就是那雙像你一樣的眼睛：全部變成藍色，沒有一點眼白。你的眼睛，你的視覺器官，成了沒有對比的一體，看起來只有一片藍。

問：把你帶進這間牢房的正是這些異端邪說！

答：把我帶進這間牢房的是你們這些教士。你也和其他所有教士一樣，很早就學會了把眞理稱爲異端邪說。

問：你之所以被帶到這裡，是因爲你竟敢說保羅·亞崔迪喪失了人性中某些至關重要的東西，這才得以成爲穆哈迪。

答：是啊，他沒有在哈肯尼戰爭中失去父親，鄧肯·艾德荷也沒有犧牲自己的性命讓保羅和潔西嘉夫人得以逃脫。

問：你的憤世嫉俗態度將被記錄在案。

答：憤世嫉俗！這個罪名當然比異端邪說更厲害囉。但你要知道，我不是眞正的憤世嫉俗者，只不過是一個觀察者、評論者。我在保羅身上看到了眞正的高貴，當他帶著懷孕的母親逃亡沙漠的時候就看到了。自然，她既是一筆巨大的財富，也是一個負擔。

問：你們這些歷史學家的討厭之處就在於不肯放過一點瑕疵。你在聖穆哈迪身上看到了高貴，卻非要附上一個譏諷的註腳。難怪比吉斯特姐妹會同樣公開譴責你。

答：你們這些教士做得很好，把比吉斯特姐妹會扯來作藉口。可是她們之所以能夠留存至今，同樣是因爲掩飾了自己的所作所爲。但有一個事實是她們掩蓋不住的：潔西嘉夫人是一個受過比吉斯特訓練的高手，還用比吉斯特的方法訓練了自己的兒子。我的罪過就在於把這件事當成一個現象來加以研究，並且詳細論述了穆哈迪得自於她們的心靈異術和遺傳基因。你們不希望讓大家注意到穆哈迪首先是姐妹會尋覓已久，並且希望將其控制在自己手中的救世主，是她們的科維扎基·哈得那奇，之後才是你們的先知。

問：如果對你的死刑判決還有最後一絲猶豫的話，現在你已經把它完全消除了。

答：可惜我只能死一次。

問：死亡有這種方式，也有那種方式。

答：你們可得當心了，別讓我一不小心成了烈士。我不認爲穆哈迪會……告訴我，穆哈迪知道你們在這些地牢裡做的勾當嗎？

問：我們不會拿這些瑣事去打擾神聖家族。

答：（大笑）保羅·亞崔迪奮鬥不已，成了弗瑞曼人神龕上的人物，到頭來竟然落得如此下場！學會控制和駕馭沙蟲，爲的難道就是這個？我眞不該回答你的問題。

問：但我還是會信守諾言，把你的話保存下來。

答：眞的嗎？那你仔細聽好了，你這個退化變種的弗瑞曼人，這個眼中除了自己沒有其他神明的教士！你不懂的事太多了。正是弗瑞曼人的宗教儀式，使保羅首次服用了大劑量的香料粹，由此開啓了他的預知性幻象。同樣是弗瑞曼人的宗教儀式，而且同樣因爲香料粹，喚醒了潔西嘉夫人子宮中尚未出世的阿麗亞。嬰兒阿麗亞，一降生到世間便擁有全部的成熟的意識能力，擁有母親的所有記憶和知識。你知道對她來說，這意味著什麼嗎？比強姦的蹂躪更加可怕。

問：如果沒有神聖的香料粹，穆哈迪就不可能成爲弗瑞曼人的領袖。沒有神聖的經歷，阿麗亞也不可能成爲阿麗亞。

答：如果沒有弗瑞曼人的盲目暴虐，你也不可能成爲教士。哈哈，我懂你們弗瑞曼人了。你們把穆哈迪看成自己人，因爲他和加妮同床共枕，並且接受了弗瑞曼習俗。但他首先是亞崔迪家族的人，還受過比吉斯特高手的訓練。他的那些修爲你們根本弄不懂。你們自以爲他帶來了新組織，負有新使命。他也向你們許諾，要把這個蠻荒乾涸的星球變成碧波蕩漾的樂園。他用這樣的幻境迷惑你們，他奪去了你們的純眞！

問：你的歪理邪說改變不了沙丘上生態變革正在飛速發生這個事實。

答：我的歪理邪說是要挖出變革的根源，研究它帶來的後果。在阿拉肯平原上發生的那場戰爭或許可以昭告世人，弗瑞曼人能夠擊敗薩督卡軍團。但除此之外，它還能說明什麼？柯瑞諾家族的星際帝國變成了穆哈迪統治下的弗瑞曼帝國，除此之外又有什麼變化？你們的聖戰只花了十二年的時間，但它帶給我們多麼深刻的教訓啊。現在帝國的臣民終於理解了穆哈迪和伊如蘭公主這場虛僞婚姻的本質。

問：你膽敢指責穆哈迪虛僞！

答：你可以殺了我，可是我不是信口胡說。公主只是他的配偶，不是伴侶。加妮，他那小巧的弗瑞曼愛人，才是他眞正的伴侶。這是眾所周知的事。伊如蘭只不過是他登上皇位的一把鑰匙，僅此而已。

問：難怪所有陰謀反叛穆哈迪的人都把你的歷史分析作爲理由！

答：我說服不了你，這一點我清楚。但在我的歷史分析之前，陰謀反叛照樣有理由。穆哈迪發動的十二年聖戰就是理由。正是它促成了古老的權力階層的聯合，激起了對穆哈迪的反叛。

※　※　※

如此豐富多彩的傳說把保羅·穆哈迪，這個門塔特皇帝，及其妹妹阿麗亞層層包裹起來。透過這些面紗認識他們的真相是非常困難的。但畢竟，世界上確實存在過一個叫保羅·亞崔迪的男人和一個叫阿麗亞的女人。他們的肉體受制於空間和時間。雖然預知的力量使他們可以超越一般的時空限制，可是他們仍然屬於人類這一種屬。他們經歷過真實的事件，在真實的宇宙中留下了真實的痕跡。要真正理解他們，就必須明白，他們的災難也是所有人類的災難。這本書不是寫給穆哈迪的，或者他的妹妹的。而是寫給他們的後代——我們所有的人。

——《穆哈迪語錄索引》題辭，摘自穆哈迪神靈教《塔布拉回憶錄》

穆哈迪帝國統治時期出現的歷史學家，比人類歷史上其他任何時期都多得多。多數人特別提到了這個人的妒忌和狹隘，同時也談到了他的特殊影響：在許多個世界喚起了人們的某種激情。

自然，這個人物的形成，既有歷史因素，也有外人想像的因素。此外，他已經被理想化了。這個叫保羅·亞崔迪的人出生於古老的皇族世家，從比吉斯特母親潔西嘉夫人那裡接受過正宗的體能一心智訓練，對明點脈序具有超凡的控制力。不僅如此，他還是一個門塔特，一個才智非凡的人，其威力遠遠超過了為古人所用、現在已被虔誠的教徒所禁止的電腦。

最重要的是，穆哈迪是比吉斯特姐妹會育種計畫找尋了幾千代的科維扎基·哈得那奇。

科維扎基·哈得那奇，這個可以「同時處於不同時空」的人，這個先知，這個比吉斯特姐妹會期望通過他控制人類命運的人——這個人成了穆哈迪皇帝，並且和他的手下敗將帕迪沙皇帝的女兒結為連理。

想想這些相互矛盾的事實，想想其中孕育的失敗因素。你一定讀過別的歷史著作，知道那些眾所周知的事實：穆哈迪領導的弗瑞曼野蠻人確實推翻了帕迪沙・沙德姆四世；他們摧毀了督薩卡軍團、大家族聯盟軍、哈肯尼部隊，以及立法會用金錢買來的雇傭軍；他迫使宇航公會屈服，並且把自己的親生妹妹阿麗亞送上了比吉斯特姐妹會原以為屬於自己的宗教最高寶座。

這些他全做到了，還不止於此。

穆哈迪的奇扎拉教團傳教士使宗教戰爭遍及宇宙，這次聖戰的主要戰事只延續了十二個標準年，但這段時間已經足以使他的宗教殖民主義統治大部分人類宇宙。

之所以能做到這一切，是因為他得到了阿拉吉斯星，這顆通常被人們稱作沙丘的行星。這顆行星使他壟斷了人類宇宙的終極貨幣：古老的香料及香料粹，能將新生賦予人們的毒藥。

這就是那種被理想化的歷史的另一個重要的組成部分：一種可以破解時間限制的超自然化學物質。沒有香料粹，比吉斯特姐妹會的聖母們不可能實施對人類的觀察和控制；沒有香料，宇航公會的領航員們也不可能穿越太空；沒有香料粹，數以十億計的帝國公民就會死於毒癮發作。

沒有香料粹，保羅穆哈迪也不可能預知未來。

我們知道，掌握無上權力的一刻便孕育了失敗。原因很簡單：精確而全面的預知是致命的。

除了被理想化的歷史，另一類史書認為，穆哈迪敗於那些顯而易見的陰謀分子之手：宇航公會、比吉斯特姐妹會、耍弄變臉魔術的特雷亞拉克斯漠視道德的科學家。還有一些史家指出，擊敗穆哈迪的是其家族中的內奸。他們用沙丘塔羅牌干擾了穆哈迪的預知能力。其中一些人還信誓旦旦地說穆哈迪接受了死靈的服務。這種死靈是復活的死者，接受了專門消滅他的訓練。他們斷言，這個死靈就是鄧肯・艾德荷，那個亞崔迪家族的助手，為拯救年輕的保羅獻出了生命。

他們勾勒出了一個頌詞作者柯巴所領導的奇扎拉僧侶陰謀集團，他們引導我們一步一步地分析柯巴的計畫，從而將穆哈迪塑造成一個殉道者，並將一切罪名安在他的弗瑞曼嬪妃加妮頭上。可是，所有這些，怎麼能解釋歷史上眞實發生的事實？不能。唯有瞭解預知能力的危險本質，才能眞正弄清楚穆哈迪那威力無比、遠見卓識的魔力是如何失敗的。我們希望，其他歷史學家將從我們的闡釋中獲益。

——《歷史分析》：伊克斯的布朗森評穆哈迪。

※　※　※

眾神和人沒有分別，其中一種往往會不知不覺間融入另一種。

——《穆哈迪語錄》

從本質上說，他所致力的陰謀是一場謀殺。特雷亞拉克斯變臉者斯凱特爾心中一陣陣後悔不已。

讓穆哈迪悲慘地送命，我會後悔的。他對自己說。

他小心翼翼地在同謀們面前隱藏起自己的善意，但內心這種感受告訴他，他更容易認同受害者，而非謀殺者。這是特雷亞拉克斯人的典型心態。

斯凱特爾站在那裡凝神沉思，和別的人保持著一段距離。關於精神毒藥的討論已經進行了一段時間。討論進行得如火如荼，但強橫中不失文雅。這是出身於各個高級訓練學校的高手們慣用的處事手段。

「如果你以爲已經一劍刺穿了他，最後一定會發現他毫髮無傷！」

說這話的是比吉斯特的老聖母凱斯·海倫·莫希阿姆，瓦拉赫九號行星上接待他們的女主人。她披著黑色弗瑞曼女式長袍，骨瘦如柴。一個乾癟的醜老太婆，一個女巫。她坐在斯凱特爾左邊的懸浮椅上，長袍的兜帽甩在背後，露出銀色的頭髮和蒼老粗糙的臉。骷髏似的臉上，一雙眼睛從深陷的眼窩向外逼視。

他們說的是米拉哈薩語，子音發出來像彈手指的聲音，母音則相互連接，混淆不清。可是它卻是表達細微感情的絕好工具。宇航公會領航員艾德雷克的回答是一聲禮貌的冷笑，文雅地表示出自己的輕蔑。

斯凱特爾看了看這個宇航公會的代表。艾德雷克正飄浮在幾步外裝滿橘紅色氣體的箱子裡。他的箱子放在圓頂屋的中央，而圓頂屋則是比吉斯特姐妹會特地爲這次會談建造的。宇航公會的這個傢伙身材細長，有魚鰭樣的腳，長著蹼的大手——活脫脫一條海洋中的怪魚。箱子的排氣口散發出一片淡淡的橘紅色霧靄，充滿香料粹的沉暮之氣。

「如果沿著這條路走下去，我們都要因愚蠢而亡！」

說話的是在場的第四個人，這場陰謀的潛在成員，伊如蘭公主，他們的敵人的妻子（不是眞正的伴侶，斯凱特爾提醒自己）。她站在艾德雷克箱子的旁邊，是一位高個子金髮美人，身穿莊重華貴的藍鯨皮袍，頭戴與之相配的帽子，耳朵上的金耳墜閃閃發光。她的一舉一動無不透露出貴族的倨傲，內斂圓熟的面部表情透露出比吉斯特訓練的背景。

斯凱特爾不再琢磨這些人語言和面部表情中的細微暗示，轉而琢磨起這間圓頂屋所處的位置來。圓屋四周都是山丘，上面的白雪已經融化，疥癬一樣斑駁不一。小小的藍白色太陽高高掛在天頂，灑下一片濕漉漉的藍色碎影。

爲什麼選在這個地方？斯凱特爾很迷惑。比吉斯特姐妹會做任何事都自有目的。就拿開闊的圓頂屋來說吧：傳統的狹窄空間也許會使易患幽閉恐怖症的宇航公會領航員感到神經緊張。從降生之初，這些人的心理就只適應浩瀚的太空和遠離星球地表的生活。

可是，專門爲艾德雷克建造這麼一個地方？眞是一針見血，毫不留情地點出他內心深處的虛弱。

斯凱特爾想，這裡會不會有什麼專門爲我而建的東西？

「難道你就不想說點什麼嗎，斯凱特爾？」聖母詢問道。

「你希望把我攪進這場愚蠢的爭鬥？」斯凱特爾問，「沒錯，我們對抗的確實是一位潛在的救世主。對這樣一個人，千萬不能正面攻擊。否則必然會湧現出一大批殉教者，而這些人終將擊敗我們。」

他們全都盯著他。

「你只想到了這種危險？」年邁的聖母喘息著，用嘶啞的聲音問道。

變臉者斯凱特爾聳聳肩。他專門爲這次會議挑選了一張平淡無奇的圓臉，厚厚的嘴唇，好脾氣的五官，身體胖胖的，像一個可愛的水果布丁。對同謀者的表情做過一番研究之後，他發現自己的選擇非常明智——也許是出於直覺吧。在這個小團體中，只有他能在身體形狀和容貌的「寬闊光譜」中任意穿行，操縱自己的肉體外表。他是人類變色龍，一個變臉者。現在這個樣子容易讓別人很輕鬆地接受自己。

「是嗎？」聖母催問道。

「我喜歡沉默。」斯凱特爾說，「我們的敵意最好不要公開表現出來。」

聖母縮了回去。斯凱特爾發現她在重新審視自己。雙方都受過高深的明點脈序控制訓練，控制力已經達到常人無法逾越的程度。但斯凱特爾還是個變臉者，擁有其他人根本不具備的肌肉和神經腱。

除此之外，他還有一種特殊的交感能力。這是一種極其深入的模仿力，憑藉這種能力，他能夠如同模仿另一個人的外貌一般，模仿對方的心理。

斯凱特爾給了她足夠長的時間完成對自己的重新審視，這才開口。「這是毒藥！」他說出這個詞的時候，音調平板到極點，表明唯有他自己才明白其中的神祕含意。

宇航公會領航員身體一動，閃閃發光的揚聲球裡傳來他的聲音。揚聲球飄浮在箱子的側上方，位於伊如蘭頭頂上方。「我們說的是精神毒藥，不是有形的毒藥。」

斯凱特爾朗聲大笑起來。米拉哈薩語的笑聲能使對手備受折磨，而此時的斯凱特爾已經不再顧忌暴露自己的力量。

伊如蘭也讚賞地微笑著。但聖母的眼角卻流露出一絲不易察覺的惱怒。

「不要笑了！」莫希阿姆用粗啞的嗓門厲聲道。

斯凱特爾的笑聲止住了，他已經吸引了大家的注意力。艾德雷克氣憤地一言不發，聖母的不滿中帶著警覺。伊如蘭被逗樂了，卻還不明白這是怎麼回事。

「我們的朋友艾德雷克這是暗示說，」斯凱特爾說，「你們兩位比吉斯特女巫雖然精通種種本門異術，但還沒有見識過他所顯露的眞正的欺騙誘導之術。」

莫希阿姆轉過頭去，凝視著比吉斯特本部星球寒冷的山丘。她開始意識到問題的關鍵了，斯凱特爾心想，這很好。不過，伊如蘭卻仍然沒發現問題所在。

「你到底是不是站在我們這一邊，斯凱特爾？」艾德雷克問，那雙齧齒動物般的小眼睛直勾勾地盯著他。

「問題不在於我的忠誠。」斯凱特爾說，一邊繼續看著伊如蘭，「您還在舉棋不定，公主。您還沒決定，冒了很大風險，跨過這麼多秒差距的距離，到底是爲了什麼。我說得對嗎？」

她點點頭。

「您是和一條類人魚來一番陳詞濫調，或者和一個肥胖的特雷亞拉克斯變臉者鬥嘴的嗎？」斯凱特爾問。

她離艾德雷克的箱子遠了點，厭惡地搖搖頭。她不喜歡那股濃重的香料粹味。艾德雷克趁機朝嘴裡扔了一粒香料丸。斯凱特爾看著他咀嚼著香料粹，吮吸著它，無疑最後還會吞下它。這是可以理解的，因爲香料能提升領航員的預知能力，使他們得以駕駛宇航公會的巨型運輸艦以超光速的速度在宇宙間翱翔。在香料的作用下，他能發現飛船的未來航線，避免可能的危險。現在，艾德雷克嗅到了另一種危險，但他的預知能力卻不能告訴他危險來自何處。

「我到這兒來或許是個錯誤。」伊如蘭說。

聖母轉過身，睜大了眼睛，然後閉上。這個姿勢很像一頭好奇的爬行動物。

斯凱特爾的目光從伊如蘭轉向那只箱子，以此讓公主明白自己的觀感，與自己取得共識。她會看出來的，斯凱特爾想，會看出艾德雷克是一個多麼令人噁心的傢伙：眼光冒失無禮，手腳畸形怪異，在氣體中緩慢游動，周身還繚繞著橘紅色的煙霧。她會對他的性習慣產生好奇，會想，和這樣一個怪物交配該是多麼詭異。到了這個時候，就連爲艾德雷克再造太空失重狀態的力場發生器也會讓她厭惡不已。

「公主殿下，」斯凱特爾說，「正是因爲這位艾德雷克，您丈夫的靈眼才無法看到某些事，包括現在正在發生的這件事……據說是這樣。」

「據說。」伊如蘭說。

聖母閉著眼睛點點頭。「即使是擁有預知能力的人，也並不怎麼瞭解這種能力。」她說。

「身爲宇航公會的資深領航員，我有預知能力。」艾德雷克說。

聖母再次睜開眼睛。這一次，她的目光射向了變臉者，帶著比吉斯特特有的、具有強烈穿透力的眼神。她在仔細權衡。

「不，聖母，」斯凱特爾喃喃自語，「我不像我的外表那樣簡單。」

「我們不瞭解這種第二視覺。」伊如蘭說，「但是有一點，艾德雷克說我丈夫不能看見、知道或者預測領航員的影響範圍內所發生的事件。但這個範圍到底有多大呢？」

「我們這個宇宙中有些人、有些事，我只能通過結果才能知道。」艾德雷克說，他的魚嘴抿成了一條細線，「我知道它們一直在這兒……那兒……或者某個地方。就像水下生物在行進中泛起層層漣漪，預知者也會攪動時間的波濤。你丈夫看見的，我也能看見；但我永遠看不見他本人，也看不見那些他忠心相待的同道者。高手總能把自己人隱藏得很好。」

「但伊如蘭不是你的人。」斯凱特爾說著，看了看站在旁邊的公主。

「我們都知道，這場小陰謀只有在我在場的情況下才能安排。」艾德雷克說。

伊如蘭的口氣像在描述一台功能卓越的機器：「你當然有你的用處，這是顯而易見的。」

她現在終於明白他是什麼東西了，斯凱特爾想。*很好！*

「未來正在塑造之中，並未定型。」斯凱特爾說，「記住這一點，公主殿下。」

伊如蘭瞥了一眼變臉者。

「保羅忠心相待的同道者。」她說，「當然是那些披著他的戰袍的弗雷曼軍團戰士。我見過他為他們昭告預言的情景，聽過他們向穆哈迪歡呼的聲音，他們的穆哈迪。」

她終於明白了，斯凱特爾想，*她是在這兒受審，判決有待作出。可能保全她，也可能消滅她。她看出了我們為她設下的圈套。*

斯凱特爾的目光和聖母對視了一瞬。他突然產生了一種奇怪的感覺：她和他一樣，也看出了伊如蘭此刻的心思。自然，比吉斯特姐妹會已經把情況向公主做了簡要介紹，給她灌足了迷魂湯。但到了最關鍵的時刻，比吉斯特姐妹會的人總是相信自己的訓練和直覺。

「公主殿下，我知道您最想從皇帝那兒得到什麼。」艾德雷克說。

「誰會不知道？」

「您想做奠定世代皇朝的國母。」艾德雷克說，彷彿沒聽見她的話，「除非加入我們，否則休想做到。相信我的預言吧。皇帝因爲政治的原因娶了您，可是您永遠不能和他享受床第之歡。」

「這麼說來，預言者也是窺淫癖。」伊如蘭譏諷道。

「皇帝更寵愛他的弗瑞曼小妾，而不是您！」艾德雷克有些氣急敗壞。

「可是她並沒有給他生出皇位繼承人。」伊如蘭說。

「理智總是感情衝動的第一個犧牲品。」斯凱特爾喃喃自語。他察覺到了伊如蘭的怒火，看出自己的誘導起到了作用。

「她沒有給他生出皇位繼承人。」伊如蘭說，竭力保持鎮靜，「是因爲我在給她祕密使用避孕藥品。這下你該滿意了吧？」

「這種事兒讓皇帝發現可不太好。」艾德雷克微笑著說。

「我早就把搪塞的話準備好了。」伊如蘭說，「他或許會察覺到眞相，可是有些謊言比眞相更易於讓人信服。」

「您必須做出選擇，公主殿下。」斯凱特爾說，「但要明白怎麼才能保護您自己。」

「保羅對我是公平的。」她說，「我在他的國務會議裡有一席之地。」

「您當了他十二年的公主妻子。」艾德雷克問，「他是否向您表示過一絲一毫的溫存？」

伊如蘭搖搖頭。

「他利用那夥弗瑞曼暴徒罷黜了您的父親，爲登上皇帝寶座娶了您，但他永遠不會讓您成爲眞正的皇后。」艾德雷克說。

「艾德雷克想跟您打感情牌，公主殿下。」斯凱特爾說，「眞有意思。」

她向變臉者掃了一眼，看見了他臉上大膽的笑容，於是抬了抬眉毛表示回應。斯凱特爾知道，現在她完全明白是怎麼回事了。如果她讓這次會議置於艾德雷克的支配之下，那麼他們的密謀，以及此時此刻發生的所有事情，或許都能逃過保羅的靈眼。可如果她暫且不做出承諾……

「公主殿下，」斯凱特爾說，「艾德雷克似乎對密謀的事管得太多了，您覺得呢？」

「我早已表示，」艾德雷克說，「我將尊重會議做出的最佳決斷。」

「哪種決斷最佳，誰來裁決？」斯凱特爾問。

「難道你希望讓公主在沒有做出加入我們的承諾之前離開這裡嗎？」艾德雷克問。

「他只是希望她的承諾確實發自內心。」聖母喝道，「我們之間不應該相互欺詐。」

斯凱特爾看出伊如蘭已經放鬆下來，雙手插進袍袖，認眞思考著。她現在一定在想艾德雷克拋出的誘餌：成爲奠定世代皇朝的國母！她還會想，密謀者會提出什麼計畫，以保護他們自己免遭來自她本人的打擊。她需要掂量權衡的方面很多。

「斯凱特爾，」片刻之後，伊如蘭說，「據說你們特雷亞拉克斯人有一種奇特的榮譽體系：必須給你們的獵物留一條逃生之路。」

「只要他們能找到。」斯凱特爾表示同意。

「我是你們的獵物嗎？」伊如蘭問。

斯凱特爾爆發出一陣大笑。

聖母哼了一聲。

「公主殿下，」艾德雷克說。聲音很輕，充滿誘惑，「不用怕，您已經是我們的人了。難道您不是在替您的比吉斯特上級監視皇室的一舉一動嗎？」

「保羅知道我會把資訊洩漏給我的老師。」她說。

「難道您不曾提供一些皇室的把柄，使反對派有了更加有力的宣傳口實，以反對您的皇帝嗎？」艾德雷克問。

他沒有用「我們的」皇帝，斯凱特爾注意到，用的是「您的」皇帝。以伊如蘭接受的比吉斯特訓練，她絕不會忽略這個細節。

「關鍵是力量，以及如何運用力量。」斯凱特爾說著，慢慢靠近宇航公會領航員的箱子，「我們特雷亞拉克斯人相信，宇宙的萬事萬物中，只有追求物欲的衝動是唯一恒定不變的力量。這種力量通過學習種種經驗教訓，不斷壯大自己。聽好了，公主殿下，這種力量始終在學習。而這種不斷學習的動能，我們才稱之為力量。」

「你們還是沒有說服我，證明我們能夠擊敗皇帝。」伊如蘭說。

「我們甚至沒有說服自己。」斯凱特爾說。

「無論我們轉向何方，」伊如蘭說，「總會面對他的魔力。他是科維扎基·哈得那奇，一個可以同時處於不同時空的人；他是穆哈迪，對奇扎拉教團的傳教士來說，他的每一個心血來潮的念頭都是不可抗拒的命令；他是一名門塔特，其大腦遠遠超過最優秀的古代電腦；他還是弗瑞曼軍團的穆哈迪，可以命令他們殺光星球上所有的人類；他擁有能看破未來的靈眼，還有我們比吉斯特孜孜以求的基因模式……」

「這些我們都知道。」聖母插話說，「而且我們還知道更不妙的事：他的妹妹，阿麗亞，也有這種基因模式。可是他們也是人，兩個人都是。因此，他們也有弱點。」

「但這些弱點在哪兒？」變臉者問，「我們能在他的宗教聖戰軍團中找到嗎？皇帝的奇扎拉僧侶會反叛他嗎？抑或是大家族的那些當權者？立法會除了要耍嘴皮子還能做什麼？」

「我認爲是宇聯公司。」艾德雷克說，在箱子裡轉了個身，「宇聯公司是做生意的，永遠逐利而行。」

「也可能是皇帝的母親，」斯凱特爾說，「潔西嘉夫人。她留在卡拉丹星球，但和兒子的聯繫十分頻繁。」

「那條背信棄義的母狗。」莫希阿姆說，聲調平淡，「我眞想剁掉這雙訓練過她的手。」

「我們的陰謀需要一個入手處，一個可以操縱對方之處。」斯凱特爾說。

「可是我們並不僅僅是陰謀家。」聖母反駁道。

「啊，是的。」斯凱特爾表示同意，「我們精力過人且聰明好學，是希望的曙光，人類必將因此獲得拯救。」他用演說的方式說出這番話，說得鏗鏘有力。對特雷亞拉克斯人來說，這或許是最極端的諷刺了。

只有聖母理解了話中的奧妙。「爲什麼？」她問，問題直指斯凱特爾。

變臉者還沒來得及回答，只聽艾德雷克清了清喉嚨，說道：「我們別玩弄這些愚蠢的玄學遊戲了。所有哲學問題只有一個：『萬物爲什麼存在？』而所有的宗教、商業和政治的問題也只有一個：『誰擁有權力？』所謂同盟、聯合、協作等等諸如此類的東西，都是假的，除非爲了追求權力。權力之外的一切全是鬼扯，最有思考能力的人都知道這一點。」

斯凱特爾朝聖母聳聳肩。艾德雷克已經代他回答了這個問題。這個自以爲是的傻瓜，是他們最大的弱點。爲了確信聖母能理解自己的意思，斯凱特爾說道：「好好聽聽導師的教誨吧。人都需要受教育。」

聖母緩緩點頭。

「公主殿下，」艾德雷克說，「選擇吧。你已經被選擇出來，成為命運的工具，你是最優……」

「把你的讚譽留給那些喜歡聽奉承話的人吧。」伊如蘭說，「早些時候，你提到了一個鬼魂，一個亡靈，說我們可以把它當成毒藥，用它毒害皇帝。說說這到底是怎麼回事。」

「讓亞崔迪家族的人自己打敗自己。」艾德雷克得意洋洋地說。

「不要賣關子了！」伊如蘭厲聲說，「這個鬼魂是誰？」

「一個不同尋常的鬼魂。」艾德雷克說，「它有肉體，還有名字。肉體……是赫赫有名的劍客鄧肯．艾德荷。至於名字嘛……」

「可是艾德荷已經死了。」伊如蘭說，「保羅經常當著我的面哀悼他。他親眼看見艾德荷被我父親的薩督卡殺死。」

「雖說他們吃了敗仗，」艾德雷克說，「但您父親的薩督卡並不是笨蛋。讓我們設想一下，一個聰明的薩督卡指揮官在戰場上認出了這位劍術大師的屍體。然後會怎樣？這具肉體是可以利用、可以訓練的……如果時間來得及的話。」

「一個特雷亞拉克斯的死靈。」伊如蘭悄聲說，看了一眼身旁的斯凱特爾。

斯凱特爾察覺到了伊如蘭的眼光。他開始用起自己的變臉魔力來：外形不斷變化，肌肉也在移動調整。一會兒工夫，伊如蘭面前出現了一個瘦削的男人。臉龐依舊有些圓，只是膚色更深，五官微微有些扁平。高聳的顴骨，眼睛深陷，還帶著明顯的內眥贅皮。烏黑的頭髮桀驁不馴地頂在頭上。

「就是這個模樣的死靈。」艾德雷克指著斯凱特爾說。

「也許並不是什麼死靈，只不過是另一個變臉者？」伊如蘭問。

「不可能。」艾德雷克說，「長時間審察之下，變臉者很可能暴露。不，不是變臉者。我們假設那位聰明的薩督卡指揮官把艾德荷的屍體保存在再生箱裡。爲什麼不呢？這具屍體的肉身和神經屬於一個歷史上最優秀的劍客，一個亞崔迪家族的高級顧問，一個軍事天才。它完全可能被重新啓動，成爲薩督卡軍團的教官，扔掉這具訓練有素、才能卓著的屍體無疑是一個巨大的浪費。」

「這件事我怎麼連一點風聲都沒聽到？我父親從前還一直非常信任我呢。」伊如蘭說。

「哦，那是因爲您父親打了敗仗，而且幾個小時之內您就被賣給了新皇帝。」艾德雷克說。

「這件事辦成了嗎？」她詢問道。

帶著令人厭惡的沾沾自喜，艾德雷克說：「我們設想這個聰明的薩督卡明白速度的重要性。他迅速把這具受到嚴密保護的艾德荷肉身送到了特雷亞拉克斯人手裡。我們再進一步設想，指揮官和他的戰士們不久便死掉了，沒有來得及把這個消息告訴您父親，反正他已經沒機會拿它派上用場了。事實就是，一具肉身被送到了特雷亞拉克斯人那裡。不用說，運送它的辦法只有一個，就是巨型運輸艦。我們宇航公會的人自然熟知運送的每一樁貨物。得知這個消息後，豈有不把這具宜於對付皇帝的死靈買下來之理？」

「這麼說，這件事辦成了。」伊如蘭說。

斯凱特爾又恢復了先前胖嘟嘟的臉。他說：「正如這位嘮叨的朋友所說，我們確實辦成了。」

「你們是怎樣訓練艾德荷的？」伊如蘭問。

「艾德荷？」艾德雷克問，一邊看著那個特雷亞拉克斯人，「你認識艾德荷嗎，斯凱特爾？」

「我賣給你們的是一個叫海特的生物。」斯凱特爾說。

「噢，對了……是叫海特。」艾德雷克說，「爲什麼把他賣給我們？」

「因爲我們曾經繁殖過一個我們自己的科維扎基．哈得那奇。」斯凱特爾說。

聖母蒼老的頭顱猛地一晃，眼睛死死盯住他，「你沒把這事告訴我們！」她指責道。

說。

「您也沒有問。」斯凱特爾說。

「你們是怎麼制伏自己的科維扎基．哈得那奇的？」伊如蘭問。

「一個以畢生精力塑造自我的生物，寧可死去，也不願演化成那個自我的對立物。」斯凱特爾說。

「我不懂你的意思。」艾德雷克冒冒失失地說。

「他殺了自己。」聖母喝道。

「你很明白我的意思，聖母。」斯凱特爾警告地說。這句話所用的米拉哈薩語態同時傳達出另一層意思：你是一個沒有性別的東西，從來沒有，也不可能有。

特雷亞拉克斯人等著對方弄懂自己這個表達方式過於花稍的暗示。她肯定不會誤解他的意思。開始一定很憤怒，隨後就會意識到，特雷亞拉克斯人不可能用這種方式辱罵她，因爲繁殖必須倚靠比吉斯特姐妹會。但話又說回來，他的話著實粗俗難聽，頗有侮慢之意，完全不像一個特雷亞拉克斯人。

艾德雷克立即插嘴，用的是米拉哈薩語的安撫語態，想緩和此刻的尷尬。「斯凱特爾，你曾說過，之所以出售海特，是因爲你們知道我們打算怎麼使用它，而你們也有同樣的願望。」

「艾德雷克，沒有我的允許你最好別開口。」斯凱特爾說。宇航公會的傢伙剛想分辯，聖母厲聲說：「閉嘴，艾德雷克！」

艾德雷克在箱子裡向後一縮，惱怒異常。

「我們自己一時的感情與解決大家共同面對的問題無關，」斯凱特爾說，「只會蒙蔽我們的理智。只有一種感情是重要的，就是讓我們聚在一起的那種最基本的恐懼。」

「我們理解。」伊如蘭說，瞥了聖母一眼。

「必須留意，針對那個人的靈眼，我們的防護是非常有限的。」斯凱特爾說，「僅僅是，那個先知不會在沒有清楚的預見之前貿然作出行動。」

「你很狡猾，斯凱特爾。」伊如蘭說。

狡猾到什麼程度，她就不必猜了。斯凱特爾想。此事一了，我們將得到一個掌握在我們手中的科維扎基．哈得那奇。其他人卻什麼也得不到。

「你們的那位科維扎基．哈得那奇，其血脈從何而來？」聖母問。

「我們混合了各種最純正的精華，」斯凱特爾說，「純粹的善良和純粹的邪惡。一個完全以製造痛苦和恐怖爲樂的惡棍是非常有教育意義的，可以讓我們學到許多東西。」

「老男爵哈肯尼，我們皇帝的外祖父，是特雷亞拉克斯人的作品嗎？」伊如蘭問。

「不是。」斯凱特爾說，「但大自然常常會創造出同樣可怕的作品。而我們創造此類作品有一個先決條件：擁有可以進行研究的環境。」

「你們別想不理會我！」艾德雷克抗議道，「是誰讓這次會議隱蔽起來，不讓他……」

「那好吧！」斯凱特爾問，「請你向我們提供你的最佳決斷吧。這個決斷是什麼？」

「我希望討論如何把海特交給皇帝的問題。」艾德雷克堅持說，「我認爲海特身上反映了亞崔迪人在其出生的星球養成的道德觀。海特使皇帝更容易強化自己的道德本性，明白生活和宗教中的各種積極、消極因素。」

斯凱特爾笑了，向他的同伴投去寬厚的一瞥。他們的表現和自己希望的完全一致。老聖母像揮舞長柄大鐮刀一般任意發洩著自己的情緒。伊如蘭原本負有使命，這項使命雖然早已失敗，但她畢竟爲此接受了充分的訓練。這是一個有缺陷的比吉斯特作品。艾德雷克則和魔術師的手差不多，可以用於掩飾，也可以用它分散觀眾的注意力。此時此刻，艾德雷克因爲別人的忽略而悶悶不樂，沉默不語。

「不知我是不是聽懂了你們的意思，這個海特是用來毒害保羅意識的精神毒藥？」伊如蘭問。

「多少是那麼回事。」斯凱特爾說。

「那些奇扎拉僧侶怎麼辦？」伊如蘭問。

「只要稍稍使一點力，情感上轉個小彎，他們的妒忌就會轉化成仇恨。」

「宇聯公司呢？」伊如蘭問。

「他們會跟著利潤走，哪一方有利，他們就會支持哪一方。」斯凱特爾說。

「其他有勢力的組織呢？」

「挾政府的名義號令諸侯。」斯凱特爾說，「至於那些勢力較弱的組織，我們可以用道德和進步的名義整合它們。我們的對手則會因為自己那些盤根錯節的力量窒息而死。」

「阿麗亞也會？」

「海特是一個用途很多的死靈。」斯凱特爾說，「皇帝的妹妹已經到了被有魅力的男人誘惑的年紀了。她將癡迷於他的男性魅力和門塔特的卓越武功。」

莫希阿姆吃驚地睜大那雙老眼，「這個死靈是門塔特？這一招實在太危險了。」

「準確地說，」伊如蘭說，「門塔特的資料必須精確無誤。如果保羅向我們的禮物詢問其意圖，那該如何是好？」

「海特會如實相告。」斯凱特爾說，「和其他門塔特一樣。」

「原來這就是你為保羅留下的逃生之門。」伊如蘭說。

「一個門塔特！」莫希阿姆喃喃地說。

斯凱特爾瞥了一眼老聖母，發現歷史形成的仇恨影響了她的判斷。巴特蘭聖戰以來，「有思維魔力的機器」已經從宇宙的大部分地方被清除淨盡。電腦始終是人們懷疑的物件。這種古老的情緒同樣表現在對待門塔特這種人類電腦的態度上。

「我不喜歡你笑的樣子。」莫希阿姆突兀地說。她瞪著斯凱特爾，用的是米拉哈薩語的實話語態。

斯凱特爾也用實話語態說：「我不打算取悅你，但我們別無選擇，只能攜手合作。在這一點上沒有什麼分歧。」他看了一眼宇航公會的人，「是這樣嗎，艾德雷克？」

「你給我上了一課。很難受，但很有意義。」艾德雷克說，「我猜你希望明確一點：我不會反對我的密謀夥伴們共同做出的決定。」

「你們瞧，孺子可教。」斯凱特爾說。

「但還有一些事。」艾德雷克叫道，「亞崔迪家族壟斷了香料。如果沒有香料，我就不能預知未來。比吉斯特姐妹會的人也看不到眞相。我們雖然儲備了一些，但非常有限。香料粹就是威力無比的貨幣。」

「世界上的貨幣不止一種。」斯凱特爾說，「對手用香料配額供應卡死我們的辦法注定會失敗的。」

「你想偷走它的祕密配方。」莫希阿姆斷斷說，「可是他的整顆星球都有瘋狂的弗瑞曼人把守著！」

「弗瑞曼人有文明，受過教育，同時又是無知的。」斯凱特爾說，「他們不是瘋子。他們接受的教育是信仰，而不是知識。信仰可以操縱，知識才是危險。」

「是不是還有點我可以做的事，比如創立一個新皇朝之類的？」伊如蘭問。

大家都聽出了她話中的承諾。可是只有艾德雷克朝她笑了笑。

「多少有點。」斯凱特爾說，「多少有點。」

「這意味著亞崔迪家族統治勢力的終結。」艾德雷克說。

「即使沒有預知天才的人也可以做出這種預言。」斯凱特爾說，「用一句弗瑞曼人的話來說，這是mektub al mellah。」

「用鹽寫出來的話，常識。」伊如蘭翻譯道。

當她說話的時候，斯凱特爾終於發現比吉斯特為他安排的是什麼手段了：一個美麗聰慧的女人，但永遠不可能屬於他。啊，對了，他想，或許我能複製一個和她一模一樣的。

※　※　※

任何文明都必須和一種無意識的勢力搏鬥，這種勢力能阻礙、背叛或者摧毀文明希望達到的任何目的。

——特雷亞拉克斯．西奧拉姆（未經證實）

保羅坐在床邊，脫下自己的沙靴。潤滑劑發出一陣難聞的酸臭。它的作用是潤滑鞋跟的泵吸式動力裝置，使之驅動蒸餾服正常運轉。天已經很晚了。他夜間散步的時間愈來愈長，使愛他的人們非常擔憂。他承認，這樣散步很危險。但這類危險他能預先覺察，也能立即解決。夜晚，一個人悄悄漫步在阿拉肯的大街上，是一件多麼愜意而誘人的事。

他把靴子扔到房間裡唯一的懸浮球燈下面，急切地扯開蒸餾服的密封條。上帝啊，他太累了！儘管疲勞使他肌肉僵硬，可是腦子仍然非常活躍。每一天，平民百姓的世俗生活總是讓他妒忌。一個皇帝是不能享受宮牆外那無名而火熱的生活的……可是……毫不引人注目地在大街上走走：眞是一種特權！從吵吵嚷嚷的托缽香客身邊擦過，聽一個弗瑞曼人咒罵店主：「你那雙散失水分的手！」……

想到這裡，保羅不禁笑了，從蒸餾服裡鑽了出來。

他赤身裸體，卻覺得和自己的世界完全合拍。沙丘是一個充滿矛盾的世界：一個被四面圍攻的世界，卻又是權力的中心。他想，權力不可避免地會受到四面圍攻。他低頭凝視著綠色的地毯，腳底和它接觸，感受著地毯粗糙的質地。

街上的沙子深及腳踝，遮罩牆山阻擋住了鋪天蓋地的狂風。但成千上萬雙腳踏上去，仍然攪起了令人窒息的灰塵，塞滿了蒸餾服的濾淨器。直至現在，他依然能聞到灰塵的味道，儘管他的房間門口就有鼓風機，一刻不停地吹掃著。這種味道令人想起荒蕪的沙漠。

那些日子……那些危險。

和那些日子相比，獨自散步危險很小。可是，穿上蒸餾服，就好像把整個沙漠都穿到了身上。蒸餾服，還有它那些用於回收身體散出的水分的裝置，它們引導著他的思維，使思維發生了微妙的變化；蒸餾服還固定了他的舉止行動，使他舉手投足無不表現出沙漠的模式。他變成了野蠻的弗瑞曼人。蒸餾服帶來的不光是表面的掩飾，它使他成了一個他自己的城市中的陌生人。穿上蒸餾服，他便放棄了安全感，拾起了過去那一套暴力手段。香客和市民們從他身邊經過的時候都小心翼翼，低眉順眼。他們不敢招惹這些野蠻人。如果在市民的腦海裡，沙漠真的有一張臉的話，它就是一張弗瑞曼人的臉，隱藏在蒸餾服的口鼻濾淨器之下。

事實上只有一些小風險：過去穴地時代的舊人可能從他的步態、體味以及眼神認出他。即便如此，碰到敵人的機會還是很少。

門簾唰地一響，屋裡射進一縷亮光，打斷了他的沉思。加妮端著一個銀色托盤走了進來，上面放著煮咖啡的用具。兩個跟在她後面的懸浮燈迅速移到指定位置：一個在他們床頭，一個懸在她旁邊照著她做事。

加妮靈巧地移動著，一點沒有老態，沉著，輕盈，彎下身子擺放咖啡的姿勢使他想起了他們剛認識的時候。她還是那麼活潑調皮，歲月幾乎沒有留下任何痕跡，除非仔細檢查那沒有眼白的眼角，才會注意到那兒出現了一絲細紋：沙漠中的弗瑞曼人稱之爲「沙痕」。

她捏住夏甲翡翠柄，揭開咖啡壺蓋，裡面頓時飄出一縷熱騰騰的蒸汽。他聞出咖啡還沒有煮好。果然，她蓋上了蓋子。那只純銀製作的咖啡壺，形狀是一個正在吹笛的懷孕女人。他想起來了，這是一件加尼馬，一次決鬥的戰利品。詹米斯，壺的前主人的名字……詹米斯。詹米斯的死多麼奇怪，多麼令人難以忘卻啊。如果早知道死亡不可避免，他還會隨身帶著這只特殊的咖啡壺嗎？

加妮取出杯子：藍色的陶瓷杯，像僕人一樣蹲在巨大的咖啡壺下面，一共有三隻：他倆一人一隻，另一隻給這套咖啡用具的所有前主人。

「一會兒就好。」她說。

她看著他。保羅不知道自己在她眼裡是什麼樣子。還是那個奇怪、精瘦，和弗瑞曼人相比水分充足的異鄉客嗎？他還像過去部落裡那個「友索」嗎？在他們亡命沙漠的時候，正是那個友索，與她一同踏上了弗瑞曼人的「道」。

保羅凝視著自己的身體：肌肉結實，身材修長……只是多了幾條傷疤。雖然當了十二年皇帝，但身體基本上仍然保持著原樣。他抬起頭，從鏡子裡看了看自己的臉……藍而又藍的弗瑞曼人眼睛，是香料上癮的明顯標誌；一隻筆直的亞崔迪鼻子，看起來正是那位死於鬥牛場混亂的祖父的嫡傳孫子。

保羅回憶起那位老人講過的話：「統治者對他所統治的人民負有不可推卸的責任。你是領袖，所以你要用無私的關愛使你的人民感到幸福。」

人民仍然帶著深厚的感情懷念著這位老人。

而我這個頭頂亞崔迪姓氏的人又做了什麼?保羅問自己。我把狼放進了羊群。

一時間，死亡和暴力的畫面閃過他的腦海。

「該上床了!」加妮用嚴厲的口氣命令道。保羅熟悉這種語氣，在她眼裡，他壓根兒不是皇帝。

他順從地上了床，雙手放在腦後，身體向後躺著，在加妮令人愉快的熟悉動作中讓自己放鬆下來。

他突然想到，這個房間裡的擺設頗爲滑稽。普通百姓肯定想像不出皇帝的寢宮是這個樣子。加妮身後的架子上放著一排顏色各異的玻璃缸，懸浮球燈的黃色亮光在上面投下跳動的影子。保羅默想著玻璃缸裡的東西：沙漠藥典記載的乾藥、油膏、熏香以及各類紀念品……泰布穴地的一撮沙子、他們長子出生時的一綹頭髮……孩子早就死了……十二年了……在那場使保羅成爲皇帝的戰爭中喪命的無辜者之一。

香料咖啡的濃郁味道瀰漫了整個房間。保羅深深吸了口氣，目光從正在煮咖啡的加妮身上移到托盤邊一只黃色的碗上。碗裡盛著堅果。不可避免地，毒素探測器從桌下爬上來，對著碗裡的食物搖晃著它昆蟲似的手臂。毒素檢測器讓他氣憤。在沙漠的時候，他們根本用不著探測器!

「咖啡準備好了。」加妮說，「你餓了嗎?」

他的憤怒被一陣香料駁船的轟鳴聲淹沒了。這些船正從阿拉肯出發，朝太空駛去。

加妮察覺到他的憤怒。她斟上兩杯咖啡，放了一杯在他手邊，然後在床邊坐下，拉出他的腳，開始爲他搓揉。因爲長期穿蒸餾服走路，腳上結滿了老繭。她輕聲說：「我們談談伊如蘭想要孩子的事吧。」她好像漫不經心地說出這句話，可是一切都瞞不過他。

保羅猛地睜大眼睛，盯著加妮。「從瓦拉赫回來還不到兩天。」他說，「伊如蘭就已經找過妳了?」

「我們從來沒討論過她的挫敗感。」她說。

保羅迫使自己警覺起來，在刺目的燈光下仔細研究加妮的一舉一動。這是母親不惜違反清規教給自己的比吉斯特之道。他實在不願意把它用在加妮身上。他之所以離不開她，一個重要原因就是不必在她身上使用任何令人神經緊張的心法。加妮保留了弗瑞曼人的好品德，幾乎從不提出任何不得體的問題。她的問題通常都是事務性的。加妮最關心的是那些影響自己男人地位的東西：他在國務會議中的權力，軍團對他的忠誠程度，同盟者的能力如何，等等。她能記住一長串名字，以及書上的詳細索引。她還能毫不費力地說出每個敵人的主要弱點，敵方可能的軍隊部署，軍事指揮官的戰鬥計畫，使用何種兵器，其基本的工業生產能力如何，等等。

現在爲什麼問到了伊如蘭的事？保羅心生疑惑。

「我讓你不安了。」加妮說，「那不是我的本意。」

「你的本意是什麼？」

加妮不好意思地笑了，迎著他的目光，「如果你生氣了，親愛的，千萬別瞞著我。」

保羅把身體靠回床頭板。「我該不該打發她走？」他問，「她現在沒什麼用處，我也不喜歡她和姐妹會的人混在一起。」

「不要打發她走。」加妮說。她繼續按摩他的雙腿，聲調平和實在，「你說過很多次，她是聯繫敵人的一座橋梁。可以通過她的活動知道他們的陰謀。」

「那你爲什麼提到她想要孩子的事？」

「它能挫敗敵人的陰謀。如果你讓她懷孕，伊如蘭在敵人中的地位就搖搖欲墜了。」

從那雙在自己腿上搓揉的手上，他體會出了這些話給她帶來的痛苦。他清了清喉嚨，緩緩地說：

「加妮，親愛的，我發過誓，絕不讓她上我的床。一個孩子會給她帶來太多的權力。你難道想讓她代替妳嗎？」

「我沒有名分。」

「不是這樣的，親愛的塞哈亞，我沙漠裡的春天。妳怎麼突然關心起伊如蘭來了？」

「我關心的是你，不是她！如果她懷了一個亞崔迪血統的孩子，她的朋友們就會懷疑她的忠誠。我們的敵人對她信任越少，她對他們的用處就越小。」

「她的孩子可能意味著妳的末日。」保羅說，「妳知道他們在密謀些什麼。」他用雙臂緊緊摟住她。

「可是你應該有一個繼承人！」她哽咽著說。

「噢。」他說。

也就是說：加妮不能給他生孩子，必須讓別人來生。那麼，這個人爲什麼不能是伊如蘭呢？加妮此刻就是這樣想的。而這件事必須經由做愛才能完成，因爲帝國明令禁止人工繁殖後代。加妮的決定完全是弗瑞曼式的。

保羅再次在燈光下研究著她的臉。這是一張比自己的臉更加熟悉的臉。他曾經溫柔而深情地凝視過它，這張睡夢中帶著甜美、害怕、惱怒和悲哀的臉。

他閉上眼睛，加妮年輕時的樣子又一次浮現在眼前：蒙著春季面紗的臉，哼著歌兒的臉，懶洋洋地從睡夢中醒來的臉——如此完美，每個畫面都令他癡迷沉醉。在他的記憶中，她微笑著……剛開始的時候有點羞澀，然後流露出緊張，彷彿想立即逃掉。保羅嘴巴發乾。此時此刻，他的鼻孔聞到了荒蕪的未來傳來的蒼涼的煙味。一個聲音，來自另一類幻象的聲音在命令他放手……放手……放手。長久以來，他那有預知魔力的靈眼一刻不停地窺探未來，捕捉每一絲異常的聲響，偷聽每塊石頭的動靜，每個人的異動。從他第一次有了這可怕魔力的那一天開始，他就一直在凝望自己的未來，希望找到平靜安寧。

自然，辦法是有的。他記住了它，卻不知道它是什麼意思——一個死記硬背下來的未來，它給他的嚴格教誨就是：放手，放手，放手。

保羅睜開眼睛，看著加妮堅定的臉。她已經停止了按摩，靜靜地坐在那裡——最最純正的弗瑞曼人姿態。她的一切仍舊那麼熟悉，頭上戴著在他倆的私人房間裡常戴的藍色產子頭巾。可是此時，她臉上蒙著一副決心已定的面具，他對做出這個決定的思維方式非常陌生，但這種思維方式已經延續了千百年。千百年來，弗瑞曼女人一直共同享用男人，不只是爲了和睦相處，更重要的是傳宗接代。眼下在加妮身上起作用的顯然就是這種弗瑞曼人的神祕習俗。

「妳會給我一個我想要的繼承人的。」他說。

「你已經看到了？」她問，明顯指的是他的預知魔力。

已經很多次了，保羅不知道如何才能確切地解釋預知的事。沒有任何標識的時間線在他面前不停地波動，像抖動綢緞一般起伏著。他歎了口氣，想起從河裡掬起一捧水的感覺：水晃蕩著，慢慢流走。記憶的浪花濡濕了他的臉。可是現在，未來的幻象愈來愈龐雜晦澀，他如何才能讓自己全身沉浸在未來之水中？

「就是說，你沒有看到。」加妮說。

他幾乎再也看不到未來的幻境了，除非冒險竭盡全力。除了悲哀，未來還能顯示給他們什麼？保羅問自己。他感到自己置身一片荒蕪，這裡充滿敵意，無比荒涼，只有他的情感漂浮著，晃蕩著，無法阻止、永不停息地向外流淌，漸漸枯竭。

加妮蓋好他的腿，說：「要給亞崔迪家族一個後代。這不是你把機會留給哪個女人的問題。」

這也是他母親經常嘮叨的話，保羅想。他懷疑潔西嘉夫人是否暗中和加妮通信。他母親考慮這些事只能以亞崔迪家族的利益爲準。那是她從比吉斯特學校學到的思維模式，雖說她現在已經背叛了比吉斯特姐妹會，這種模式仍然毫無改變。

「今天伊如蘭來的時候，妳聽見我們談話了。」他責備道。

「我聽見了。」她說，眼睛並不看他。

保羅想著和伊如蘭見面的情景。他進入了家庭休息室，發現加妮的織機上有一件沒有織完的長袍。還有一股酸酸的沙蟲味兒，一種難聞的臭味，幾乎蓋住了那一小口被人咬下來的黃褐色香料粹散發出的氣味。有人碰落了香料精，滴到一塊地毯上。香精燒化了地毯，地板上凝結了一團油污。他想叫人來清理一下，就在這時，哈拉赫，史帝加的妻子，也是加妮最親密的女友，走進來說伊如蘭來了。

他不得不在這令人噁心的臭味中接見伊如蘭。正應了弗瑞曼人的迷信說法：臭味前腳到，倒楣事後腳來。

伊如蘭進來的時候，哈拉赫退了下去。

「歡迎妳回來。」保羅說。

伊如蘭穿了件灰色鯨皮長袍。她拉緊皮衣，一隻手撫著頭髮，對他溫柔的語調感到迷惑不解。她已經爲一頓暴怒的申斥做好了充分準備，那些責備的話已經在她的腦海裡翻騰過幾遍了。

「妳是來報告我說，姐妹會已經拋棄了最後一絲道德上的顧慮。」他說。

「做那種荒唐的事，豈不是太危險了嗎？」她問。

「荒唐和危險，這樣的組合有問題。」他說。比吉斯特甄別叛徒的訓練使他覺察出她按捺住了畏縮的衝動。這種努力讓他瞥見了她深藏內心的恐懼，此外，他還發現她並不喜歡他們委派給她的任務。

「他們想從妳這位有皇室血統的公主這兒得到的東西，未免太多了點。」他說。

伊如蘭一動不動。保羅知道，她正用意志的力量，老虎鉗一般緊緊控制住自己，不讓自己失控。沉重的負擔，他想。保羅不明白，爲什麼預知幻象沒有讓他及早看到未來的這個變數。

漸漸地，伊如蘭放鬆下來。她已經下定決心了：讓恐懼壓倒自己是沒有意義的，現在退縮也已經爲時太晚。

「您始終不管這兒的氣候，由著它保持現在這種蠻荒樣子。」她揉著長袍下的手臂，「太乾燥了，還有沙暴。您就不打算讓這兒下下雨嗎？」

「妳來這裡不是打算談氣候的吧。」保羅說。他琢磨著她話裡的含意。難道伊如蘭想告訴他什麼難以啓齒的事？她的訓練不允許她宣之於口的事？好像是這樣。他感到自己彷彿被突然拋到空中，必將重重墜落在某個堅硬的地方。

「我必須要一個孩子。」她說。

他緩緩搖頭。

「我一定要！」她厲聲說，「如果有必要的話，我要給孩子另外找個爸爸。我要讓你戴綠帽子，看你敢不敢把事情抖出來。」

「戴綠帽子可以。」他說，「可是妳休想要孩子。」

「你怎麼阻止我？」

他最和氣不過地笑了笑，「眞要那樣的話，我就派人絞死妳。」

她被嚇呆了。一片寂靜中，保羅發現加妮正躲在厚厚的布幔後偷聽，裡面是他倆的私人臥室。

「我是你妻子。」伊如蘭低聲說。

「我們不要玩這種愚蠢的遊戲了。」他說，「妳不過是扮演妻子的角色而已。我們都清楚誰是我的妻子。」

「我只是一個工具，如此而已。」她說。聲音充滿痛苦。

「我並不想虐待妳。」他說。

「可是你把我放在了這樣的位置上。」

「不是我。」他說，「是命運選擇了妳。妳父親選擇了妳。比吉斯特姐妹會選擇了妳。宇航公會選擇了妳。這一次，他們又選擇了妳。他們這次選妳做什麼，伊如蘭？」

「我為什麼不能有你的孩子？」

「因為妳不適合承擔這樣的角色。」

「我有權利養育皇室繼承人！我父親曾經是……」

「妳父親曾經是而且仍然是一頭畜生。妳我都知道，他幾乎完全失去了他應該統治和保護的人性。」

「別人對他的憎恨不及對你的吧？」她怒視著他。

「問得好。」他同意道。嘴角閃過一絲自嘲的微笑。

「你說過，你並不想虐待我，可是……」

「所以我同意妳去找情人。但妳聽好了：找情人，卻不允許妳把該死的私生子帶進我的皇族。我不會承認這樣的孩子。我不反對妳和任何男人苟合，只要妳小心謹慎……而且沒有孩子。我不是傻瓜，在這種情況下，我不會有什麼想法。可是妳不要濫用我慷慨賜予妳的權利。至於說到皇位，我要嚴格控制它的血統。比吉斯特姐妹會休想控制它，宇航公會也休想。這是我把妳父親的薩督卡軍團從阿拉肯平原驅逐出去以後贏得的特權。」

「你說了算。」伊如蘭說。她猛地一轉身，衝出房間。

保羅把自己的思緒從回憶中拉出來，放到坐在床邊的加妮身上。他很清楚自己對伊如蘭的矛盾感情，也理解加妮弗瑞曼式的決定。換個情形，加妮和伊如蘭甚至有可能成為朋友。

「您怎麼決定的？」加妮問。

「不要孩子。」他說。

加妮用食指和右手拇指做了一個嘯刃刀的手勢。

「事情可能眞會發展到那一步。」他同意道。

「您不認爲一個孩子能解決伊如蘭的所有問題？」她問。

「傻瓜才那樣想。」

「我可不是傻瓜，親愛的。」

他惱怒起來：「我沒說妳是！但我們不是在討論該死的浪漫小說。走廊那頭的是一個眞正的公主。在帝國宮廷裡長大，見識過各種卑鄙骯髒的皇室仇殺。對她來說，陰謀就像寫她那些愚蠢的歷史書一樣稀鬆平常！」

「那些書寫得並不愚蠢，親愛的。」

「可能吧。」他的惱怒漸漸消失了，握住她的手，「對不起。但那個女人有太多的陰謀，大陰謀中還有小陰謀。只要滿足了她一個野心，她就會得寸進尺。」

加妮溫存地說：「我是不是一直很多嘴？」

「是的，當然是。」他看著她，「妳眞正想對我說的是什麼？」

她在他身邊躺下，用手撫摸著他的脖子。「他們已經決定要整垮你。」她說，「伊如蘭知道這些祕密。」

保羅揉搓著她的頭髮。

加妮脫去了外套。

這時，可怕的使命感一掠而過，像一陣風似的攪動了他的心靈，尖嘯著從他的軀體中穿過。他的身體能感受到，但他的意識卻永遠無法明白。

「加妮，親愛的。」他悄聲說道，「妳知道我爲了結束這場聖戰……爲了擺脫奇扎拉教團強加在我頭上的天神光環——該死的光環——會付出什麼代價嗎？」

她顫抖著。「但掌握領導權的人是你。」她說。

「哦，不。即使我現在死了，我的名字仍然能領導他們。每當我想到自己的亞崔迪姓氏和這場殘酷的宗教屠殺聯繫在一起……」

「可是你是皇帝，你已經……」

「我是一個傀儡。當人變成了神，他就再也不能控制局勢了。」他痛苦地自嘲道。他察覺到，一個自己做夢也想像不到的未來皇朝，正在轉頭凝視著自己。他感到自己被驅逐出去，哭叫著，不再和命運的鏈條有任何聯繫……只有他的名字將繼續流傳下去。「我被選中了。」他說，「也許剛剛出生的時候……在我不可能有任何反抗的時候，就被選中了。」

「那就甩掉它。」她說。

他緊緊摟住她的肩膀，「遲早會的，親愛的。再給我一點時間。」

他眼中噙滿淚水。

「我們應該回到泰布穴地。」加妮說，「這個石頭帳篷裡的明爭暗鬥實在太多了。」他點點頭。下巴在她那光滑的頭巾上摩擦著。她身上散發一股舒適的香料味，充塞了他的鼻孔。

穴地。這個古老的契科布薩單詞迷住了他：一個危急時刻的避難所。加妮的話使他不由得想起遼闊的沙漠，一望無際的沙丘，敵人無論從多遠的地方襲來都可以一覽無遺。

「部落的人盼望他們的穆哈迪回去。」加妮說。她轉過頭看著他，「你是屬於我們的。」

「我屬於一個幻象。」他低聲說。

他想到了聖戰，想到了跨越秒差距的基因組合，以及它可能的結局。他應該為此付出代價嗎？當戰火平息之後，所有的仇恨都會煙消雲散——一點一點地消散。可是……唉！多麼可怕的代價！

我從沒想過要當一個神，他想。我只想無聲無息地消失，像清晨時的一滴露珠。我想逃離那些天使和魔鬼……一個人待著。

「我們回泰布穴地吧？」加妮又問了一句。

「好的。」他低聲說。他想：我必須付出代價。

加妮深深歎了口氣，重新偎倚著他。

我已經虛擲了很多時光，他想。愛和聖戰時刻包圍著他。一個人的生命，無論它多麼被大家熱愛，怎麼抵得上聖戰中死去的千千萬萬生命？個人的悲哀怎能和大眾的痛苦相提並論？

「親愛的？」加妮問。

他把一隻手放到她的嘴唇上。

我要聽從內心的聲音，他想。趁我還有力量，我一定要逃出去，逃到連鳥兒也不可能發現我的地方。這種想法沒什麼用，他知道。聖戰將仍然追隨他的靈魂。

當人民指責他的殘暴愚蠢時，他該如何解釋？他想，如何回答？誰會理解他？

我只想朝後一看，說：「看兒！那個東西不是我。看啊，我消失了！再也沒有任何人類的羅網能限制我，看管我。我放棄我的宗教！這榮耀的一刻是我的！我自由了！」

多麼蒼白空洞的言語！

「昨天在遮罩牆山下發現了一條巨大的沙蟲。」加妮說，「據說有一百多公尺長。這樣大的沙蟲這個地區很少見。我想，是水擋住了牠。有人說，牠來這兒是爲了召喚穆哈迪回到他的沙漠故鄉。」她捏了捏他的胸口，「不要嘲笑我！」

「我沒有笑。」

弗瑞曼人對神話傳奇的迷信總是讓保羅驚奇不已。就在這時，他突然覺得胸口一緊，自己的生命中，某種東西一震：是自發記憶，不請自來的強烈回憶。他回憶起自己在卡拉丹星球的童年時代……石頭的小屋，漆黑的夜晚……幻象產生！那是他最早使用自己的預知能力。他感到自己的意識重又深入那個幻象，穿過彷彿蒙著一層薄紗的記憶（幻象中的幻象），看到了一排弗瑞曼人。他們的長袍沾滿灰塵，從高大的岩石間隙走過，抬著一個長長的、用衣物裹住的東西。

保羅聽見自己在幻象裡說：「太甜美了……你是其中最甜美的……」

自發記憶鬆開了控制著他的鐵爪。

「你怎麼不說話？」加妮悄聲說，「怎麼回事？」

保羅聳聳肩，坐了起來，把臉轉到一邊。

「因爲我到沙漠邊緣去了，所以你生氣了。」加妮說。

他搖搖頭，不說話。

「我去那兒是想要一個孩子。」加妮說。

保羅不能說話。他仍然沉醉於剛才那個早期幻象所顯示的原始力量之中。那個可怕的使命！那一刻，他的一生彷彿變成了一隻翅膀，被飛翔的鳥兒翻來覆去地搖動著……鳥兒代表冒險，代表自由意志。

我無法擺脫預言的誘惑，他想。

他意識到，屈服於這種誘惑，就等於沿著生活中某條既定的軌道一直走下去。他心想，也許預言並非預示未來，而是成就未來？或許他讓自己的生命陷在這個預言織成的千頭萬緒的羅網之中，最後成為預言這隻蜘蛛的獵物。現在，這隻蜘蛛正張開大嘴，朝他步步緊逼過來。

一句比吉斯特格言閃過他的腦海：「運用原始力量，只能使你永遠受制於高等級力量。」

「我知道會惹你生氣。」加妮說著碰了碰他的手臂，「眞的，部族的人已經恢復了古老的儀式，還有血祭，不過我沒有參與。」

保羅深深地吸了口氣，打了個哆嗦。幻象的巨流被驅散了，成為一片深不見底卻風平浪靜的汪洋，下面湧動著他無法企及的巨力。

「求求你。」加妮懇求道，「我只是想要一個孩子，我們的孩子。這有什麼不對？」

他愛撫地拍了拍她的手臂，然後推開它，爬下床，熄滅了懸浮球燈，走到靠陽台的窗戶旁，拉開簾幔。除了它的氣味，沙漠還沒有侵蝕到這裡，它像一面沒有窗戶的牆，遠遠橫在他前面，伸向夜空。月光斜斜地照進封閉的花園，灑在高大的樹木、寬闊的枝葉和潮濕的灌木叢中。點點繁星把明亮的影子投向魚塘，像灑落在樹蔭裡的片片白色花瓣，閃閃發光。剎那間，他明白了在弗瑞曼人眼裡這個花園意味著什麼：怪異，可怕，危險，浪費水分。

他想到了那些水商。水的慷慨配送影響了這些人的利益。他們恨他。他摧毀了過去。另外還有一些人，甚至那些從前拚命辛勞才能買到珍貴的水的人，也仇恨他，因為舊有的生活方式被改變了。遵照穆哈迪的命令，星球上的生態模式發生了巨大變化，人們的牴觸情緒也隨之增加。他懷疑，自己的決定是不是過於武斷，居然認為可以改造整顆星球——改變已經存在的所有東西，並且命令它以另外某種方式存在？即使他成功了，這顆星球以外的宇宙呢？它會害怕類似的改革嗎？

他猛地拉上簾幔，關閉了通風口。他轉身對著黑暗中的加妮，感到她正在那兒等著他，水環叮噹作響，像香客的布施鈴。他順著聲音摸索過去，碰到了她伸出的手臂。

「親愛的，」她低聲說，「我讓你心煩了？」

她的手臂擁住他，同時擁住他的未來幻象。

「和妳沒有關係，」他說，「噢……絕不是妳。」

※　※　※

遮罩場和有巨大殺傷力的雷射槍對進攻者和防守者都非常重要，它們對武器科技的發展具有決定性的作用。在這裡，我們毋須討論原子武器扮演的特殊角色。在我的帝國裡，任何一個大家族所擁有的原子武器都足以摧毀五十個或者更多家族的本土行星。這一事實的確讓有些人感到緊張。但與此同時，我們的各大家族都不得不預先做好準備，以對付極可能到來的核報復。在宇航公會和立法會控制下，原子武器只能存而不用。不，我關心的是把人類作為特殊武器的問題。這是一個有無限發展前景的領域，目前，許多有勢力的機構正致力於開發這個領域。

——穆哈迪在軍事學院的演講，摘自《史帝加回憶錄》

老人站在門口，那雙藍中透藍的眼睛盯著外面。這雙眼睛充滿了本地人的懷疑神情，所有沙漠居民都是這樣看陌生人的。他的嘴邊有一條痛苦的唇線，那兒留著一撮白色的鬍子。他沒有穿蒸餾服，但更說明問題的是另一個事實：房間中的濕氣正通過敞開的房門湧向屋外，但他卻毫不在意。

斯凱特爾鞠了一躬，做了個同謀者之間互致問候的手勢。

老人身後的某個地方傳來一陣三弦琴如泣如訴的聲音，是塞繆塔音樂不和諧的樂聲。但老人的舉動一點也看不出服用過塞繆塔迷藥的徵兆，說明沉溺於這種迷藥的另有其人。儘管如此，在這種地方出現這類惡行還是令斯凱特爾感到有些不自在。

「請接受來自遠方的問候。」斯凱特爾微笑著說。他專門爲這次見面選擇了一張扁平臉。因爲老人可能認識這張臉。沙丘星上的有些老弗瑞曼人認識鄧肯·艾德荷。

這種選擇一直讓他覺得很好玩，可是現在他意識到，選擇這張臉也許是個錯誤。但他不敢貿然在戶外變臉。他緊張地看看大街上來來往往的人群。老人難道不願邀請自己進門？

「你認識我兒子嗎？」老人問。

這句話至少表示了對他的認可。斯凱特爾做了恰當的答復，同時警覺地注意著周圍的可疑動靜。他不喜歡站在這兒。這是一條死巷，這間房恰好在盡頭。該地區的房屋專門爲聖戰老兵修建，是越過泰瑪格一直延伸到沙潮盆地的阿拉肯郊區的一部分。街道周圍的牆面十分單調，打破這種單調的只有那些關得緊緊的房門，門上亂七八糟地塗抹著污言穢語。在這一扇門旁邊，有人用粉筆寫了一個告示：某個叫貝雷斯的人給阿拉肯人帶來了一種可惡的疾病，該疾病會使患者喪失男性雄風。

「你有同伴嗎？」老人問。

「就我一人。」斯凱特爾說。

老人清了清喉嚨，仍然猶豫不決。這種情形眞叫人急得發瘋。

斯凱特爾提醒自己要耐心點。用這種方式進行聯絡本身就是很危險的事。也許老人有自己的理由。儘管如此，現在這個時段卻選得很合適。蒼白的太陽幾乎筆直地照在頭頂。在一天中這個最炎熱的時候，人們都關在屋子裡睡覺去了。

難道是那些新鄰居使老人感到不安？斯凱特爾心想。他知道老人隔壁的一間房被分給了奧塞姆，這人曾經是令人敬畏的弗瑞曼敢死隊隊長。還有那個在化學藥品作用下變成侏儒的比加斯，他住在奧塞姆隔壁。

斯凱特爾再次把目光轉向老人，發現他左肩下的袖子空蕩蕩的。此人隱隱透著一股力壓群雄的傲氣。他在聖戰中可不是一般的士兵。

「我可以知道來訪者的姓名嗎？」老人問。

斯凱特爾鬆了口氣，他終於被接受了。「我叫扎爾。」他說出了這次任務用的名字。

「我叫法羅克。」老人說，「曾經在聖戰中做過第九軍團的巴夏統領，你明白這意味著什麼嗎？」

斯凱特爾聽出了話裡的威脅。他說：「表明你出生在泰布穴地，效忠於史帝加。」

法羅克放鬆下來，朝屋裡跨進一步，「歡迎你的到來。」

斯凱特爾從他身邊走過，進了幽暗的正廳。地板鑲著藍色瓷磚，牆上的水晶裝飾閃閃發光。正廳後面有一個封閉的庭院。光線透過半透明的天棚，散發出乳白色的光，像一號月亮夜晚發出的銀白色光芒。只聽嘎吱一聲響，臨街的房門在他身後關上了。

「我們屬於一個高貴的民族。」法羅克說，一邊領著斯凱特爾朝後院走，「不是來自外星的異鄉人。我們才不願住在什麼鬼谷地村裡呢……像這兒這種地方！我們在哈班亞山脈上的遮罩牆裡有個體面的穴地，只要一條沙蟲就可以把我們帶到沙漠中心的克登。」

「而不像現在這個樣子。」斯凱特爾同意道。他現在知道是什麼使法羅克加入他們的陰謀集團了。這個弗瑞曼人渴望從前的日子，還有從前的生活方式。

他們到了後院。

斯凱特爾知道，法羅克在竭力掩飾對來訪者的厭惡之情。弗瑞曼人從來不信任那些眼睛裡沒有伊巴德香料藍的人，認爲他們是異鄉人，總是東張西望，打量他們不應該看到的東西。

他們進去的時候，塞繆塔音樂停止了，代之以巴利斯九弦琴演奏的音樂，隨後是一首在納瑞吉星球非常流行的歌曲。

斯凱特爾的眼睛漸漸適應了室內的光線，發現他右手的拱門邊，一個年輕人正翹著雙腿坐在一張低矮的長沙發上。年輕人的眼睛只剩下兩個空洞的眼窩。他開始唱歌，帶著一種盲人的怪異聲調。斯凱特爾仔細觀察著他。歌聲高亢而甜美。

風吹散了陸地，
吹散了天空，
吹散了人！
這風是誰？
樹林筆直矗立，
在人們暢飲的地方暢飲地下的甘泉。
我知道太多的世界，
太多的人，
太多的樹林，
太多的風。

斯凱特爾注意到這些歌詞都是重新改編過的。法羅克領著他離開唱歌的年輕人，到了對面的拱門下，指了指扔在繪著海洋生物圖案的瓷磚地面上的幾個座墊。

「其中一只座墊是穆哈迪在穴地用過的。」法羅克指指一只又圓又黑的墊子，「坐吧。」

「不勝榮幸。」斯凱特爾說著，一屁股坐在那只黑墊子上，面帶微笑。法羅克有自己的睿智。這個聰明的哲人，嘴裡說著效忠的話，同時卻聽著暗含反意的歌曲。那個暴君確實有著可怕的力量。

法羅克在歌聲中說話，一點兒沒有打亂曲調：「我兒子的音樂干擾了你嗎？」

斯凱特爾把墊子轉過來對著他，後背靠在一根冰涼的石柱上，「我喜歡音樂。」

「我兒子在征服納瑞吉的戰鬥中失去了雙眼。」法羅克說，「他在那兒治傷，本來應該就留在那兒的。沒有女人願意嫁給他這樣的人。我在納瑞吉星球上還有一個或許永遠不能謀面的孫子，這實在令人驚訝。你知道納瑞吉星球嗎，扎爾？」

「年輕的時候曾和變臉者同伴一塊兒去過。」

「那你是個變臉者了。」法羅克說，「難怪你的外貌有點與眾不同。它讓我想起了一個熟人。」

「鄧肯·艾德荷？」

「是的，就是那個人。皇上手下的一個劍客。」

「他被殺死了，據說。」

「有這種說法。」法羅克同意道，「你眞的是個男人嗎？我聽說過有關變臉者的某種傳說……」

他聳聳肩。

「我們是傑達卡陰陽人。」斯凱特爾說，「可以隨意變換性別。就目前而言，我是一個男人。」

法羅克若有所思地嚈起嘴唇，「來點飲料？水，還是冰凍果汁？」

「好好談話就能讓我心滿意足了。」斯凱特爾說。

「客人的要求就是命令。」法羅克說著在一個座墊上坐下來，正對著斯凱特爾。

「祝福阿布·德爾，無限的時間之路之神祇。」斯凱特爾說。他想：好了！我已經直接告訴了他我來自宇航公會，並且以領航員的身分作爲掩護。

「祝福阿布·德爾。」法羅克說。他按照儀式要求把兩手交握疊放在胸前。那是一雙蒼老而青筋暴綻的手。

「隔著一段距離看，某個物體可能和它的本來面目全不相符。」斯凱特爾說，暗示他希望能討論皇宮的情況。

「黑暗而邪惡的東西從任何距離看都是邪惡的。」法羅克說，似乎想拖延這個問題。

爲什麼？斯凱特爾疑惑不解。但他仍然不動聲色，「你兒子的眼睛是怎麼瞎的？」

「納瑞吉的抵抗者用了一種熔岩彈。」法羅克說，「我兒子靠得太近了。該死的原子武器！熔岩彈也應該宣布爲違法。」

「它鑽了法律的漏洞。」斯凱特爾贊同道。同時又想：納瑞吉星球上的熔岩彈！我們從未聽說過這種東西。爲什麼老人要在這個時候提到熔岩彈？

「我想過從你的老師那兒買一雙特雷亞拉克斯眼睛給他。」法羅克說，「可是軍團裡有種傳說，說特雷亞拉克斯的眼睛能控制它的使用者。我兒子告訴我，那種眼睛是金屬的，而他卻是血肉之軀，這樣的結合是罪惡的。」

「某種東西的本源必須和它的原始意圖相符合。」斯凱特爾說，試圖把話題轉到自己關心的事情上。

法羅克撇了撇嘴，可是還是點點頭，「你要什麼就明明白白說出來吧。」他說，「我們應該相信你們這些領航員的話。」

「你去過皇宮嗎？」斯凱特爾問。

「莫里特爾勝利慶功宴的時候去過。石頭房子很冷，儘管有最好的伊克斯太空加熱器。頭天晚上我們住在阿麗亞神廟的露台上。你知道，他在那兒有樹林，從許多星球上弄來的樹。我們這些巴夏統領都穿上了最好的綠色長袍，桌子也是一人一張，吃啊喝啊。還看到了很讓人傷心的事：一排傷兵走了過來，步履蹣跚，拄著枴杖。我們的穆哈迪恐怕不知道他到底毀掉了多少人。」

「你對這樣的宴會很反感？」斯凱特爾問。他知道弗瑞曼人痛飲香料啤酒後的狂歡會。

「它和穴地的心靈融合不一樣。」法羅克說，「這兒沒有『道』，只是娛樂。戰士可以享用奴隸女孩子，男人們高談闊論自己的戰鬥故事，炫耀他們的傷口。」

「這麼說，你進過那一大堆石頭砌成的建築。」斯凱特爾說。

「穆哈迪到露台上接見了我們。」法羅克說，「『祝大家幸運。』他說。沙漠裡的問候語，卻出現在那個地方！」

「你知道他的私人寢宮在哪裡嗎？」斯凱特爾問。

「皇宮最裡面的某個地方。」法羅克說，「據說他和加妮仍然按沙漠流浪者的生活方式過日子，不過都是在高牆之內。公開接見是在大廳，他有專門的會見廳和正式的接見場所，皇宮翼側住的全是他的衛兵。還有舉行儀式的地方和一個通訊中心。據說城堡下面很深的地方還有一間房子，裡面養著一隻發育不良的沙蟲，周圍是可以毒死沙蟲的深水溝。他就在那兒預測未來。」

傳說加事實，斯凱特爾想。

「他走到哪兒就把各個政府部門帶到哪兒。」法羅克抱怨道，「政府職員和隨從，還有隨從的隨從。他只信任像史帝加這類人，他從前的老部下。」

「不包括你。」斯凱特爾說。

「我想他已經忘了還有我這個人。」法羅克說。

「他是如何進出皇宮的？」斯凱特爾問。

「他有一個小型撲翼機停機坪，從一堵內牆凸出來。」法羅克說，「據說穆哈迪不許別人駕機在那兒著陸。它需要一種特殊的操控方法，一個判斷失誤，飛船就會撞牆，摔在他那該死的花園裡。」

斯凱特爾點點頭。這倒很有可能是眞的。通過這樣一個空中通道進入皇帝的住所確實在某種程度上保證了皇帝的安全。亞崔迪家族的人都是優秀的飛行員。

「他用人攜帶他自己的密波傳信器。」法羅克說，「這些人的體內植入了密波翻譯器。這樣一來，他們發出的聲音就變成了皇帝本人的聲音。一個人應該有權控制自己的聲音，而不應該成爲載體，攜帶另外某個人的聲音。」

斯凱特爾聳聳肩。在這個時代，所有大人物都使用密波傳信器，因爲誰都說不清資訊的發送者和接收者之間存在什麼障礙。密波傳信器不可能破解，因爲它的本質是自然人聲，只是波形稍有變化，再以此爲基礎進行最複雜的擾頻編碼。

「連他的稅務官員也用這種辦法。」法羅克抱怨說，「我們那時候，密波傳信器只植入低等動物身上。」

但稅收資訊確實應該保密，斯凱特爾想。不止一個政府因爲人民知道它所聚斂的巨額財富而垮台。

「弗瑞曼士兵們對穆哈迪的聖戰有什麼看法？」斯凱特爾問，「他們是否反對把皇帝變成神？」

「多數人甚至想都沒想過這樣的問題。」法羅克說，「大多數人對聖戰的看法和我從前一樣，認爲聖戰是一場奇異的經歷，意味著冒險和財富。我住的這種破谷地屋——」法羅克朝後院做了個手勢，「就花掉了價值六十里達的香料。整整九十駝啊！這麼大一筆財富，那時候想都不敢想。」他連連搖頭。

他們穿過後院，那個瞎眼睛的年輕人正用巴利斯九弦琴彈奏一曲愛情歌謠。

九十駝，斯凱特爾想。毫無疑問，這是一大筆財富。在許多星球上，買法羅克這間陋室所花的錢能買下一座宮殿。但宇宙間的一切都是相對的，「駝」也不例外。比如說，法羅克知道香料的這一計量單位的出處嗎？一峰駱駝最多只能載一駝半香料，這一點，法羅克想過嗎？不可能想過。法羅克說不定壓根兒沒聽說過駱駝，也沒有聽說過地球上的黃金時代。

法羅克開始說話了，音調和他兒子巴利斯九弦琴的旋律奇怪地吻合。「我有一把嘯刃刀，還有十升水環，以及我父親傳下來的長矛，一套煮咖啡用具，一隻記不清年代的古舊的紅色玻璃瓶。我們的香料中有我一份，但我沒有錢。我很富有但自己卻感覺不到。我有兩個老婆：一個長相平平可非常愛我。另一個愚蠢而固執，卻有天使般的長相和身材。我曾經是一個弗瑞曼耐布，一個沙蟲騎士，一個沙漠和怪獸的征服者。」

庭院另一頭的年輕人手下的旋律加快了節奏。

「許多事我都一清二楚，想都不用想。」法羅克說，「我知道沙地深處有水，是被小製造者封在那兒的。我還知道我們的祖先用處女爲犧牲祭祀夏胡露……但被列特．凱恩斯禁止了。有一次我還在一條沙蟲嘴裡見過珠寶。我的靈魂有四道門，每道門我都非常熟悉。」

他沉默了，沉思著。

「然後，那個亞崔迪人和他的巫婆母親來了。」斯凱特爾說。

「那個亞崔迪人來了，」法羅克同意道，「那個在我們的穴地被稱作友索的人，我們私下裡都這樣叫他。我們的穆哈迪，穆哈迪！他發動聖戰的時候，我和一些人曾經有過疑問：『我們爲什麼要去打仗？那兒和我們毫不相干。』可是其他人去了——都是年輕人，我的朋友，我童年時代的夥伴。他們回來的時候談到了魔法，還有這個亞崔迪救世主的超凡魔力。他和我們的敵人哈肯尼人作戰。曾許諾給我們幸福樂園的列特．凱恩斯也賜福予他。據說這個亞崔迪人還打算改變我們的世界、我們的宇宙。他是一個能使金花在夜晚綻放的人。」

法羅克抬起雙手，看著自己的手掌。「人們指著一號月亮說：『他的靈魂就在那兒。』於是他就成了聖穆哈迪。我眞搞不懂。」

他放下手，目光穿過庭院，看著自己的兒子，「我腦子裡沒有任何想法，我的想法只在心裡，在肚子裡。」

音樂的節奏更快了。

「你知道我爲什麼參加聖戰嗎？」老人的眼睛死死盯著斯凱特爾，「我聽說那兒有種名叫大海的東西。一直生活在我們的沙丘星上，大海這種東西眞是難以想像。我們沒有大海。沙丘上的人們也從不知道大海。我們有捕風器，我們收集水，因爲列特·凱恩斯承諾會有大變化……穆哈迪揮揮手就能帶來的大變化。我可以想像有活水流動的露天水渠，根據水渠，我還能大致想像出河。可是大海是怎麼回事？怎麼也想不出來。」

法羅克看著後院那半透明的遮棚，似乎想弄清楚外面的宇宙到底是怎麼回事。「大海。」他說，聲音很低，「我腦子裡無法描繪出它的景象。我認識的人看見了這個奇觀。可是我認爲他們在撒謊，我必須親自去看看。所以我報了名。」

年輕人的巴利斯九弦琴發出最後一聲高音，然後又彈起了一首新曲子。節奏怪異，起伏不定。

「你找到大海了？」斯凱特爾問道。

法羅克沒有作聲，斯凱特爾還以爲老人沒聽到他的話。音樂在他們身邊盤繞，忽而升起，忽而落下，像漲漲落落的潮水。聽得斯凱特爾喘息起來。

「是日落的時候。」法羅克停了一會兒說，「從前的畫家也許可以畫出那樣的日落。畫裡有紅色，和我這個瓶子的顏色一樣。可是實際上它是金色的……還有藍色。是那個我們叫做英菲爾的星球，我帶著軍團在那兒打了勝仗。我們從山裡出來，穿過一片濃重的水霧。那麼重的水氣，我簡直無法呼吸。就在那兒，在我腳下，我看到了朋友們說過的東西：好大的水，看不到邊，看不到頭。隊伍從高處衝下去。我走進水裡，喝了個飽。苦極了，讓人不舒服。但我從來沒忘記那種奇觀。」

斯凱特爾發現自己也和老人一樣，對自然的奇蹟肅然起敬。

「我把自己浸入海水。」法羅克說，一邊低頭看著瓷磚地板上的水生物圖案，「沉下去時是一個人，重新浮起來時……我變成了另外一個人。我覺得自己記起了並不存在的過去，我用這雙可以接受一切——所有一切的——新的眼睛看著周圍。我看見水中有一具屍體……一個被我們殺死的抵抗者。附近的水面上漂浮著一段木頭，是一截燒斷了的大樹。現在我閉上眼睛也能看見那段木頭，一端被火燒得黝黑。水裡還漂浮著一片衣服，只能算一塊黃色破布……撕爛了，污穢不堪。看著這些東西，我知道它們為什麼來到我眼前——為了讓我看見。」

法羅克慢慢轉過身，看著斯凱特爾的眼睛，「你知道，宇宙是無窮盡的。」他說。

這老傢伙嘮嘮叨叨，可還不乏深刻，斯凱特爾想。他說：「我看的出來，那次經歷深深影響了你。」

「你是特雷亞拉克斯人。」法羅克說，「你看見過許多大海。我只看見過那一個大海，但關於海，我卻知道一些你不知道的東西。」

斯凱特爾突然感到一陣奇怪的不安。

「混沌之母生於大海。」法羅克說，「當我濕淋淋地從水裡出來的時候，發現奇扎拉·塔弗威德站在旁邊。他沒有走進大海，他站在沙灘上……潮濕的沙灘……我的有些手下也和他一樣，害怕大海。他看著我，那種眼神啊，他知道我明白了一些他永遠不會明白的東西。我變成了一隻海洋生物，讓他感到害怕。大海讓我癒合了聖戰帶來的傷痕，他看到了這一點。」

斯凱特爾發現在老人敘述的過程中，音樂停止了。但讓他不安的是，自己竟然不知道巴利斯九弦琴的聲音是什麼時候停下來的。

法羅克強調地說：「每道門都有衛兵把守，根本沒辦法進入皇宮。」好像這句話跟他剛才說的那些事有關係似的。

「可是這正好是皇宮的弱點。」斯凱特爾說。

法羅克抬起頭，望著他。

「有一種辦法可以進入皇宮。」斯凱特爾解釋說，「大多數人不相信這一點——但願皇帝同樣不相信——都認為反叛者只能通過別的途徑進去……這一點對我們有利。」他擦擦嘴唇，感受著自己挑選的這張臉的異於常人之處。那位樂師的沉默讓他心裡十分不安：意味著法羅克的兒子所發送的信號已經傳輸完畢？那種音樂肯定是祕密信號，他斯凱特爾的神經系統接受了這種信號，只要到了某個恰當的時機，資訊就會被植入他腎上皮質的密波傳信器所啟動。現在，信號傳輸已經結束，他成了一個容器，攜帶著他自己一無所知的內容，滿滿地盛著各式各樣的資料：阿拉吉斯密謀集團的每一個支部，每個參與者的名字，每次聯絡的暗語……一切重要訊息盡在其中。

有了這些訊息，他們就能將阿拉吉斯煽動起來，捕獲一隻沙蟲，在穆哈迪勢力之外的某個地方開創自己的香料粹。他們可以打破香料壟斷，擊敗穆哈迪。有了這些訊息，他們可以做的事很多，很多。

「那個女人在我們這兒。」法羅克說，「你現在想見見她嗎？」

「我已經見過她了。」斯凱特爾說，「而且仔細研究過她。她在哪兒？」

法羅克啪地彈了下手指。

年輕人拿起三弦琴，撥動琴弦，塞繆塔音樂頓時輕輕響起。彷彿被音樂牽動一般，一位裹著藍色長袍的年輕女子從樂師身後的門洞緩緩走出。在毒品的作用下，她那雙伊巴德香料藍的眼睛呆滯無神。這是一個弗瑞曼人，染上了香料癮，同時又沾染了來自外星的惡習。她完全沉醉於塞繆塔音樂之中，如癡如醉，不知自己身在何處。

「奧塞姆的女兒。」法羅克說，「我兒子給她用了毒品。他眼睛瞎了，只有用這種辦法才能替自己弄到一個本族女子。可是你看，他的勝利毫無意義。塞繆塔音樂奪走了他希望得到的東西。」

「她父親不知道嗎？」斯凱特爾問。

「連她自己也不知道。」法羅克說，「她每次來訪，我兒子都會給她提供一套虛假的記憶，讓她以為自己愛上了他。她家裡的人也是這樣想的。他們非常不滿，因為我兒子不是一個完整的男人。不過，他們倒也不會干涉。」

音樂嫋嫋，漸漸停了下來。

樂師做了個手勢，年輕女人於是過來緊挨著他坐下，低頭傾聽著他的喃喃細語。

「你對她有什麼打算？」法羅克問。

斯凱特爾又一次仔細查看著後院，「屋子裡還有別的人嗎？」他問。

「所有人都在這兒了。」法羅克說，「你還沒有告訴我打算對這女人怎麼樣。我兒子很想知道。」

斯凱特爾右臂一擺，似乎準備回答他的問題。突然，一支閃閃發亮的尖利飛鏢從他的袍袖裡射出，悄無聲息地射在法羅克的脖頸上。沒有一聲叫喊，連身體的姿勢也沒有改變。不出一分鐘，法羅克就將死去，但他卻絲毫動彈不得，被飛鏢上的毒藥定住了身形。

斯凱特爾慢慢站起來，朝瞎眼樂師走去。飛鏢射進他的身體時，他還在和那個年輕女人呢喃細語。

斯凱特爾抓住年輕女人的手臂，輕輕扶起她，沒等她發現，迅速變了一副面容。她站直身子，愣愣地望著他。

「怎麼回事，法羅克？」她問。

「我兒子累了，需要休息。」斯凱特爾說，「來，我們到後面去。」

「我們談得很開心。」她說，「我已經說服了他去買特雷亞拉克斯人的眼睛，變成一個健全的男人。」

「難道我就沒反復勸過他嗎？」斯凱特爾說，一邊催促她朝屋後走。

他驕傲地發現自己的聲音和那張臉是如此和諧。毫無疑問，這正是那個老弗瑞曼人的聲音，這個人現在肯定已經徹底死了。

斯凱特爾歎了口氣。至少這次殺戮進行得很仁慈，他對自己說，而且，那兩個犧牲品也知道他們在冒什麼風險。但這個女人嘛，倒是應該給她一個機會。

※　※　※

創建之初，所有帝國都不缺乏目標和意義。但當它們建成之後，早期的目標卻喪失殆盡，取而代之的只是一些意義含混的儀式而已。

——摘自伊如蘭公主之《穆哈迪談話錄》

阿麗亞明白了，這次國務會議又將不歡而散。她感覺到不滿情緒在醞釀，在積蓄力量：伊如蘭正眼也不瞧加妮，史帝加神經質地撥弄著文件，保羅則陰沉著臉，瞪著奇扎拉．柯巴。

她選了金質會議長桌末端的一個位置坐下，這樣就可以透過露台的窗戶，看到下午那一抹布滿灰塵的陽光。她進來時柯巴正在發言，只聽他對保羅說道：「陛下，我的意思是，現在的神祇已經不像從前那麼多了。」

阿麗亞向後一仰頭，笑出了聲。弗瑞曼女式長袍上的黑色兜帽被震得掉了下來，露出下面的臉龐：藍中透藍的「香料眼」，和她母親一樣的象牙白肌膚，濃密的金黃色頭髮，小巧的鼻子，寬寬的嘴。

柯巴的面頰漲成了橘紅色，近於他的長袍的顏色。他怒視著阿麗亞。這是一個乾癟老頭，頭上光禿禿的，怒氣沖沖。

「妳知道我在和妳哥哥說什麼嗎？」他大聲問道。

「我知道其他人是怎麼說你們奇扎拉教團的。」阿麗亞反駁道，「你們並沒有沾上神的光環，只不過是他的奸細耳目而已。」

柯巴把目光轉向保羅尋求支持，「我們的工作得到了穆哈迪本人的授權，他有權深入瞭解他的人民，而他的人民也有權聆聽他的綸音。」

「奸細。」阿麗亞說。

柯巴噘起嘴唇，委屈地沉默了。

保羅看著自己的妹妹，奇怪她為什麼故意和柯巴過不去。他忽然發現阿麗亞已經成了一個女人，全身上下閃爍著青春的美貌和光彩。奇怪呀，自己竟然直到此刻才發現她長大了。她已經十五歲——就快到十六了。一個沒有做過母親的聖母，一個保持童貞的女牧師，一個迷信的群眾既畏且敬的——尖刀阿麗亞。

「現在不是你妹妹發難的時間和場合。」伊如蘭說。

保羅不理她，只對柯巴點點頭，「廣場上擠滿了香客。出去領著他們祈禱吧。」

「可是他們希望您去，陛下。」柯巴說。

「你戴上頭巾，」保羅說，「這麼遠他們看不出來。」

伊如蘭竭力壓下被忽略的惱怒，看著柯巴奉命出去了。她突然不安起來：艾德雷克或許沒能把她隱蔽好，讓阿麗亞得知了她的活動。對於穆哈迪的這個妹妹，我們究竟瞭解多少？她非常擔憂。

加妮的雙手握得緊緊的，擱在膝蓋上。她朝坐在桌子對面的舅舅史帝加瞥了一眼，他現在是保羅的國務總理。她心想，這個弗瑞曼老耐布是否一直嚮往沙漠穴地的簡單生活？她發現史帝加的兩鬢已經灰白，但濃眉下的雙眼依然炯炯有神，那是野外生活養成的鷹隼般的銳利目光。他的鬍子上還留著儲水管的印記，這是長期穿著蒸餾服的標識。

加妮的注視讓史帝加有些不自在，他把目光轉向周圍的國務會議成員，最後落到露台的窗戶上。柯巴正站在外面，張開雙臂做賜福祈禱。一縷下午的陽光照到他身後的落地窗玻璃上，投下一圈紅色的暈環。剎那間，他發現那位宮廷奇扎拉彷彿變成了一個綁在火輪上的受難者。柯巴放下手臂，幻覺也隨之消失。但史帝加仍然被它深深震撼了。隨即，他的思緒轉向那些等候在會見大廳裡的奉承諂媚者，以及穆哈迪皇冠周圍可恨的浮華奢靡，憤怒沮喪之情油然而生。

史帝加想，被皇帝召來開會的這些人都想從他身上找出某處紕漏和錯誤。雖然這或許是一種褻瀆心理，可是就連史帝加也免不了懷著這樣的心思。

柯巴回來了，將遠處人們的擾攘聲也帶了進來。只聽砰的一響，露台的門關上了，屋裡重又安靜下來。

保羅的目光尾隨著那位奇扎拉。柯巴在保羅左邊找了個位置坐下，表情沉著安詳，眼睛因信仰的迷狂而熠熠發光。那一刻的宗教神力使他感受到了無上快樂。

「他們的心靈被喚醒了。」他說。

「感謝上帝。」阿麗亞說。

柯巴的嘴唇變得蒼白。

保羅再一次審視著自己的妹妹，不明白她的動機是什麼。他提醒自己，她那副天眞無邪的表情下往往掩藏著欺騙。她和自己一樣，都是比吉斯特培養出來的產物。科維扎基·哈得那奇的遺傳基因在她身上產生了什麼效果呢？她總是有些神祕詭異之處，當她還是子宮裡的胎兒時就這樣，那時候母親剛從香料粹中死裡逃生。母親和她未出生的女兒同時成爲聖母，但儘管如此，這兩個人卻並不相同。阿麗亞對那次經歷的說法是，一個可怕的瞬間，她的意識突然被喚醒了，她的記憶裡吸入了無數別的生命，而這些生命當時正在被她的母親所吸納。

「我變成了我母親，還有其他許許多多人。」她說過，「我那時還沒有成形，也沒有出生，卻變成了一個地地道道的老女人。」

阿麗亞察覺到保羅正在注意她，於是對他笑了笑。他的表情頓時柔和下來。他問自己，對付柯巴這種人，除了冷嘲熱諷之外還能怎樣？有什麼比敢死隊員突然變成教士更具諷刺意義呢？

史帝加拍了拍手上的文件。「如果陛下允許的話，」他說，「我希望討論一下這些文件。這些事情都非常緊迫。」

「你指的是圖拜星的合約？」保羅問。

「宇航公會堅持要我們在不知道圖拜星協議各方具體方位的情況下先在合約上簽字。」史帝加說，「他們獲得了立法會代表的支持。」

「你們施加了什麼壓力？」伊如蘭問。

「皇帝陛下對此已經有所安排。」史帝加說。話音冷漠而正式，流露出對這位公主夫人的不以爲然。

「我親愛的皇夫。」伊如蘭一邊說，一邊把頭轉向保羅，迫使他不得不正視自己。

保羅想，故意當著加妮的面強調自己在名分上高人一等，這是伊如蘭的愚蠢之處。此時此刻，他和史帝加一樣不喜歡伊如蘭，但憐憫之心使他緩和下來。說到底，伊如蘭只不過是比吉斯特姐妹會手中的卒子而已。

「什麼事？」保羅說。

伊如蘭瞪著他，「如果您扣押他們的香料粹……」

加妮搖搖頭表示反對。

「我們的行動必須非常謹慎。」保羅說，「直到現在，圖拜星一直是被擊敗的大家族的庇護所。對我們的對手來說，它象徵著最後的巢穴，最後的安身立命之處。這個地方相當敏感。」

「他們既然能把人藏在那兒，也就可以把別的什麼東西藏在那兒。」史帝加聲音低沉地說，「比如說一支軍隊，或者處於雛形的香料粹什麼的，它……」

「但你不能把人逼得無處可走，」阿麗亞說，「如果你還想和他們和平共處的話。」她很後悔自己被扯入了這場她已經預知到的爭論。

「也就是說，我們把十年時間浪費在談判上，到頭來卻一無所獲。」伊如蘭說。

「我哥哥的行動從來不會一無所獲。」阿麗亞說。

伊如蘭拿起一份文件，緊緊抓住它，緊得指關節都變白了。保羅看出她正在用比吉斯特之道控制自己的情緒：審視內心，深呼吸。他幾乎能聽見她在心中不停地念誦靜心禱詞。片刻以後，她說話了，「我們得到了什麼結果？」

「我們使宇航公會措手不及。」加妮說。

「我們希望儘量避免和敵人攤牌。」阿麗亞說，「不一定要消滅他們。亞崔迪旗幟之下發生的大屠殺已經夠多的了。」

她跟我一樣，同樣感受到了，保羅想。奇怪，他倆都強烈地覺得應該對這個亂哄哄的、盲目崇拜的宇宙負起責任，這個宇宙現在已經完全癡迷於宗教式的沉醉和瘋狂之中。他想，我們是否應該保護人類免遭他們自己的茶毒？他們每時每刻都在做毫無意義的事：空虛的生活，空虛的言詞。他們向我要求得太多。他感到喉頭一陣緊縮。他將失去多少珍貴的瞬間？什麼兒子？什麼夢想？和他的預言幻象向他顯示的那些寶貴瞬間相比，值得嗎？眞的到了那個遙不可及的未來，又有誰會對未來的人們說「要是沒有穆哈迪，就不會有你們」？

「不給他們香料粹，這種做法行不通。」加妮說，「這樣做的話，宇航公會的領航員將失去洞察時空的能力；妳比吉斯特的姐妹們也不能未卜先知；一些人還可能提前死去；資訊交流也會中斷。到那時，受譴責的會是誰？」

「他們不會走到那一步的。」伊如蘭說。

「不會？」加妮問，「爲什麼不？罪名難道還會落到宇航公會頭上不成？不是他們的錯，他們無能爲力嘛，而且，他們一定會向大家證明這一點。」

「我們就照這樣子，把這個合約簽了。」保羅說。

「陛下，」史帝加說，看著手上的文件，「我還有一個問題。」

「嗯？」保羅注視著這個弗瑞曼老人。

「您有某種……呃……魔力。」史帝加說，「儘管宇航公會拒絕透露協議另一方的方位，但您能不能查出來？」

魔力！保羅想。其實史帝加想說又不好說出口的話是：「你有預知魔力。你難道不能在你看到的未來幻象中找到線索，從而發現圖拜星？」

保羅看著純金桌面。這是個老問題了：如何讓別人明白他望向那不可言說的未來時所遭遇的種種局限？他看到的是一個個片段，看到各種勢力不可避免地走向滅亡，難道他就這樣告訴其他人不成？普通人從未體驗過香料的預知能力，怎麼想像頭腦清醒、卻不知自己所處的時空、方位的狀態？

他看了看阿麗亞，發現她在注意伊如蘭。阿麗亞覺察到了他的目光，瞥了他一眼，朝伊如蘭點點頭。哦，對了：他們現在得出的任何結論都會記入伊如蘭的特別報告，並送交比吉斯特姐妹會。她們從不放過科維扎基·哈得那奇所做的任何預言。

儘管如此，還是應該給史帝加一個答案。自然，伊如蘭也會得到這個答案。

「沒有經驗的人都把預知魔力想像成遵循某種自然法則。」保羅說。他把雙手的指尖頂在一起，「但這種說法實際上毫無意義，就跟說它是來自天堂的聲音一樣，沒有任何意義。可以這麼說，預知力量是一種協調，與人共存，與人的行為共存。換句話說，現在向未來湧動，預知則伴隨著這一過程。你們明白嗎？從表面上看，預知像是自然而然發生的。但這種力量不能用於預測目標、預知目的。被波濤捲裹的碎片能說出它將被帶往何處嗎？神諭沒有因果關係，它只管傳送過來、匯集起來，而你只能接受這一切。如此一來，你便知道了許多智力無法探測究竟的東西。你的理性意識會排斥它們，而在這個排斥的過程中，理性也變成了預知過程的一部分，最終被這個過程征服。」

「也就是說您無法做到？」史帝加問。

「如果我有意識地用預知能力搜尋圖拜星，」保羅直接對伊如蘭說道，「可能反而將它從我的預知範圍內排斥出去。」

「這是混沌！」伊如蘭反駁道，「與自然規律不一致。」

「我說過它不遵循任何自然法則。」保羅說。

「這麼說，你的魔力有其局限，看到的有限，能做的也有限？」伊如蘭問。保羅還沒來得及回答，阿麗亞說道：「親愛的伊如蘭，預知能力沒有任何局限性。至於不一致，宇宙並不一定非要保持什麼一致性。」

「可是他才說……」

「妳非要我哥哥解釋沒有局限之物的局限性，這怎麼可能呢？完全超出了理智的範圍嘛。」

阿麗亞這麼做眞可惡，保羅想，這是在捉弄伊如蘭。伊如蘭的頭腦很清晰，但這種清晰完全依賴一種觀念，即，世間萬物無不有其局限，正是這種局限構成了事物的界限。他把目光轉向柯巴，此人的坐姿像一個正在聆聽天啓的虔誠教徒，全神貫注，用自己的全部身心傾聽著。奇扎拉教團會怎樣利用這番對話？更多的宗教神祕？喚起更大的敬畏？毫無疑問。

「那麼，您打算就按這樣簽訂這份合約？」史帝加問。

保羅笑了。幸好有史帝加這句話，神諭的問題總算可以告一段落了。史帝加的目標是取得勝利，而不是發現眞理。和平，公正，加上穩定的貨幣流通——這就是史帝加的世界。他要的東西是實實在在、看得見摸得著的——比如合約上的簽名。

「我會簽的。」保羅說。

史帝加又拿出一個文件夾，「這是來自伊克斯戰區司令官的最新消息，裡面談到了當地人的制憲熱情。」這個弗瑞曼老人瞥了一眼加妮，加妮聳聳肩。

伊如蘭剛才閉上了眼睛，雙手放在額前，運用她的強力記憶術記下會議的一切內容。這時她睜開雙眼，專注地望著保羅。

「伊克斯聯邦已經表示歸順了。」史帝加說，「可是他們的談判者對帝國的稅額提出了質疑，他們……」

「他們想合法地限制帝國的意志。」保羅說，「想限制我的是誰，立法會還是宇聯公司？」

史帝加從檔夾裡取出一張便條，「這是我們的一個間諜弄到的，是宇聯公司少數派祕密會議的備忘錄。」他用平靜的聲音念著這封密件，「『必須阻止皇帝追求獨裁的努力。我們必須向世人揭示這個亞崔迪人的眞面目，讓他在立法會法規、宗教活動和官僚政體這三者的掩飾下所玩弄的種種權術大白於天下。』」他把便條塞進文件夾。

「一部憲法。」加妮喃喃地說。

保羅看了看她，又看看史帝加。聖戰的基礎開始動搖了，保羅心想，可惜這種搖撼沒有來得更早，讓我不至於捲進去。一念及此，他不由得百感交集。他想起了自己早在聖戰爆發之前預見到的有關這場戰爭的種種幻象，想起了當時所體驗到的強烈的恐怖和厭惡。到了今天，他所看到的幻象更加可怕。更重要的是，他親身經歷了實實在在的暴力。他無數次親眼看到他的弗瑞曼人從他身邊衝殺向前，在堅定的信仰的鼓舞下投入聖戰。當然，聖戰也是有限的，和永恆相比，它只是短暫的一瞬。但它帶來的恐怖使過去所有的恐怖都相形見絀。

而且全是以我的名義，保羅想。

「也許應該給他們一部形式上的憲法。」加妮提議道，「但不是眞正的憲法。」

「欺騙也是一種治國工具。」伊如蘭贊同道。

「任何權力都必須加以限制，那些把他們的希望寄託在一部憲法中的人無疑會發現這一點。」保羅說。

柯巴改變了自己虔敬的姿勢，挺直身子，「陛下？」

「什麼？」保羅想，是了！這是個對那部尚不存在的憲法抱同情態度的人。

「我們可以先試著頒布一部宗教憲法。」柯巴說，「讓虔信者可以……」

「不！」保羅厲聲說，「國務會議必須頒布一條命令。你在記錄嗎，伊如蘭？」

「是的，陛下。」伊如蘭說。聲音冷漠呆板，顯然非常不喜歡這份被迫承擔的枯燥乏味的工作。

「憲法會變成極端的專制，」保羅說，「其權力至高無上。憲法是鼓動起來的社會權力，沒有任何道德和良心。它可以摧毀社會的各個階層，無情地抹殺所有尊嚴和個性。它沒有穩定的標準，也不受任何限制。與此相比，我則是有限制的。爲了給我的人民提供絕對的保護，我禁止頒布憲法。國務會議特發此令。年，月，日。等等。」

「伊克斯聯邦提出的稅的問題怎麼處理？」史帝加問。

保羅的目光從柯巴惱怒得滿臉通紅的臉上移開，說：「你已經有想法了，史帝加？」

「稅收方面的控制權必須掌握在我們手中，陛下。」

「宇航公會得到了我在圖拜合約的簽字，但它要付出代價。」保羅說，「這個代價就是伊克斯聯邦交付給我們的稅款。沒有宇航公會提供運輸，伊克斯聯邦不可能進行貿易。這筆錢他們會付的。」

「好極了，陛下。」史帝加拿起另一個文件夾，清了清喉嚨，「這是奇扎拉教團有關薩魯撒·塞康達斯星的報告。伊如蘭的父親一直在指揮他的軍團演習登陸戰術。」

伊如蘭把玩著自己的左手手掌，彷彿突然在上面發現了什麼有趣的東西，她脖頸上的血管跳了一下。

「伊如蘭，」保羅問，「妳還堅持認爲妳父親手下那唯一一個軍團只不過是裝飾而已嗎？」

「他能用一個軍團做什麼？」她問。眼睛瞇成一條縫瞪著他。

「能用這個軍團讓自己送命。」加妮說。

保羅點點頭，「爲此受到譴責的當然又是我。」

「我認識一些聖戰指揮官。」阿麗亞說，「聽到這個消息，他們肯定會立即採取行動。」

「可是那不過是他的治安部隊而已！」伊如蘭反駁道。

「那麼他們就沒有必要演習登陸戰術。」保羅說，「我建議妳在下一張給妳父親的便條裡坦率而直接地談談我的意見，叫他安分守己。」

她低下頭，「是，陛下。我希望這件事到此爲止，如果我父親眞的出了什麼事，你的反對者會把他塑造成爲一個烈士的。」

「嗯，」保羅說，「沒有我的命令，我妹妹不會把消息透露給那些指揮官。」

「攻擊我父親有很大風險，不一定是軍事上的風險。」伊如蘭說，「人們已經開始懷念他統治下的皇朝了。」

「妳越扯越遠了。」加妮說，話音裡一股弗瑞曼人的殺氣。

「夠了！」保羅命令道。

他考慮著伊如蘭的話，想著人民中間產生的懷舊情緒。是啊，她的話確實道出了某種眞相。伊如蘭再一次證明了自己存在的價值。

「比吉斯特姐妹會送來了正式請求。」史帝加邊說邊遞上另一個文件夾，「她們希望商討一下您的血脈延續問題。」

加妮斜睨著那份文件，彷彿裡面暗藏著致命的詭計。

「照往常一樣搪塞過去。」保羅說。

「我們非得這樣嗎？」伊如蘭請求道。

「也許……應該討論一下這個問題。」加妮說。

保羅堅決地搖搖頭。她們不知道，他不打算做出這種妥協，至少現在沒有這種打算。

可是加妮繼續說了下去，「我到我的出生地泰布穴地的祈禱牆祈禱過，」她說，「也去看過醫生。我還跪在沙漠裡，把我的想法說給沙地深處的夏胡露。可是，」她無奈地聳聳肩，「沒有任何用處。」

科學和迷信，兩者都辜負了她，保羅想。我是不是也辜負了她？我畢竟沒有告訴她為亞崔迪家族帶來子嗣意味著什麼。他抬起頭，發現阿麗亞眼裡流露出憐憫。妹妹的這種表情使他煩亂不堪，她是否同樣看到了那可怕的未來？

「陛下應該知道，沒有繼承人對帝國來說多麼危險。」伊如蘭說，聲音帶著比吉斯特式的圓滑和說服力，「這些事討論起來很困難，可是必須把它公開。皇帝不僅僅是一個普通的男人。他是這個帝國的領導者。如果他沒有繼承人而死去，臣子為爭奪皇位的殘殺就會接踵而至。您熱愛您的人民，難道忍心發生這樣的蕭牆之禍？」

保羅離開長桌，踱到露台窗戶邊。微風慢慢吹散了城市那邊升起的裊裊炊煙。天空逐漸變暗，成了銀藍色。滿是灰塵的夜幕從遮罩牆上落下，光線於是更加黯淡。他凝視著南面那堵峭壁，正是它保護著北面的領地免受風沙侵襲。他心想，自己心境寧靜的時候為什麼沒注意到這個屏障。

與會者坐在他身後，靜靜地等著。他們知道，他離震怒只差一步。

保羅只覺得時間在體內來回衝撞，過去、未來和現在攪成一團。他極力鎮定下來，澄澈寧靜，平衡諸般要素。只有平衡各方，才能構建一個全新的未來。

還是放手不管了吧……放手……放手，他想。如果我帶著加妮，只帶著她，和她一起離開這裡，到圖拜星上找一個藏身之處躲起來，會怎麼樣呢？但他的名字仍會留下來，聖戰將找到一個新的、更可怕的支撐點，他也會因此遭到譴責。他感到一陣突如其來的恐懼，惟恐在追求新目標時喪失自己原有的、最為寶貴的東西，惟恐宇宙因為自己最輕微的一聲細語而徹底崩塌，成為一堆他再也無從著手的碎片。

下面，一大群朝聖的香客們擠在廣場上，綠白相間，變成了一片模糊的背景。他們在阿拉肯衛兵的後面走來走去，像一條無頭無尾的蟒蛇。保羅想起來了，自己的接見大廳此刻肯定也擠滿了這樣的香客。香客！他們拋妻別子的朝聖活動成了帝國的一項讓人不舒服的財源。朝聖者的宗教腳步遍及太空，他們不斷湧來，湧來，湧來。

我是怎麼發動這場運動的？他問自己。

當然，煽起這場運動的是宗教。它一直潛伏在人類的遺傳基因裡，辛苦掙扎了許多世紀才盼到了這短暫爆發的一瞬。

在深藏內心的宗教本能的驅使下，人們來了，來尋找精神的復活。朝聖在這兒到達終點——「阿拉吉斯，重生之地，死亡之地。」

那個狡猾的老弗瑞曼人說，從這些香客身上能擠出水來。

誰知道他們眞正想要什麼？保羅懷疑。他們號稱自己到了聖地。可是他們應該知道，宇宙中根本不存在什麼伊甸園，靈魂也找不到圖拜星那樣的庇護所。他們把阿拉吉斯稱作未知之地，認爲所有神祕之事都能在這裡找到答案，這裡是連結今生和來世的紐帶。最可怕的是，當人們離開這裡的時候，一個個都心滿意足，好像當眞找到了什麼答案似的。

他們在這兒找到了什麼？保羅問自己。

處於宗教狂熱中的香客們在大街小巷狂呼亂叫，像稀奇古怪的鳥群。事實上，弗瑞曼人管他們叫「遷徙鳥」，稱那些死在這兒的香客「長著翅膀的靈魂」。

保羅歎了口氣，心想，軍團每征服一個新的星球，都相當於開闢了一個全新的香客來源，這些人對「穆哈迪帶來的寧靜」充滿感激之情。

其實，任何地方都有寧靜，保羅想。任何地方……除了穆哈迪的心。

他感到自身的一部分深深沉入到無盡的冰涼和灰暗之中。他的預知能力竄改了一直爲人類尊奉的宇宙圖像，他破壞了宇宙的和平，代之以狂暴的聖戰。這個普通人的宇宙，他擊敗了它，從智力上戰勝了它，用預知征服了它。但是，在他內心深處，他知道，總有一天，這個宇宙會溜出他的手心，讓他再也把握不住。

他腳下這個被他征服了的星球如今已經從沙漠變成了綠洲，充滿生機，它的脈搏和最健壯的人一樣有力。它開始反抗他，掙扎著，漸漸擺脫他的掌握……

一隻手溫柔地伸了過來。他回過頭，發現加妮望著他，眼裡充滿關切。那雙眼睛凝視著他，她低聲說：「求求你，親愛的，別和自己過不去了。」她的手散發出無限溫情，使他振作起來。

「我的塞哈亞。」他輕輕說。

「我們一定要盡快回沙漠去。」她悄聲說。

他捏了捏她的手，又鬆開它，回到長桌旁，沒有坐下。

加妮在自己的位子上坐下。

伊如蘭盯著史帝加面前的文件，嘴唇抿成了一條線。

「伊如蘭提議她自己做帝國繼承人的母親。」保羅說。他看了看加妮，又看看伊如蘭。伊如蘭避開他的目光，「我們都知道，她並不愛我。」

伊如蘭一動不動。

「我知道，從政治角度考慮，這種做法有其道理。」保羅說，「但我是從人類情感的角度考慮這個問題的。我想，如果公主夫人不受制於比吉斯特姐妹會，提出這種要求也不是爲了獲得個人權力，我的態度或許會有所不同。可是在目前這種情況下，我不得不拒絕她的提議。」

伊如蘭顫抖著，深深吸了口氣。

保羅坐下來想著，他從未見過她如此失控。他靠近她，說：「伊如蘭，我眞的非常遺憾。」

她下巴一抬，眼裡冒出怒火。「我不需要你的憐憫！」她咬著牙說，然後轉向史帝加，「還有急事要討論嗎？」

史帝加沒有看他，只望著保羅說：「還有一件事，陛下。宇航公會再次提議要在阿拉吉斯星上設立正式的大使館。」

「是那種太空使館嗎？」柯巴問，聲音充滿憎恨。

「大概是的。」史帝加說。

「這件事要仔細考慮考慮，陛下。」柯巴提醒道，「宇航公會的代表踏上阿拉吉斯，這種事，耐布委員會是不會喜歡的。他們甚至憎恨被宇航公會的人踏過的每一寸土地。」

「他們住在箱子裡，不接觸地面。」保羅惱怒地說。

「耐布們說不定會自作主張的，陛下。」柯巴說。

保羅怒視著他。

「他們畢竟是弗瑞曼人啊，陛下。」柯巴固執地說，「我們記得很清楚，鎮壓我們的人都是宇航公會帶來的，受宇航公會的鼓動。還有，為了不讓他們把我們的祕密洩漏給敵人，我們被迫忍受他們的敲詐，他們榨乾了我們每一個……」

「不要說了！」保羅厲聲說，「你認爲我忘了嗎？」

柯巴結巴起來，好像突然意識到自己衝動失言了。「陛下，請原諒。我沒有暗示您不是弗瑞曼人，我沒有……」

「他們派來的會是一個領航員。」保羅說，「也就是說，這個領航員並沒有預見到這裡會發生什麼危險，否則他是不會來的。」

突如其來的恐懼使伊如蘭感到口乾舌燥，她說：「你已經……看見了一個領航員要來這兒？」

「我自然沒有看見什麼領航員。」保羅嘲弄地模仿著她的腔調，「但我能看見這個人到過哪裡，這個人將要去哪裡。就讓他們送一個領航員來好了，或許我有用得著他的地方。」

「就這樣定了。」史帝加說。

伊如蘭的手遮住自己的臉，手掌後露出了微笑：那麼，這是眞的。我們的皇帝看不見領航員。他們彼此都看不見對方。密謀沒有被暴露。

※　※　※

「好戲再次開場。」

——保羅・穆哈迪皇帝登基時說的話

阿麗亞透過窺視窗觀察著下面的接見大廳，宇航公會一行人出現了。正午的銀白色光線從天窗射到地板上。綠色、藍色和淡黃色的瓷磚輪廓分明，象徵著一條長滿水生植物的河流。上面星星點點閃爍著奇異的顏色，代表著各類鳥兒或者動物。

宇航公會的人跨過一幅瓷磚圖案，上面描繪了獵人們正在陌生的叢林裡追蹤他們的獵物。他們身著灰色、黑色和橘紅色的長袍，走動起來煞是好看。來人看似漫不經心地圍繞著一隻透明箱子，領航員大使就飄浮在裡面的橘紅色氣體中。箱子被兩個身穿灰色長袍的侍從拖著在懸浮力場上滑動，像一隻被拽進港口的矩形船。

她的正下方，保羅穩穩地坐在高台的獅形王座上。他戴著嶄新的正式皇冠，上面有魚和拳頭的圖徽。他的全身罩在鑲滿珠寶的金色長袍下，四周圍繞著閃閃發光的護體遮罩場。兩隊保鏢分別站在高台兩側，一直延伸到台階下。史帝加站在保羅右手兩級台階下面，穿著白色長袍，繫著一條黃色腰帶。

同胞兄妹的心靈感應告訴她，保羅心裡此刻和她一樣躁動不安。但他掩飾得很好，除她之外恐怕沒有一個人能看出來。他全神貫注地盯著一個穿著橘紅色長袍的侍從。侍從那雙空洞的金屬眼睛直愣愣地瞪著前方，目不斜視。他走在大使隊列的右前方，像一名侍衛軍官。捲曲的黑色頭髮下面是一張扁平的臉。即使裹著橘紅色的長袍，也可以清楚地認出這個人，他的每一個動作都呼喊著一個熟悉的名字。

鄧肯．艾德荷。

不可能是鄧肯．艾德荷，但他確實是鄧肯．艾德荷。

阿麗亞認出了這個男人，瑞哈尼破譯術能看透一切偽裝。她在母親子宮中便吸入了這個男人的資訊。她知道保羅也在看他，帶著無法抹去的過去，無盡的感激，以及青春時光的美好回憶。

它就是鄧肯。

阿麗亞顫抖起來。答案只有一個：它是一個特雷亞拉克斯死靈，一種把死者肉體重新改造後形成的東西。那具肉體曾經救過保羅的命。但它只可能是再生箱培育出來的產物。

死靈雄赳赳地走著，帶著頂級劍客的機敏。大使的箱子在離高台約十步的地方停了下來，死靈也隨之停下腳步。

比吉斯特之道早已深入她的骨髓，於是，阿麗亞看出了保羅的不安。他不再望著來自他的過去的那個人。眼睛不再看了，但他的整個身心卻仍舊注視著它，繃得緊緊的肌肉扭動了一下，保羅對宇航公會的大使點點頭，說：「他們告訴朕你的名字叫艾德雷克。歡迎你光臨皇宮，希望這次會見能增進我們之間的瞭解。」

宇航員舒適地斜倚在橘紅色氣體裡，啪的一聲，朝嘴裡塞了顆香料粹，然後迎著保羅的目光看過去。盤旋在箱子一角的小型語音轉換器發出一聲咳嗽，然後是一串粗啞而平板的聲音：「承蒙陛下接見，鄙人無限榮幸。爲了表示我的誠意，特地獻上一份薄禮。」

一名助手向史帝加呈遞了一張卷軸。他皺著眉頭仔細看了看，朝保羅點點頭。史帝加和保羅的目光同時轉向那個恭恭敬敬站在高台下的死靈。

「事實上，皇帝陛下認識這件禮物。」艾德雷克說。

「朕很高興接受你的誠意。」保羅說，「說說看，爲什麼把他送給朕。」

艾德雷克在箱子裡轉了個身，看著死靈，「這是一個叫海特的男人。」他邊說邊拼出了這個名字，「根據我們的調查，他的經歷非常奇特。他是在阿拉吉斯星被殺死的……頭部受到重創，許多個月後才重新癒合。因爲它生前是一個劍術大師，吉奈斯劍術學校的高手，因此這具屍體被賣給了特雷亞拉克斯。後來我們發現它可能是鄧肯．艾德荷，一個深受你們家族信賴的家臣。於是我們就買下它，作爲禮物獻給皇帝陛下。」艾德雷克看了看保羅，「它不是艾德荷嗎，陛下？」

保羅的聲音克制而謹慎，「它有些像艾德荷。」

難道保羅看到了什麼我看不到的東西？阿麗亞不相信。不！它就是鄧肯！

名叫海特的男人毫無表情地站在那裡，金屬眼睛筆直地瞪著前面，姿勢很放鬆。沒有任何跡象表明它知道自己是人們討論的目標。

「根據我們的可靠情報，它是艾德荷。」艾德雷克說。

「它現在叫海特了。」保羅說，「奇怪的名字。」

「陛下，我們無法推測特雷亞拉克斯爲什麼要爲它起這樣的名字。」艾德雷克說，「但名字是可以改變的。特雷亞拉克斯的名字並不重要。」

這是一件特雷亞拉克斯產品，保羅想，問題就出在這兒。在特雷亞拉克斯人看來，感官所能感知的一切全都是不值一提的。在他們的哲學裡，善良和邪惡的含意和常人理解的不一樣。誰知道他們在艾德荷的身體裡糅進了什麼東西——出於某種圖謀或者怪念頭？

保羅瞥了一眼史帝加，發現這個弗瑞曼人已經被迷信的畏懼徹底壓倒了，他的弗瑞曼衛兵身上也瀰漫了這種情緒。史帝加的腦子裡肯定正在琢磨著這個可恨的宇航公會，以及特雷亞拉克斯人，還有死靈。

保羅又轉向那個死靈，問道：「海特，這是你唯一的名字嗎？」

死靈深色的臉龐上掛著安詳的微笑。金屬眼睛動了動，注視著保羅，但只是機械的凝視。「陛下，這就是我的名字：海特。」

透過漆黑窺視孔凝神觀察的阿麗亞不由得顫抖起來。不錯，這正是艾德荷的聲音，確確實實是他的聲音，她身體的每一個細胞都能辨認出來。

「我喜歡用這個聲音說話，」死靈接著說，「但願陛下也同樣喜歡它。特雷亞拉克斯人說，這是一個標誌，表明我聽過這個聲音……在從前。」

「但這一點，你卻無法完全肯定。」保羅說。

「我對自己的過去一無所知，陛下。他們對我解釋過，說我不能保留前身的記憶。留下來的只是基因模式。但我頭腦中仍有一些小縫隙殘留著過去熟悉的事物所遺留的些許痕跡，比如語音、地點、食物、聲響、動作——還有我手中的這把劍，撲翼機的操縱器等……」

保羅發現宇航公會的來人正專注地傾聽著這番對話，於是問道：「你知道自己是一份禮物嗎？」

「有人向我解釋過，陛下。」

保羅向後一靠，雙手放在王座的扶手上。

*我有什麼虧欠鄧肯的呢？他心想。那個人爲救我而死。可是它不是艾德荷，它只是一個死靈。*然而，正是站在這裡的這個軀體和頭腦，教會了保羅駕駛撲翼機，那種感覺就像自己肩上長出了一雙翅膀似的。保羅還知道，要不是艾德荷的嚴格訓練，他根本不可能學會使劍。死靈。這個軀殼讓人難以自制地產生許多錯覺。舊有的印象難以抹去。鄧肯·艾德荷。但說到底，這個死靈的外表仍然只不過是一副面具，藉以藏身，隨時可以拋掉，和特雷亞拉克斯人藉以藏身的其他面具並無不同。

「你將怎樣爲朕效力？」保羅問。

「我將竭盡全力滿足陛下的任何要求。」

藏在隱蔽處觀看的阿麗亞被死靈的謙卑深深打動了。她看不出其中有任何僞飾。這個新鄧肯·艾德荷身上閃耀著絕對純潔無邪的光彩。原來的那個艾德荷大大剌剌，一副滿不在乎的樣子。可是這個死靈身上卻再也找不到這些毛病了，它像一張白紙，但特雷亞拉克斯人究竟在上面寫了些……什麼？

她察覺到了這份禮物下面隱藏的危險。這是一件特雷亞拉克斯產品。特雷亞拉克斯人製造的任何東西都顯露出某種令人不安的缺乏克制，他們行動只受他們的好奇心的驅使，而這種好奇心又完全沒有任何約束。他們吹噓說，他們有本事把人類這種原材料改造成任何東西，可以改造成聖人，也可以改造成魔鬼。他們曾經製造出一個殺手門塔特，一個可以戰勝蘇克學校心理定勢的殺人大夫。他們的產品還包括老實勤快的僕人，恭順的、可以滿足任何性要求的性玩偶，還有士兵、將軍、哲學家，有的時候甚至包括道德家。

保羅站起來，看著艾德雷克。「這份禮物接受過什麼培訓？」他問。

「特雷亞拉克斯人的意圖是把這個死靈訓練成門塔特，以及眞遜尼教派的哲人。經過這些訓練，他們希望他的劍術造詣在原來的基礎上更進一步。」艾德雷克說，「但願陛下喜歡。」

「他們做到了嗎？」

「這我就不知道了，陛下。」

保羅細細琢磨著這個回答。他明察秋毫的能力告訴他，艾德雷克打心眼裡相信這個死靈就是艾德荷。但遠不止這些。時間向未來流動，這個有預見能力的領航員便在其中，他的動向暗藏著危險，至於這種危險究竟是什麼，他一時還看不清楚。海特。這個特雷亞拉克斯名字中有一種危險的意味。保羅一陣衝動，很想拒絕這件禮物。但他知道，他不可能眞的這麼做。這具軀殼有功於亞崔迪家族——他們的敵人對這一點知道得一清二楚。

「眞遜尼的哲人。」保羅若有所思地說。他再次看看死靈，「你明白自己的角色和任務嗎？」

「我將謙恭地爲陛下服務。我的腦子被洗過了，身爲人類時曾經有過的一切負擔和牽掛都已不復存在。」

「你希望朕叫你海特還是鄧肯·艾德荷？」保羅問。

「隨便陛下怎樣稱呼我都行，因爲我不是一個名字。」

「你喜歡鄧肯·艾德荷這個名字嗎？」

「我想那曾經是我的名字，陛下。我的身體對這個名字做出了反應，它很適合我。可是……它喚起的是一種奇怪的反應。我想，一個人的名字在喚起愉悅的同時，免不了會伴隨著許多不快。」

「那麼，最能給你快樂的東西是什麼？」保羅問。

死靈出乎意料地笑了起來，「從別人身上尋找能揭示我前身的痕跡。」

「你在這兒看到這類痕跡了嗎？」

「哦，看到了，陛下。比如您那位站在那兒的手下史帝加，既疑慮重重，又敬畏不已。他曾經是我前身的朋友，可是現在，這個死靈軀體卻讓他十分反感。還有您，陛下，您過去尊重我的前身……並且信任他。」

「被清洗一空的腦子。」保羅說，「但一個被清洗一空的腦子又如何為朕效力呢？」

「效力，陛下？當未來的一切都是一個未知數時，這個被清洗一空的腦子可以做出果斷的決定，毫無顧忌，也不會悔恨。這種效力如何？」

保羅沉下臉。這是一種眞遜尼式的應對，反應敏捷，語意模糊。這個死靈所信奉的教義不承認任何心靈活動：毫無顧忌，也不會悔恨！正常人的心靈不可能接受這種想法。未知數？任何決斷都會涉及未知因素，連跟預見性幻象有關的決斷都是這樣。

「你願意朕叫你鄧肯．艾德荷嗎？」保羅問。

「如果不區別於他人，我們無法生活。陛下隨意替我挑選一個名字就好。」

「就用你那個特雷亞拉克斯名字吧。」保羅說，「海特——這個名字會讓別人有所警惕。」

海特深深鞠了一躬，向後退了一步。

阿麗亞疑惑不解：他怎麼知道接見已經結束了？我知道，因為我熟悉哥哥。可是哥哥並沒向這個陌生人發出任何信號。難道是他體內的鄧肯．艾德荷察覺到了？

保羅轉向大使，說：「你們的住處已經準備好了，朕想盡快和你私下談談。到時候朕會派人請你。另外還要正式通知你——免得你從不準確的資訊來源得知這消息——比吉斯特姐妹會的聖母凱斯．海倫．莫希阿姆已經被帶離你們的巨型運輸艦。這是朕的命令。再見面時，我們會好好談談她為什麼出現在這條船上。」

保羅揮了揮左手，讓大使及其隨從退下。「海特，」保羅說，「你留下來。」

大使的隨從們拖著箱子散去了。橘紅色氣體裡的艾德雷克飄動起來，包括眼睛、嘴唇，以及輕輕起伏的四肢。

保羅看著他們，直到最後一個宇航公會的人走掉，大門在他們身後砰的一聲關上了。

我就這麼做了，保羅想，我得到了這個死靈。這個特雷亞拉克斯產品是誘餌，這一點無可置疑。那個聖母老巫婆扮演的也很可能是同樣的角色。很早以前，他便預見到了這張塔羅牌，現在，它終於打出來了。真是一張該詛咒的牌！它攪混了流動不息的時間之水，讓預見能力竭盡全力也只能看到一瞬以後的事，而不是一個小時以後。他提醒自己，也有一些魚吃了誘餌後還能逃脫。話又說回來，這張牌儘管不利於他，但也不是全無好處。他無法預見未來，但其他人也同樣如此。

死靈站在那裡，偏著腦袋，靜靜地等待。

史帝加跨上台階，擋住保羅的視線，用穴地狩獵時使用的契科布薩語說：「那個箱子裡的生物令我厭惡，陛下。還有這件禮物！扔掉它算了！」

保羅用同樣的語言說：「我不能。」

「艾德荷已經死了。」史帝加反駁道，「這東西不是艾德荷。我們把它身上的水取給部族的人，扔掉它。」

「這個死靈是我的難題，史帝加。你的難題則是那個囚犯。對聖母要嚴加看管。派我親自訓練過的那些人去，只有他們才能抵抗她的魔音大法。」

「我不喜歡這個傢伙，陛下。」

「我會小心的，史帝加。你也要小心。」

「好的，陛下。」史帝加下了台階，從海特身邊經過的時候吸了吸鼻子，嗅了嗅，快步走了出去。

邪惡的氣味是嗅得出來的，保羅想。儘管史帝加曾把綠白相間的亞崔迪戰旗插到了許多星球上，但他仍然是個迷信的弗瑞曼人，頭腦永遠是那麼簡單固執。

保羅仔細研究著這件禮物。

「鄧肯啊鄧肯，」他低語道，「他們對你做了些什麼？」

「他們給了我生命，陛下。」海特說。

「可是他們為什麼要重新訓練你，並且把你送給朕？」保羅問。

海特嘴唇一撇，「他們打算讓我來摧毀您。」

這句話的坦率讓保羅大吃一驚。可是，一個真遜尼門塔特還能有什麼別的回答？即使變成了死靈，門塔特也只說真話，而且帶著真遜尼式的內心寧靜。這是一部人類電腦，大腦和神經系統執行的是很久以前由機器執行的任務。把他訓練成真遜尼教徒，這意味著雙倍的誠實……除非特雷亞拉克斯人在這具軀體裡做了某種最怪異不過的手腳。

還有，為什麼要弄成一雙機械眼？特雷亞拉克斯人炫耀說他們的金屬眼比原生肉眼更加先進。可是奇怪的是，沒有多少特雷亞拉克斯人願意選擇它。

保羅朝阿麗亞的窺視洞瞥了一眼，希望能看到她並得到她的建議。她的建議會很客觀，不會摻雜責任和歉疚。

他再次看了看死靈。這可不是一件無足輕重的禮物，它對危險的問題做出了誠實的回答。

他們並不在乎我是不是知道這是一件用來對付我的武器，保羅心想。

「那我如何才能保護自己不受你的傷害呢？」保羅問。他用的語式也很坦誠，沒有用皇帝的「朕」，是向過去的鄧肯．艾德荷提問時用的語氣。

「甩掉我，陛下。」

保羅搖搖頭，「你打算怎樣毀掉我？」

海特看了看周圍的衛兵。史帝加離開後，他們離保羅更近了。他轉過身，目光投向大廳四周，然後用金屬眼睛盯著保羅，點點頭。

「這是個好地方，你在這裡可以高踞眾人之上。」海特說，「這個地方顯示了至高無上的權力。只有想到一切都是過眼雲煙、世間萬物終將消亡時，人們才有能力認眞思考這種權力。把您帶到這個地方的是陛下的預知神力嗎？」

保羅的手指敲打著王座扶手。門塔特在搜尋資料，但他的問題讓他惴惴不安。「讓我登上權力寶座的是堅強的決斷……而不全是我的別的什麼……能力。」

「堅強的決斷。」海特說，「這些東西很能錘煉一個人。金屬也可以這樣鍛造，把一段優質金屬加熱，不經淬火，使其自然冷卻，這就叫鍛造法。」

「你想用眞遜尼教派那套寓言式的鬼話來逗我開心？」保羅問。

「陛下，除了娛樂之外，眞遜尼教派還有別的可取之處。」

保羅舔舔嘴唇，深深地吸了口氣，讓自己的思維模式進入門塔特的反擊狀態。反擊的話語立刻浮現出來。難道敵人正是希望他用全部力量跟這個門塔特交鋒，把國事拋到腦後？不，不會是這樣。爲什麼煞費苦心製造一個信奉眞遜尼教的門塔特？哲學……話語……冥思……內省……數據太少了。

「朕需要更多資料。」他喃喃地說。

「門塔特需要資料，但資料並不會隨隨便便掉在他頭上，像穿過一片花圃時花粉沾在身上一樣。」海特說，「人必須搜集花粉，從中仔細篩檢，把它放到高倍放大鏡下檢視。」

「你得教我這套眞遜尼的修辭法。」保羅說。

那對金屬眼睛朝他眨了幾下，然後說：「陛下，也許這就是他們安排我到這裡來的用意所在。」

用新奇的話語和觀念麻痺我的意志？保羅拿不準。

「能轉化爲行動的觀念是最可怕不過的。」保羅說。

「甩掉我，陛下。」海特說。這是鄧肯・艾德荷的聲音，充滿了對當年那位小少爺的無限關切。

保羅感到自己被這個聲音俘虜了。他無法擺脫這個聲音，即使它來自一個死靈。「你留下來。」他說，「我倆都要加倍小心。」

海特順從地鞠了個躬。

保羅看了看窺視窗口，用眼神懇求阿麗亞把這件禮物從他手中奪走，查清它的隱祕動機。死靈是嚇唬孩子們的鬼魂。他從未想過要瞭解這種東西。如今，爲了瞭解它，他不得不戰勝自己的憐憫之情……可是他不能保證能做到這一點。鄧肯……鄧肯……在這個量身定做的肉體中，艾德荷在哪裡？不，它不是一具肉體……只不過徒具肉體的形式而已！艾德荷永遠死去了，死在阿拉肯的洞穴裡。他的靈魂正從金屬眼睛裡向外凝視。這具軀體裡存在著兩個人，其中一個非常危險，它的力量和本性都隱藏在這個獨一無二的面具後面。

保羅閉上眼睛，讓過去所看到的幻象從意識裡浮現。愛與恨的精靈從波濤翻滾的大海裡噴湧而來。這片喧囂之上看不到岩石，也搜尋不到任何可以躲避波濤的安全所在。

爲什麼沒有在過去的幻象中看到今天這個全新的鄧肯・艾德荷？他問自己。是什麼遮蔽了時間，連他的靈眼都無法看到？很顯然，另外有人在利用他的預知能力作祟。

保羅睜開眼睛，問：「海特，你有預知魔力嗎？」

「沒有，陛下。」

聲音非常誠懇。當然，這個死靈有可能並不知道他有這種能力，可是，不知道這個資訊，他的門塔特功能會受到干擾。隱藏在這一切之後的動機到底是什麼？

舊日的幻象圍繞著保羅，洶湧澎湃。他非得選擇最可怕的道路嗎？時間發生了扭曲，暗示著跟這個死靈有關的可怕的未來。難道無論他怎麼做，他都將不可避免地踏上這條道路？

放手……放手……放手……

這個想法在他腦子裡不停地鳴響。

在保羅的上方，阿麗亞坐在自己的位置上，左手托著下巴，一動不動地凝視著死靈。這個海特像磁鐵一樣迷住了她。特雷亞拉克斯人的復容術使他青春煥發，似乎在向她發出純潔而熱烈的呼喚。其實她完全明白保羅無聲的懇求。當預知能力喪失作用時，人們只好轉而依賴間諜和實實在在的力量。至於她自己，她急切地想接近它，這種衝動讓她迷惑不解。她渴望靠近這個陌生的男人，甚至觸摸他的身體。

對我們兩人，他都是一個威脅，她想。

※　※　※

真理承受了太多的剖析。

——古弗瑞曼格言

「聖母，您的處境讓我震驚。」伊如蘭說。

她站在囚室門口，比吉斯特的訓練讓她能一眼測出屋子的大小。它只有三立方公尺，就在保羅的城堡下，是用切割機在棕色紋理的岩石上挖出來的一個洞。屋裡有一張做工粗糙的搖椅，聖母凱斯·海倫·莫希阿姆就坐在上面；一個鋪著棕色床單的墊子，散亂地扔著一副嶄新的沙丘塔羅牌；一個改建過的洗臉台，上面裝有調節水量的龍頭；一間密封水氣的弗瑞曼式廁所。所有家具都簡陋而原始。天花板的四個角上分別固定著四盞懸浮球燈，發出黯淡的黃光。

「你帶話給潔西嘉夫人沒有？」聖母問。

「帶了。可是我不認爲她會對自己的長子動一個手指頭。」伊如蘭說。她瞥了一眼紙牌，牌面的故事訴說著有權有勢者如何對受難者的哀告掉頭不顧。「荒蕪的沙地」那張牌下是「聖沙蟲」，這種排列的涵義是要人們耐心等待。她心想，這個道理人人皆知，何須塔羅牌的教誨？

伊如蘭知道，外面的衛兵正透過門上的變形玻璃制視窗監視著她們，而且還有別的監視器在監視這次探視。來之前她不得不考慮很久，策劃很久。但是，不來同樣有危險。

聖母已經陷入了般若冥思，間或查查塔羅牌。她有一種感覺，自己不可能活著離開阿拉吉斯星，但儘管如此，藉著冥思，她在一定程度上鎮定下來了。她的預知力量可能很小，但也許仍然可以把水攪渾，干擾保羅的靈眼。再說，還有比吉斯特對抗恐懼的禱詞。

這一連串動作最後導致她被丟到這個狹小監室，但是十分重要，只是她還沒來得及充分領會其重要性。黑色的猜疑在她心頭醞釀，揮之不去（塔羅牌同樣暗示了這一點）。難道這一切都是宇航公會有意安排的？

那天，一個身穿黃色長袍的奇扎拉在巨型運輸艦的艦橋上等著她。他的頭剃得光光的，戴著頭巾；毫無生氣的圓臉上長著一雙又小又圓、晶亮湛藍的眼睛；皮膚歷經沙丘星的風沙和日照。一名恭恭敬敬的隨從正在爲他斟上香料咖啡，他從一隻球形咖啡杯上抬起頭來，仔細打量了她一陣子，然後放下杯子。

「你就是聖母凱斯．海倫．莫希阿姆？」

此時此刻，她仍然清楚地記得這句話，那天的場景歷歷在目。當時，她的喉頭感到一陣恐懼的痙孿。皇帝的手下怎麼知道她在巨型運輸艦上？

「我們知道妳在船上。」奇扎拉說，「難道妳忘了永遠不許妳踏上神聖星球嗎？」

「我並不在阿拉吉斯上。」她說，「我只是宇航公會巨型運輸艦上的一名乘客，在自由的太空。」

「沒有什麼自由的太空，夫人。」

聲音流露出仇恨和深深的懷疑。

「穆哈迪的統治無所不在。」他說。

「我的目的地不是阿拉吉斯星。」她堅持道。

「每個人的目的地都是阿拉吉斯星。」他說。一時間，她擔心他會喋喋不休地談論香客們的朝聖之旅（每條船都裝載了上千名香客）。

可是奇扎拉從袍子底下取出一個金色護身符，吻了吻它，用前額碰了碰，然後把它放到右耳邊仔細聽了聽。一會兒過後，又把護身符放回原來的地方藏好。

「有命令，叫妳收拾好自己的行李，跟我到阿拉吉斯去。」

「可我要去別的地方！」

她懷疑宇航公會出賣了自己……或者是皇帝及其妹妹的超自然能力發現了她。也許是那個領航員洩漏了他們的密謀。那個褻瀆神明的阿麗亞，她肯定擁有比吉斯特聖母的魔力。當這種魔力和其哥哥的力量相配合時，後果會怎樣？

「快點！」奇扎拉厲聲催促道。

她全身的每一個細胞都在喊叫著，不要再次踏上那顆該死的沙漠星球。正是在這裡，潔西嘉夫人背叛了姐妹會。也正是在這裡，他們失去了保羅．亞崔迪，這個他們費盡心機尋找了許多世紀，並且把他養育成人的科維扎基・哈得那奇。

「好的。」她同意道。

「時間不多了。」奇扎拉說，「皇帝的命令所有臣民都必須服從。」

這麼說，命令來自保羅！

她想向巨型運輸艦的船長提出抗議，可是又放棄了。抗議不會有任何用處。宇航公會能做什麼？

「皇帝說過，如果我踏上沙丘的土地就必死無疑。」她說，想做最後一絲努力，「你自己剛才也這麼說。如果你一定要帶我去，就等於宣判我死刑。」

「少囉嗦。」奇扎拉命令道，「這是命中注定的。」

她知道，他們總是這樣說皇帝的命令。命中注定！聖皇本人也這樣說，因爲他的眼睛能看到未來。要來的東西一定會來。他已經看見了，難道不是嗎？

一想到陷入了一張自己親手編織的羅網，她便感到異常沮喪。她屈服了。

羅網現在變成了一間伊如蘭可以探視的囚牢。和那次瓦拉赫九號行星上的見面相比，伊如蘭老了點，眼角新添了些憂慮的細紋。好吧……現在正好瞧瞧這位比吉斯特姐妹是否遵守諾言。

「我住過更糟糕的地方。」聖母說，「妳從皇帝那兒來嗎？」她讓自己的手指微微動彈了幾下，像驚惶不定時無意間做出的小動作。

伊如蘭讀懂了手指的意思，手指一動，做出回答，嘴裡說：「我一聽說您在這兒就趕來了。」

「皇帝不生氣嗎？」聖母問。手指又動彈起來：專橫，急迫，苛求。

「讓他生氣好了。您是我在姐妹會的老師，還是他母親的老師。他難道認爲我也會像她一樣背叛您嗎？」伊如蘭的手語卻比劃出種種藉口，懇求她的原諒。

聖母歎了口氣。表面上是一個囚徒在哀歎自己的命運。但在內心，這聲歎息卻反映了她對伊如蘭的看法。看來想讓亞崔迪皇帝的珍貴基因模式藉由她保存下來，簡直是癡心妄想。無論長相多麼美麗，公主的缺陷都是顯而易見的。在這個徒具性感的外表下，是一隻哼哼唧唧的小老鼠，敢說不敢做。但儘管如此，伊如蘭畢竟是個比吉斯特，姐妹會專門有一套辦法對付這些意志薄弱的信徒，以確保她們貫徹執行領受的命令。

她們又裝模作樣地談了些要求，如更柔軟的床墊，更好的食物等。可是暗地裡，聖母卻半是勸說半是命令地告訴伊如蘭：必須讓那對兄妹亂倫交配。（伊如蘭聽到這個命令後幾近崩潰。）

「至少應該讓我有個機會！」伊如蘭用手語懇求道。

「你有過機會。」聖母反駁道。她的指示非常明確：皇帝總會對他的小妾不滿吧？他那獨一無二的魔力肯定讓他感到孤獨。爲了得到理解，他會把心裡話對誰說呢？顯然是他的妹妹。因爲他妹妹和他一樣孤獨。他們之間的溝通會逐漸密切，私下在一起的機會也隨之增加。必須設法讓他們有更加親密的接觸，而且還必須想辦法除掉他的小妾。悲傷會使人逾越所有傳統的界限。

伊如蘭提出抗議。如果殺死加妮，他們肯定立即會懷疑到她這個公主夫人。此外還有別的問題。加妮正在吃一種古老的弗瑞曼飲食，據說它可以提高生殖能力。關鍵是這種飲食能使所有避孕藥丸失效。抑制作用的消失會大大增加加妮懷孕的可能性。

聖母的手指急速劃動著，簡直難以掩飾自己的暴怒。這件事在她們第一次見面的時候爲什麼不說？伊如蘭怎麼會如此愚蠢？如果加妮懷孕並有了兒子，皇帝肯定會把這個孩子宣布爲繼承人！

伊如蘭反駁說她知道很危險，可是這樣的話，他的基因或許不會完全丟失。

眞該死，太蠢了！聖母憤怒不已。誰知道加妮那野蠻的弗瑞曼血統會帶來什麼亂七八糟的東西？姐妹會必須擁有純正的血統！繼承人必須具有保羅的野心，能激勵他鞏固自己的帝國。密謀不能遭受這種挫折。

伊如蘭辯解道，她無法阻止加妮吃那種弗瑞曼飲食。

可是聖母沒有原諒的意思。伊如蘭得到的明確指示是，想辦法應對這個新的威脅。如果加妮懷孕了，必須在她的食物或飲料裡放入墮胎藥。或者殺死她。總之，必須不惜一切代價阻止她生出皇位繼承人。

放入墮胎藥，公然殺死這個小妾，這些都是最危險的事。伊如蘭不想做。一想到要殺死加妮，她就忍不住顫抖不已。

伊如蘭被危險嚇住了？聖母很想知道。她的手語流露出深深的輕蔑。伊如蘭被激怒了，做手勢說自己是皇族，有特殊的價值。密謀者難道不想利用如此有價值的間諜？難道想甩掉她？除了她，他們還有什麼辦法如此接近皇帝，偵察他的一舉一動？或者他們已經另外派人打入了皇室？眞是那樣嗎？她絕望了，自己是不是被利用了，而且是最後一次被利用？

聖母用手語反駁道，在交戰中，所有價值都要重新審視。他們面臨的最大危險是，亞崔迪家族有了未經姐妹會同意的繼承人，並且用這個繼承人鞏固了皇位。姐妹會不能冒這樣的風險。這已經遠遠不是亞崔迪家族基因模式的問題了。如果保羅家族穩穩地坐在皇位上，姐妹會企盼了好多世紀的育種計畫就會中道而絕。

伊如蘭明白這個意思，但仍然忍不住想，她們是不是已經做出了決定，要捨棄她這個公主夫人以求得某種更大的價值。她是不是應該知道一點那個死靈的情況？伊如蘭冒昧地問。

聖母指出，伊如蘭是否認爲姐妹會的人都是傻瓜。她們什麼時候向伊如蘭隱瞞了她本該知道的情況？

這說不上是一個答案，可是伊如蘭還是看出來了，姐妹會並沒有對她開誠布公，告訴她的只是她必須知道的。

他們怎麼能肯定這個死靈可以摧毀皇帝？伊如蘭問。

妳還不如乾脆問個更簡單的問題，比如香料粹是不是有破壞作用。聖母反唇相稽。

伊如蘭發現聖母的這句訓斥另有深意。比吉斯特素有「以訓斥傳達教誨」的傳統。看來，自己早就應該琢磨出香料和死靈的相似之處。香料粹是有價值的，可是使用者必須付出代價——上癮；香料可以延年益壽，某些人甚至可以因此多活幾十年，可到頭來仍然免不了一死。

死靈也是某種非常有價值的東西。

很明顯，阻止某人出生的最好辦法就是殺死可能懷孕的母親。聖母做著手勢，又把話題轉到謀殺上。

那是自然的，伊如蘭想，就像想花錢必須先存夠這筆錢一樣。

聖母那雙香料粹上癮的眼睛閃爍著深藍色的光，直直地瞪著伊如蘭。她在揣測，等待，觀察細枝末節。

她把我看透了，伊如蘭沮喪地想。她訓練了我，又用訓練我的方法揣測我。她知道我明白這個決定意味著什麼。她現在只想知道我對此會做出什麼樣的反應。好吧，就按一個比吉斯特和公主該做的去做吧。

伊如蘭擠出一絲微笑，挺直身體，心裡默念著《對抗恐懼祈禱文》的開頭一段：

「我絕不能害怕。恐懼會扼殺思維能力，是潛伏的死神，會徹底毀滅一個人……」

平靜下來後，她想：就讓他們甩掉我吧。我要證明一個公主到底價值幾何，或許我會爲他們贏回他們意想不到的收穫。

又進行了一陣無聲的交流後，伊如蘭離開了。

她走後，聖母繼續擺弄塔羅牌，把它們排成一個燃燒的漩渦圖案。她馬上得到了一張「科維扎基．哈得那奇」，和另一張「八條船」配成一對，其含意是：女巫的欺詐和背叛。這可不是好兆頭，說明她的敵人還擁有某種暗藏的資源。

她扔下紙牌，焦慮不安，不知伊如蘭會不會導致他們的毀滅。

※　※　※

弗瑞曼人把她看成地球傳奇中半人半神的女英雄，她的職責就是用她狂暴的法力保護弗瑞曼種族。她是聖母中的聖母。對於那些希望借助她的法力恢復男性生殖能力、使不孕婦女懷上孩子的香客來說，她簡直是門塔特的反面，因為她證明一切「分析」都有其局限。她是無限平衡的代表，是處女和娼妓的混合體：既聰明伶俐，又粗魯殘忍，像季風沙暴一樣，具有強烈的破壞性。

——摘自《伊如蘭報告》之「聖尖刀阿麗亞」

阿麗亞身著黑袍，哨兵似的站在神廟南面的平台上。神廟是保羅的手下專門爲她建造的，緊挨著他的城堡。

她憎恨自己生活的這個組成部分，但又不知道如何在不導致大家毀滅的前提下逃避這座神廟。香客們（該死的！）一天比一天多，神廟低處的遊廊被他們塞得滿滿的。小販們在香客間遊走叫賣。許多低級術士、占卜僧、預言者也在那兒做生意，竭力模仿保羅．穆哈迪和他的妹妹。

阿麗亞看見，裝有嶄新沙丘塔羅牌的紅綠色小包在小販們的袋子裡特別顯眼。她不知道塔羅牌爲什麼會這麼流行，也不知道是誰把這種東西推入了阿拉肯市場？爲什麼塔羅牌偏偏在這個時間、這個地點大行其道？用它預測未來？香料上癮會給某些人帶來預知魔力，弗瑞曼人容易獲得這種能力更是遐邇聞名。可是，這麼多人忽然間對可能的未來產生興趣，而且是在此時此地，這難道是偶然的嗎？她暗中決定，一有機會就要弄個究竟。

一陣風從東南方吹來。風勢很小，經過遮罩牆山的阻擋，已成強弩之末。遮罩牆山高高聳立。傍晚的陽光把山邊染成了橘紅色，光線裡飄蕩著薄霧般的灰塵。溫熱的風吹在她的面頰上，勾起了陣陣思鄉之情。她想念沙漠，想念那個廣闊、安全的地方。

最後一批人開始從遊廊寬大的綠岩台階上走下來。他們唱著歌，三五成群地聚在一起，不時停下來瞧瞧小販們擺在街邊貨架上的紀念品和聖護身符。一些人還在和最後一個流連未去的低級術士談論著什麼。香客、禱告者、市民、弗瑞曼人，加上正在結束一天生意的小販，構成了一幅亂哄哄的景象，一直伸進通往城市中心、長著棕櫚樹的街區深處。

阿麗亞遠遠地望著那些弗瑞曼人。這些沙民臉上凝固著虔誠、敬畏的表情，身上卻帶著一股凶暴之氣，有意和其他人保持一段距離。這些人既是她的力量所在，也是她的危險所聚。直到今天，他們仍然在捕捉大型沙蟲用以運輸、娛樂和祭祀。他們仇恨外來的香客，幾乎難以忍受市民聚居的谷地，也看不慣街頭小販們的玩世不恭。人們從不接近這些粗野的弗瑞曼人，甚至在阿麗亞神廟那樣擁擠的場合也盡可能離他們遠遠的。聖地禁止行兇殺人，可是總有辦法讓你暴屍街頭……當然是朝聖之後。

離去的人群掀起陣陣塵沙。帶有金屬味的酸臭直撲阿麗亞的鼻孔，激起一陣對沙海的渴望。她發現，自從死靈來了以後，自己對過去的認識更加清晰了。哥哥沒有登上皇位之前，他們多麼快樂，多麼自由自在。那些說說笑笑的日子，那些爲一點小事歡呼雀躍的日子。他們享受每一個美麗的清晨和日出，每時每刻……每時每刻……每時每刻……在那些日子裡，就連危險也都清清楚楚，所有人都知道它來自何處。不必受預知能力的束縛，也沒有必要透過朦朧的面紗窺視令人沮喪的未來。

野蠻的弗瑞曼人說得好：「有四件東西是隱瞞不了的——愛、煙霧、柱火，以及在沙海上行走的人。」

阿麗亞突然感到一陣厭倦。她走下平台，融入神廟下的陰影中。她在陽台上快步走著。神諭大廳閃爍著乳白色的光，瓷磚地板上的沙子在腳下發出刺耳的嘎吱聲。祈禱者們總是把沙子帶進聖室！她看也不看那些侍從、衛兵、見習生，以及無所不在的奇扎拉教士弄臣，徑直衝上直通自己私人臥室的螺旋形樓道。那兒，在長沙發和厚地毯中間，懸掛著一頂帳篷，那是沙漠的紀念品。她打發走了那些凶惡的弗瑞曼婦人——史帝加專爲她派來的私人保鏢，但更像暗中監視她的探子！她們走的時候都咕噥噥地表示反對，可是她們更害怕她，而不是史帝加。她脫下長袍，把帶鞘的嘯刃刀掛在脖子上，衣服扔得滿地都是。她要洗澡。

他愈來愈近了，她知道。她能感覺到自己的未來裡有一個男人淺淺的身影，可就是無法看清他。令人氣惱的是，預知能力也無法顯示那個影子的任何肉體特徵。只有當她窺視別人的生活時，才能在無意中發現他。有時候，她可以看到一個模糊的輪廓，站在偏僻的黑暗之處。她感應到了他的單純，同時也感應到了他的欲望。他站在那兒，就在未來飄浮不定的地平線那邊。她感到，如果自己的預知能力能夠擴張到一個相當的程度，或許就能看見他了。他就在那兒，持續不斷地騷擾著她的意識，狂熱，危險，邪惡。

她泡在浴缸裡，溫暖的熱氣包圍著她。沐浴的習慣來自她所吸收的無數聖母的記憶，它們像一粒粒熠熠閃光的珠寶，被她的意識串了起來。她滑進浴缸底部。水，溫暖的水撫慰著她的肌膚。水下飾有紅魚的綠色瓷磚拼成海洋的圖案。這樣的地方，這麼多水，僅僅爲了清洗人的肌膚！弗瑞曼老人看見了肯定會極度憤怒。

他愈來愈近了。

她知道，這是被貞潔壓制下去的欲望。她的肌膚渴望伴侶。對一個主持過穴地狂歡的聖母來說，性並沒有什麼特別神祕的。此外，過去聖母的記憶也讓她知道了這種事的所有細節。此刻的渴望純粹是肉體上的，肉體渴望著和另一具肉體親近。

行動的迫切需要，戰勝了泡在溫水裡昏昏欲睡的感覺。

阿麗亞猛地從浴缸裡爬起來，身上濕淋淋地滴著水，赤身裸體，大步奔進連著臥室的訓練室。訓練室是橢圓形的，有天窗，放著各種或粗重、或精巧的儀器。這些儀器能訓練比吉斯特的肉體和精神，為任何突發事件做好準備。有記憶強化器；來自伊克斯星、能使手指和腳趾既堅硬又敏感的指趾碾磨器；氣味合成器；觸覺感知器；溫度變化掃描場；模擬叛徒（以防自己的某些習慣遭叛徒洩漏）；阿爾法波反應訓練器；頻閃同步器，使受訓者能在各種亮度條件下分辨顏色……

牆上是一句她親筆寫下的話，每個字母都有十公分見方，那是比吉斯特的訓令：

「在我們之前，所有學習方法都受到人類本能的制約。只有我們才眞正掌握了學習之道。在我們之前，希望克服人類本能制約的研究者們只能在一個有限時間內專注於這個項目，通常不會長過一生。他們從來沒有想過以超過五十年或超過一生的時間研究一個項目。體能與心智全面訓練的概念是聞所未聞的。」

走進訓練室後，假人靶子心窩處不住搖晃的水晶防護稜鏡折射出上千個阿麗亞的鏡像。長劍放在靶子旁邊的支架上，等待著她。她想：是的！我要讓自己筋疲力竭，消耗掉我的肉欲，讓頭腦清醒些。

她右手握住長劍，左手從脖子上的刀鞘中拔出嘯刃刀，然後用劍柄碰了碰啟動按鈕。靶子的遮罩場啟動了，她立即感到了力場的抗力，緩慢而穩固地擋開她的武器。

防護稜鏡閃閃發光，假人靶竄到她的左邊。

阿麗亞長長的刀刃緊追其後。這東西幾乎跟活的眞人一模一樣，但它實際上只是伺服馬達加上複雜的反射線路而已，可以誘開受訓者的眼睛，使其看不見危險。干擾受訓者，這就是它的訓練思路。這種儀器會隨著她的反應而反應，像她的影子，能跟著她移動，稜鏡折射的光線也隨之晃動，和反擊的刀鋒同時指向她。

剎那間，稜鏡射刺出無數刀刃，但只有一支是眞的。她反擊著那支眞刃，長劍越過遮罩場，點到了靶子上。燈光亮了起來，折射出亮閃閃的紅光……擾人心神的折射刀光更多了。

那東西再一次發動進攻，增加燈光以後，它的速度快了許多。

她閃避格擋，迎著危險直撲進去。她的嘯刃刀擊中了目標。

稜鏡亮起第二盞燈。

速度再次加快。那東西借助自己的滾輪衝了上來，像被她的身體和劍尖所吸引的磁鐵。

進攻——閃避——反攻。

進攻——閃避——反攻……

她啓動了四盞燈。這東西變得更加危險了，每多亮一盞燈，移動速度都會加快許多，分散注意力的折射光也更多了。

五道紅光。

裸露的肌膚上汗水淋漓，她被靶子發出的刀光裹在核心，赤裸的雙腳蹬著訓練地板，意識、神經、肌肉的功能發揮到極限用運動對抗運動。

進攻——閃避——反擊。

六道紅光……七道……

八道！

她以前從未挑戰過八道光。

意識深處響起一個急迫的聲音，彷彿在大聲抗議這種瘋狂。那個帶有稜鏡的靶子不會思考，也不懂得謹慎或者憐憫。而且，它裝著一柄眞正的利刃，不這樣做的話，這種訓練就喪失了意義。但是，那柄進攻的刀刃可能讓她重傷，甚至殺死她。即使是帝國最優秀的劍客，也從來不敢冒險對抗七道光。

九道！

阿麗亞體驗到了極度的興奮。進攻的刀刃和靶子變得愈來愈模糊。她感到自己手裡的劍活了起來，對抗著那個靶子。不是她在帶動劍鋒，而是劍鋒在帶動她。

十道！

十一道！

什麼東西在她肩頭一閃，飛了過去，接近靶子周圍的遮罩場時速度已經降了下來，緩緩滑了進去，在它的停止按鈕上一戳。光線頓時一暗，稜鏡和靶子猛地一晃，停了下來。

被打擾的阿麗亞勃然大怒，猛地一轉身。這個人擲刀的手法如此精妙，阿麗亞轉身時便已全神戒備。擲得眞準，時間拿捏得恰到好處，正好可以穿進遮罩場，不至於因爲太快而被力場擋開。

十一道光的假人靶子，直徑一公厘的目標點——它竟然擊中了。

但緊接著，她的戒備一下子鬆懈下來，和那個假人靶差不多。她看見了擲刀的人。這個人有這樣精妙的手法，她一點兒也不奇怪。

保羅站在訓練室門口，史帝加跟在他後面三步遠的地方。哥哥的眼睛氣惱地瞅著她。

阿麗亞意識到自己仍然全身赤裸，條件反射似的想遮擋一下，又覺得這種念頭很可笑。人家眼睛已經看到的東西不可能因此抹掉。她慢慢把嘯刃刀插進脖子上的刀鞘裡。

「我應該猜到的。」她說。

「我猜，妳應該知道這是多麼危險吧。」保羅說。他看到了她臉上和身體上的變化：皮膚因劇烈運動變得通紅，嘴唇潮濕。妹妹身上充滿從未有過的女性的渴望和焦灼。奇怪的是，眼前這個和他如此親密的人，儘管身體還是同一個，但看起來卻再也不像從前那樣熟悉了。

「眞是瘋了。」史帝加粗聲粗氣地說，走過來站在保羅身邊。

聲音很氣憤，但阿麗亞聽出了其中的敬畏，從他眼睛裡也看出了這種神情。

「十一道。」保羅邊說邊搖頭。

「如果你沒打斷我，我還要練到十二道。」她說。在他的注視下，她的臉色變白了，「本來就應該努力打上去。要不然，這該死的東西裝這麼多盞燈做什麼？」

「一個比吉斯特竟然去深究可調節系統背後的原理？」保羅問。

「我猜你從來沒有試過七盞燈以上！」她有點氣惱地說。他的關心惹惱了她。

「只有一次。」保羅說，「葛尼．哈萊克在第十道的時候冷不防地出現，弄得我很尷尬。當時的事我就不多說了。唔，說到難堪……」

「也許你下次進來之前應該先知會一聲。」她說。從保羅身邊擦過，走進臥室，找出一件寬鬆的灰色長袍披在身上，對著牆上的一面鏡子梳理自己的頭髮。她感到疲倦、失落，類似性愛之後的淡淡憂傷。她想再沖個澡……然後睡覺。「你們爲什麼來這兒？」她問。

「陛下。」史帝加說，聲音有點奇怪。阿麗亞不由得回過頭來望著他。

「這件事有點奇怪，」保羅說，「是伊如蘭建議我們來的。她認爲——史帝加的資訊也證實了——敵人準備發起一輪大的攻勢……」

「陛下！」史帝加說，聲音急促。

她哥哥不解地轉過頭，阿麗亞則仍然瞪著這個弗瑞曼老耐布。他身上的某種東西使她強烈地意識到，這是一個原始人。史帝加相信超自然的世界近在身邊，它以一種異教徒的語言和他對話，消除他的疑惑。他的宇宙是凶暴的，難以駕馭的，完全沒有帝國的井井有條。

「什麼事，史帝加。」保羅說，「你想由你來告訴她，我們來這兒的原因？」

「現在不是談論這個的時候。」史帝加說。

「怎麼回事，史帝加？」

史帝加瞪著阿麗亞，「陛下，您難道沒看見？」

保羅轉向自己的妹妹，開始感到有些不安。所有部下中，只有史帝加敢用這種口氣和他說話。但史帝加也只是偶爾急迫的時候才用。

「這孩子需要一個伴侶了！」史帝加衝口說了出來，「如果她不結婚，肯定會出問題的。而且得快。」

阿麗亞猛地掉轉頭，臉漲得通紅。他怎麼會一下子擊破了我的防線？不知怎麼回事，此時此刻，就連比吉斯特的自控術也束手無策。史帝加是怎麼做到這一點的？他又不會魔音大法。一時間，她頗有點老羞成怒。

「偉大的史帝加開口了！」阿麗亞說，仍然背對著他們。她意識到自己的聲音有些暴躁，可就是控制不住自己，「弗瑞曼人史帝加，居然有資格對少女心事說三道四了！」

「因爲我愛你們兩個，所以我必須說。」史帝加說。聲音帶著無比的尊嚴，「如果連男人和女人之間的這點東西都看不出來，我還當什麼弗瑞曼人的族長。看出這種問題，並不需要什麼神祕的魔力。」

保羅考量著史帝加的話，回想著剛才見到的那一幕，以及自己所產生的（無法否認）男性衝動。

確實如此，阿麗亞春情蕩漾，情欲難以遏制。爲什麼赤身裸體到訓練室裡來？還魯莽地拿生命當兒戲！十一道光！在他眼中，那部蠢笨的自動機器變成了一隻古老可怕的魔獸，和這個時代格格不入。很久以前的過去，這類機器是具有人工智慧的電腦，巴特蘭聖戰結束了這一切，但這台機器仍然帶著一股古代機器的罪惡氣息。

自然，史帝加是對的。他們必須爲阿麗亞找一個伴侶。

「我來安排。」保羅說，「阿麗亞和我要好好談談這件事……私下談。」

阿麗亞轉過臉，盯著保羅。她很清楚保羅的頭腦是怎麼運行的，於是她知道，這是一個經過門塔特運算之後得出的決定，在那個人類電腦中，無數片段資訊經過分析，最後拼成一個整體。這個過程是無情的，宛如星球的運動，其中蘊含著宇宙運行的規律，無可阻擋，又令人望而生畏。

「陛下，」史帝加說，「也許我們應該……」

「現在不說這個問題！」保羅不耐煩地說，「我們還有別的事。」

阿麗亞知道自己不敢和哥哥做對，於是趕緊用比吉斯特之道拋下剛才的事，道：「伊如蘭叫你們來的？」她隱隱意識到這其中有點不祥的意味。

「沒有那麼直接。」保羅說，「她給我們的情報證實了我們的懷疑：宇航公會千方百計想弄一條沙蟲。」

「他們試圖捉一條小的，然後在別的星球上培植香料。」史帝加說，「這意味著他們已經找到了合適的星球。」

「還意味著他們有弗瑞曼同謀！」阿麗亞喝道，「外邦不可能捕捉到沙蟲！」

「這是不言而喻的。」史帝加說。

「不，你沒聽懂我的意思。」阿麗亞說，被史帝加的遲鈍氣得火冒三丈。「保羅，你肯定……」

「內部腐敗開始了。」保羅說，「這一點我們早就知道。讓我十分不安的是，我從來沒有在預言幻象中看到那另一個可以培植香料的星球。如果他們……」

「令你不安？」阿麗亞厲聲道，「只可能有一種解釋：宇航公會的領航員用他們的預知能力隱蔽了培植香料的地方，和他們隱蔽大家族庇護所的方位一樣。」

史帝加張了張嘴巴，又合上了，什麼話也沒說。他所崇拜的兩位偶像自己承認他們也有弱點，這簡直是褻瀆神明呀。

保羅察覺到了史帝加的不安，說：「還有一個問題必須馬上處理！我想徵求一下妳的意見，阿麗亞。史帝加建議把巡邏範圍延伸到沙海，同時加強穴地的警戒。或許我們可以發現敵人的登陸部隊，從而阻止他們。這種可能性並不是不是沒有……」

「有領航員引導他們的情況下？」阿麗亞問。

「對方來勢洶洶呀。」保羅道，「所以我才到這兒來找妳商量。」

「難道他們預見到了什麼我們沒有看到的東西？」阿麗亞問。

「正是這樣。」

阿麗亞點點頭，想起了那種忽然出現的新沙丘塔羅牌。她馬上說出了自己的擔心。

「擴大有預言能力的人群的數量，從而干擾我們一方的預言能力。」保羅說。

「只要有足夠的巡邏部隊，」史帝加大著膽子說，「我們說不定能阻止……」

「我們什麼也阻止不了……永遠不能。」阿麗亞說。她不喜歡史帝加現在的思維方式：收攏目光，對最重要的東西視而不見。這不是她記憶中的史帝加。

「我們必須這樣想，他們能抓到一條沙蟲。」保羅說，「至於能否在別的星球上種植香料，這就是另一回事了。香料種植光靠一條沙蟲遠遠不夠。」

史帝加的目光從哥哥移向妹妹。他理解他們的意思，穴地生活已經把生態學的觀念深深植入了他的腦海。離開阿拉吉斯的生態環境，離開那些沙漠浮游生物、小製造者，被捕獲的沙蟲根本不可能存活。宇航公會面臨的問題很大，但也不是完全沒有解決的可能。沙蟲在別的地方能否活下來，連他自己都無法確定。

「那麼，您的預言魔法沒有發現宇航公會的小動作？」他問。

「眞該死！」保羅發火了。

阿麗亞觀察著史帝加。這個野蠻人的腦子裡裝著一堆亂七八糟的東西。他對魔法很著迷。魔法！魔法！窺視未來無異於盜取聖火上的火苗。這種做法極度的危險，冒險者很可能永遠迷失在渺不可見的未來。

當然，人們也有可能從那個無形的、危險的地方帶回某種有形的、可以把握的東西。現在，史帝加感受到了另外一種力量，存在於未知的地平線之外，或許比站在他面前的這位女巫之王和魔法師朋友更大的力量。而在這種力量面前，他所崇拜的兩個人卻都暴露出了危險的弱點。

「史帝加，」阿麗亞儘量給他打氣，「如果你站在沙丘之間的谷地，而我站在丘頂，我就能看見你看不見的地方，看到沙丘之外的地方。」

「但有些東西還是看不見。」史帝加說，「妳經常這樣說。」

「一切力量都是有限的。」阿麗亞說。

「危險或許來自沙丘之後。」史帝加說。

「我們面臨的情況或許正是如此。」阿麗亞說。

史帝加點點頭，緊盯著保羅的臉，「但無論群山後面藏著什麼，接近我們時都必須從沙丘上經過。」

※ ※ ※

依靠預言施行統治，這是宇宙中最危險的遊戲。我們的智力和勇氣都不足以玩這種遊戲。如果遵循這裡列出的種種規定，我們可以利用預言能力處理一些重要性遜於統治的事務。它們當然不是統治，但性質相似，而我們也只敢做到這一步。為了我們的目的，這裡暫時借用比吉斯特姐妹會的看法，將大千世界視為儲存基因的池塘，視為教義和導師之源，以及無窮可能性的源頭。我們的目標不是統治，而是變動這些基因、學習、把我們自己從一切依賴和統治中解脫出來。

——摘自《狂歡：一種治國方略》，第三章：領航員的宇航公會

「這就是您父親死去的地方？」艾德雷克問。會見室牆上裝飾著許多浮雕地圖。他從箱子裡射出一道指示光柱，照在一張地圖上一處寶石標記上。

「那是存放他顱骨的聖殿。」保羅說，「我父親被哈肯尼人囚禁在護衛艦上，就死在我們下面的盆地裡。」

「哦，是的，我記起來了。」艾德雷克說，「好像是什麼刺殺他那個不共戴天的死敵哈肯尼男爵的事。」爲了掩飾在這個封閉的小房間裡感到的不適和恐懼，艾德雷克在橘紅色氣體裡翻了個身，眼光直直地看著保羅。他正一個人坐在灰黑相間的長沙發上。

「我妹妹殺死了男爵。」保羅說，聲音和表情都很平淡，「就在阿拉肯戰爭中。」

他心想，宇航公會的這個魚人爲什麼偏偏選擇此時此地揭開這個老傷疤？

這個領航員極力抑制自己神經質的緊張情緒，但總也不成功。上次見面時那種懶洋洋的大魚一般

的神態早已蕩然無存，那雙小眼睛鼓凸出來，東張西望，搜索著，盤算著。他的唯一一個隨從站得離他稍遠，靠近保羅左手牆邊沿牆而列的皇宮衛兵。這個隨從的神情中有些東西讓保羅放心不下。這是個身體粗壯的人，粗脖子，愚鈍的臉上表情茫然。剛才，就是他將艾德雷克的箱子推進會見室：身體輕輕抵著懸浮力場上的箱子，雙手插腰，走路的步子活像個行刑劊子手。

斯凱特爾，艾德雷克是這樣稱呼他的。斯凱特爾，他的助手。

這位助手的外表無一不顯示出徹頭徹尾的愚蠢，但是，他的眼睛卻出賣了他。這是一雙嘲弄地看待一切所見之物的眼睛。

「您的侍妾好像很喜歡看變臉者的表演。」艾德雷克說，「很高興能為你們提供一點小小的娛樂。當整個劇團的人同時變成和她一模一樣的容貌時，她的反應真讓我開心死了。」

「宇航公會的禮物，大家對這個可都是戒心重重啊。」保羅道。

他想到了那場在大廳裡舉行的表演。舞者們穿著戲裝上場，打扮成一張張沙丘塔羅牌。他們迅速變換著行列，組成各種看似隨意的圖案，包括火漩渦以及古老的占卜圖形。最後變成王牌，一隊國王和皇帝，與鑄在硬幣上的歷代帝王的臉一模一樣：輪廓堅硬，表情嚴肅，只不過古怪地變來變去。這些表演者還給大家開了個玩笑：保羅自己的臉和身體也被複製了一份，被複製的還有加妮，一個個加妮在大廳中走來走去。就連史帝加也被複製了。大廳裡的其他人哄笑起來，史帝加本人嘟囔著、咒罵著，同時卻全身止不住地顫抖著。

「可是我們帶來的禮物都是善意的。」艾德雷克抗議道。

「善意到什麼程度？」保羅問，「你送給我的那個死靈認定他的目的是摧毀我們。」

「摧毀你們，陛下？」艾德雷克問，神態十分安詳，「人能摧毀天神嗎？」

剛剛走進來的史帝加聽到了這最後一句話。他停住腳步，瞪了衛兵一眼。他們離保羅很遠，超過了他規定的距離。他憤怒地打了個手勢，叫他們靠近些。

「沒關係，史帝加。」保羅抬起一隻手，「只是朋友之間隨便聊聊。你把大使的箱子挪近我的沙發好嗎？」

史帝加思索著保羅的命令。那樣一來，箱子就會擺在保羅和那個粗魯的助手之間，離保羅太近了。可是……

「沒關係的，史帝加。」保羅又重複了一遍，同時做了個祕密手勢，表示這是個命令，不得違抗。

史帝加很不情願地推動箱子，朝保羅靠近了些。他不喜歡這種容器，還有它周圍那股濃重的香料粹味。他站在箱子一角那個領航員不住旋轉的發音裝置下面。

「摧毀天神，」保羅說，「有意思。可是，誰說我是天神？」

「那些敬拜您的人。」艾德雷克說，故意瞥了一眼史帝加。

「你相信嗎？」保羅問。

「我相信什麼無關緊要，陛下。」艾德雷克說，「然而，在多數觀察者看來，您似乎圖謀把自己變成一個神。人們會問，如果那樣的話，您是否就可以做任何想做的事……而且隨心所欲地去做？」

保羅琢磨著宇航公會領航員的話。一個令人噁心的傢伙，但感覺敏銳。這個問題保羅也曾經無數次問過自己，但以他看到過的那麼多時間線，他知道，自己的未來可能比當一個神祇更糟糕。糟糕得多。然而，這些並不是一個普通領航員能夠預見到的。奇怪呀。爲什麼提出這樣的問題？艾德雷克想通過這種正面交鋒的手段得到什麼？保羅心念一轉（背後肯定有特雷亞拉克斯人弄鬼）——再轉（最近在塞波星贏得的聖戰勝利與艾德雷克的行動有關聯）——再轉（比·吉斯特姐妹會的各種教義）——再轉……

成千上萬條資訊唰地閃過他那長於計算的大腦。也許只花了三秒鐘的時間。

「身為領航員，難道你懷疑預見力的指導作用？」保羅問，迫使艾德雷克在最不利於自己的戰場上應戰。

領航員慌亂起來，可是他掩飾得很好，說了一句聽起來很像格言的話：「沒有哪個聰明人懷疑預知的力量，陛下。從遠古時代開始，預言幻象就為人們所熟知，但它總是在我們最意想不到的時刻奔到眼底。幸運的是，宇宙中還存在著別的力量。」

「比預知更偉大的力量？」保羅逼問道。

「如果世上只有預知這一種力量，而且威力無比，無所不能的話，陛下，它必然會走向自我毀滅。除了預知，不存在其他任何力量？那麼，除了退化之外，它無路可走。」

「人類肯定會濫用這一能力，最終導致它的毀滅。」保羅贊同道。

「即使在最準確的情況下，預言幻象也是捉摸不定的。」艾德雷克說，「也就是說，在人們沒有將自己的幻覺誤認為預言幻象的情況下。」

「看樣子，我的幻象只不過是幻覺而已。」保羅裝出傷心的口氣，「或者，你的意思是，產生幻覺的是我的崇拜者？」

史帝加覺察到了逐漸緊張的氣氛，朝保羅靠近了一步，嚴密注視著斜倚在箱子裡的宇航公會的人。

「您有意曲解了我的意思，陛下。」艾德雷克抗議道。言語裡隱含著一股奇怪的暴力。

在這兒顯示暴力？保羅懷疑道。諒他們不敢！除非（他瞥了一眼自己的衛兵）保護我的衛隊倒戈。

「可是你指責我圖謀把自己變成神。」保羅用只有艾德雷克和史帝加能聽見的聲音說，「圖謀？」

「也許這個詞選得不對，陛下。」艾德雷克說。

「但它很能說明問題。」保羅說，「說明你希望我倒楣。」

艾德雷克脖子一轉，擔心地看了一眼站在一旁的史帝加。「人們總是希望有錢有勢的人倒楣，陛下。據說有一種辦法，可以用來分辨一個人到底是不是貴族出身：貴族會掩飾自己的邪惡，暴露在外的只是能讓老百姓喜歡他們的壞習慣。」

史帝加的臉上一陣顫動。

保羅發現了。他知道史帝加在想什麼，也知道他的憤怒。這個宇航公會的傢伙怎麼膽敢這樣對穆哈迪講話？

「你當然不是在開玩笑。」保羅說。

「玩笑？陛下？」

保羅感到嘴巴發乾。屋裡的人太多了，他呼吸的空氣被許多人的肺污染過。艾德雷克箱子周圍瀰漫的香料粹味也令人覺得呼吸不暢。

「在你所說的這場圖謀中，誰可能是我的同夥呢？」保羅隨後問，「你是否認爲是奇扎拉教團？」

艾德雷克聳聳肩，使得腦袋周圍的橘紅色氣體四處瀰漫。他不再注意史帝加，儘管這個弗瑞曼人仍然在惡狠狠地盯著他。

「你是說，我聖教屬下的傳教士，他們所有的人，都在宣揚、暗示這個謊言？」保羅追問道。

「可能是出於自利，也可能是發自內心。」艾德雷克說。

史帝加一隻手按住了長袍下的嘯刃刀。

保羅搖搖頭，說：「這麼說，你指責我出於自利，散布謊言？」

「指責這個詞不確切，陛下。」

好一個膽大包天的畜生！保羅想。他說：「不管是不是指責，總之你認爲我的主教們和我本人只不過是一夥利欲薰心的強盜。」

「利欲薰心？」艾德雷克又看了一眼史帝加，「權力會使那些掌握著過多權力的人陷入孤立，逐漸與眞實世界脫節……最後垮台。」

「陛下，」史帝加吼道，「您曾經處死過許多罪行還不及此人的人！」

「許多，是的。」保羅同意道，「可是他是宇航公會的大使。」

「他指責您是一個邪惡的騙子！」史帝加說。

「我對他的看法很感興趣，史帝加。」保羅說，「壓制你的憤怒，保持警戒。」

「謹遵穆哈迪吩咐。」

「告訴我，領航員。」保羅說，「隔著空間和時間的遙遠距離，我沒辦法監視所有傳教士的一舉一動，也不可能知道每個奇扎拉教團小修道院和寺廟的細節。在這種情況下，我如何實施這個假設的欺詐行爲？」

「時間對您來說算得了什麼？」艾德雷克問。

史帝加皺緊眉頭，顯然很迷惑。他想：穆哈迪常說，他能看透時間的薄紗。宇航公會這個人的話中眞意到底是什麼？

「這樣規模的欺詐怎麼可能不漏洞百出？」保羅問，「重大意見不和，分裂……懷疑，經受不住內心的譴責而懺悔，欺詐不可能把這一切全都壓制下去。」

「宗教和自利不能隱藏的東西，政府卻可以瞞天過海。」艾德雷克說。

「你是在考驗我容忍的底線嗎？」保羅問。

「我的觀點就沒有一點可取之處嗎？」艾德雷克反駁道。

難道他希望我們殺死他？保羅心想。艾德雷克想使自己成爲烈士？

「我喜歡玩世不恭的觀點。」保羅說，試探著對方，「你顯然受過訓練，對一切語言技巧瞭若指掌，懂得如何使用雙關語、有殺傷力的字眼。對你來說，語言就是武器，你在測試我的盔甲的牢固程度。」

「說到玩世不恭，」艾德雷克說，嘴角現出一絲微笑，「誰也比不上處理宗教問題時的國君。宗教也是一門武器。當它變成政府的一部分時，它會成爲一種什麼樣的武器呢？」

保羅感到內心深處寧靜下來，心如止水的同時又凝神戒備。艾德雷克究竟是在和誰說話？機靈到極點的字句，極富煽動性，還有從容不迫的語氣，加上那種心照不宣的潛台詞：他和保羅是兩個久經世故的人，有更廣闊的天地，知道普通老百姓無法知道的事。保羅突然一驚，發現自己並不是這番花言巧語的主要目標。對方忍受種種不適造訪皇宮，目的是對其他人說出這番話，對史帝加，對皇宮衛兵們……甚至可能對那個粗笨的助手。

「宗教的光環是強加在我頭上的。」保羅說，「我並非有意識地追求它。」他想：好吧！就讓這條人魚認爲自己已經在這場口舌大戰中大獲全勝好了！

「那麼爲什麼您不公開否認這種造神運動呢，陛下？」艾德雷克問。

「因爲我的妹妹阿麗亞。」保羅說，仔細地觀察著艾德雷克，「她是位女神。我奉勸你一句，提到她的時候千萬要小心，她只消看你一眼，就能置你於死地。」

艾德雷克嘴邊剛浮出的一絲笑意突然化成震驚的表情。

「我是當眞的。」保羅說，觀察著剛才那句話引起的震驚迅速擴散，只見史帝加暗暗點頭。

艾德雷克沮喪地說：「您動搖了我對您的信心，陛下。這無疑正是您的用意。」

「你知道我的用意？還是別那麼肯定得好。」保羅說。朝史帝加做了個手勢，表示接見到此爲止。

史帝加用手勢詢問是否需要刺死艾德雷克。保羅做手勢表示否定，他特意加強了手勢的力度，惟恐史帝加自作主張。

斯凱特爾，艾德雷克的那個助手，走到箱子後的一角，把它朝門口推過去。到保羅對面的時候，他停下了，轉過頭來，眼中含笑，看著保羅：「如果陛下允許的話……」

「你有什麼事？」保羅問。他注意到史帝加靠了過來，以防這個人突然發難。

「有人說，」斯凱特爾說，「人們之所以依靠帝國的統治，是因爲太空的無窮無盡。沒有一個統一的象徵，他們感到自己是孤零零的一個人，無依無靠。對一個孤獨的人來說，皇帝正是他們依附的絕好對象。他們朝他奔過去，說：『看啊，他在那兒。他使我們團結成一個人。』或許宗教也有同樣的目的，陛下。」

斯凱特爾愉快地點點頭，又推了推艾德雷克的箱子。他們離開了會見室，艾德雷克仰臥在箱子裡，閉著眼睛。領航員好像已經筋疲力竭，不像剛才那樣活蹦亂跳了。

保羅瞪著斯凱特爾搖搖擺擺的背影，對這個人的話感到十分驚訝。眞是個很特別的傢伙，這個斯凱特爾，他想。他說話的時候，給人的感覺彷彿不是一個人，而是許多人的集合體，他的歷代先祖彷彿全都和他站在一起。

「眞奇怪。」史帝加說，並不特別針對某個人。

艾德雷克及其隨從出門後，一個衛兵把門關上了。保羅從沙發裡站了起來。

「奇怪。」史帝加又重複了一遍，粗大的血管在太陽穴上不住跳動。

保羅調暗接見室的燈光，走到窗邊。窗戶大開，正對著城堡外陡峭的懸崖。遠處下面的某個地方，燈光不斷閃爍，人影晃動。一隊勞工扛著巨大的溶膠石來到這裡，修補阿麗亞神廟被一股強勁沙暴損毀的牆面。

「這麼做不聰明，友索，把這種東西帶到這兒來。」史帝加說。

友索，保羅想。我的穴地名字。史帝加想讓我明白，他曾經領導過我，曾經在沙漠中救過我的命。

「爲什麼您要這樣做呢？」史帝加問，緊靠在保羅身後。

「數據。」保羅說，「我需要更多的資料。」

「僅僅以門塔特的身分面對這樣的威脅，是不是有些太冒險了？」

很有見地，保羅想。

門塔特的計算能力也是有限的。它就像語言一樣。語言是有限的，任何語言都無法表達沒有限制、也沒有邊界的事物。但儘管如此，門塔特的能力仍然很有用處。他把這些話告訴了史帝加，看他有沒有本事把自己駁倒。

「總有一些東西在範圍之外。」史帝加說，「有些東西，最好還是把它們放在我們考慮的範圍之外。」

「或者讓它們留在我們心裡。」保羅說。剎那間，身爲預言者的他，身爲門塔特的他，兩者共同得出了結論。放在範圍之外，不加考慮，這沒問題。最可怕的是，這些東西深埋在他心底，盤桓不去。他如何才能對抗他自己？逃避他本人？敵人的企圖正是設下毒計，讓他來個自我毀滅。沿著這個思路想下去，他看到了更加可怕的種種可能的未來。

急促的腳步聲打斷了他的沉思。明亮的走廊燈光從背後照亮奇扎拉·柯巴的身影，他急匆匆闖進來，像被某種巨大力量一把扔進來似的。進入陰暗的接見室後，他驟然止步。捧在他雙手上的是幾卷釋迦藤卷軸，在走廊射進來的燈光下閃閃發光，像奇形怪狀的珍寶。一隻衛兵的手伸了過來，關上房門，珠寶的亮光於是隨之消失。

「是您嗎，陛下？」柯巴問，朝陰暗處凝視著。

「什麼事？」史帝加問。

「史帝加？」

「我們都在這兒。什麼事？」

「您下令為宇航公會的人舉行招待會，我覺得十分不安。」

「不安？」保羅問。

「人們都說，陛下，您對我們的敵人太仁慈了。」

「就這些話？」保羅說，「這些卷軸是我早些時候要你拿來的東西嗎？」他指著柯巴手裡的釋迦藤卷軸。

「卷軸……哦！是的，陛下。這些就是歷史紀錄。您想在這兒看嗎？」

「我已經看過了。讓你帶來是想讓史帝加看看。」

「我看？」史帝加只覺得心頭火起。他覺得這又是保羅的一時心血來潮。歷史！他來這裡是為了跟保羅討論征服扎布侖星球的後勤計算問題，不巧卻碰上宇航公會的大使。好不容易有了機會，卻又冒出了柯巴和歷史！

「你對歷史知道多少？」保羅沉吟著說，心裡暗自琢磨著自己身邊這個拖著長長影子的人。

「陛下，我能說出我們的人民到過的每一個星球，我還熟悉帝國的每一片疆域……」

「地球的黃金年代，你研究過嗎？」

「地球?黃金年代?」史帝加又著急又迷惑。爲什麼保羅忽然想起要討論什麼人類起源時期的神話?史帝加的腦子裡仍然塞滿了扎布侖星球的資料。據門塔特參謀人員計算:需要兩百零五艘護衛艦,運載三十個軍團。此外還有輜重營,治安部隊,奇扎拉傳教士……食物補給(數字就在他腦子裡)以及香料粹……武器,軍服,紀念章……陣亡戰士的骨灰罈……需要的專家:製作宣傳材料的人、職員、會計……間諜……以及雙重間諜……

「我還帶來了脈衝同步裝置配件,陛下。」柯巴大著膽子說。他顯然察覺到保羅和史帝加之間的氣氛有點緊張,於是惶惶不安起來。

史帝加搖搖頭。脈衝同步裝置?爲什麼保羅要他在一部釋迦藤投影機上使用脈衝式記憶同步系統?爲什麼要從歷史紀錄中掃描下某段特別的資料?這是門塔特的工作!和往常一樣,一想起投影機和記憶同步裝置,史帝加便不由得產生了深深的懷疑。這些東西總是讓他的感官極度不舒服。資料如排山倒海般湧來,腦子很久以後才能理出個頭緒。有的資訊常常會讓他大吃一驚:連他自己都沒想到自己腦子裡竟然儲存了這樣的資訊。

「陛下,我是想和您討論扎布侖星的後勤問題。」史帝加說。

「讓扎布侖後勤問題脫水吧!」保羅不耐煩地說。他用了個弗瑞曼下流話,意思是這種水分是如此下賤,沒人願意不顧自己的身分接觸它。

「陛下!」

「史帝加,」保羅說,「你最需要的是一種平衡感。只有懂得從長遠角度考慮問題,才能獲得這種平衡感。關於過去那個時代,我們手頭只有很少的資料。巴特蘭聖戰毀掉了太多東西,但剩下的所有資料,柯巴都已經替你帶過來了。你就從成吉思汗開始吧。」

「成吉……思汗?他是薩督卡軍團的人嗎,陛下?」

「哦，比薩督卡軍團早得多。他殺了……大概四百萬人。」

「殺了那麼多人，他肯定有非常強大的武器，陛下。可能是雷射光束，要不就是……」

「不是他親自動手殺的，史帝加。他像我一樣，派出了自己的軍團。順便再提提另一個皇帝，一個叫希特勒的人。他殺了六百多萬人。對古代人來說，這個數字相當可觀了。」

「殺死……被他的軍團殺死的嗎？」史帝加問。

「是的。」

「這些統計數字沒什麼了不起，陛下。」

「很好，史帝加。」保羅瞥了一眼柯巴手上的卷軸。柯巴站在那兒，好像想扔下這些東西立即逃走，「我來告訴你一點兒別的統計數字。據保守估計，我已經殺死了六百一十億人，滅絕了九十顆行星，使五百顆星球元氣大傷。我消滅了四十種宗教，它們存在了……」

「異教徒！」柯巴抗議道，「他們全是異教徒！」

「不，」保羅說，「他們是教徒。」

「陛下在開玩笑。」柯巴顫聲說，「聖戰給成千上萬顆星球帶來了光明！」

「帶來了黑暗。」保羅說，「一百代人以後，人類才能從穆哈迪的聖戰中恢復過來。我很難想像任何人還能超過我這番壯舉。」他喉嚨裡爆發出一陣咆哮般的大笑。

「是什麼使穆哈迪覺得如此可笑？」史帝加問。

「沒有什麼。我只是突然看到了希特勒皇帝的幻象，他也說過類似的話。肯定說過。」

「沒哪個統治者擁有過和您一樣的權力。」柯巴反駁道，「誰敢向您挑戰？您的軍團控制了人類所知的整個宇宙，以及所有——」

「控制著這一切的是軍團。」保羅說，「不知他們自己是不是明白這一點？」

「但軍團受您的控制，陛下。」史帝加插話道。聲音明顯表明，他突然領悟到了自己在這個指揮鏈上的重要性——這些力量正是掌握在他的手中。

保羅成功地讓史帝加的思緒轉上了自己所希望的軌道，於是把注意力轉到柯巴身上，說：「把卷軸拿到沙發這兒來。」柯巴按吩咐做了。保羅說，「招待會進行得怎麼樣，柯巴？我妹妹把事情都處理得很妥貼嗎？」

「是的，陛下。」柯巴的聲音警覺起來，「但加妮一直通過窺視孔觀察。她懷疑宇航公會的隨員中有薩督卡。」

「她是對的。」保羅說，「豺狼們全都聚在一起了。」

「早些時候，邦耐傑還擔心他們趁機潛入皇宮的隱祕之處。」史帝加指的是負責保羅個人安全的衛士長。

「他們那麼做了嗎？」

「還沒有。」

「可是花園不如平時整潔了。」柯巴說。

「怎麼個不整潔法？」史帝加詢問道。

保羅點點頭。

「陌生人來來去去，」柯巴說，「踩踏植物，交頭接耳。有些話讓我很不安。」

「比方說？」保羅問。

「比如稅收的花費方式是否合理。據說大使本人也問過這樣的問題。」

「我倒不覺得這些話有什麼可大驚小怪的。」保羅說，「花園裡的陌生人多嗎？」

「很多，陛下。」

「邦耐傑已經派了精兵強將把守最易受攻擊的入口，陛下。」史帝加說。說話時，他側過頭去，房間裡亮著的唯一一盞燈於是照亮了他的半邊臉。這種燈光，這張臉，喚醒了保羅的記憶，來自沙漠的記憶。保羅沒有讓自己陷入回憶之中，他考慮的是史帝加。此人怎麼會這麼快便能收束心神，重新考慮起現實問題來。這個弗瑞曼人的前額皮膚繃得緊緊的，像一面鏡子，反射出他腦海裡閃過的每一個念頭。現在，他已經開始懷疑了，對皇帝的古怪行徑產生了深深的懷疑。

「我不喜歡他們進入我的花園。」保羅說，「對賓客必須以禮相待，歡迎外交使節更是必須在禮儀上有所表示。但……」

「我去把他們打發走。」柯巴說，「馬上。」

「等等！」柯巴正要轉身出去，保羅命令道。

房間裡突然一片寂靜，就在這一刹那間，史帝加悄悄挪動了一下位置，恰好可以看清楚保羅的臉。動作非常巧妙。保羅暗自欽佩。做得漂亮，眞是絲毫不露痕跡。只有弗瑞曼人才有這個本事。這是狡黠，也是對別人隱私的尊重。弗瑞曼人的生活離不了這種小動作，長期不懈，才會有這樣的造詣。

「幾點了？」保羅問。

「快到半夜了，陛下。」柯巴說。

「柯巴，我認爲你也許是我最好的創造物。」保羅說。

「陛下！」柯巴好像受到了傷害。

「你敬畏我嗎？」保羅問。

「您是保羅·穆哈迪，是我們穴地的友索。」柯巴說，「您知道我信仰……」

「你是不是覺得自己像耶穌基督門下的使徒？」保羅問。

柯巴顯然不明白這個詞的意思，但還是由這句話的語氣，準確地把握住了它的意思。「陛下知道我的忠心！」

「願夏胡露保佑我們！」保羅喃喃地說。

這瞬間可疑的沉默被一陣口哨聲打破了，有人從外廳走過。口哨聲到了門外，被衛兵喝止了。

「柯巴，你或許能活得比我們更長久。」保羅說，同時看到史帝加的臉上現出恍然大悟的神色。

「那些花園裡的陌生人怎麼辦？陛下。」史帝加問。

「啊，對了。」保羅說，「叫邦耐傑把他們轟出去，史帝加。讓柯巴去幫他。」

「我？陛下？」柯巴流露出深深的不安。

「我的某些朋友已經忘了自己曾經是弗瑞曼人。」保羅對柯巴說，實際上是指點史帝加，「記下那些被加妮認出來的薩督卡，然後殺死他們。你親自去做。我希望做得乾淨點，不要引起騷亂。請記住，宗教和政府並不僅僅是簽署合約、宣揚教義。」

「謹遵穆哈迪命令。」柯巴低聲說。

「扎布侖後勤計畫的事呢？」史帝加問。

「明天吧。」保羅說，「等把陌生人從花園驅逐出去，招待會完了再說。晚會結束了，史帝加。」

「我明白，陛下。」

「我知道你明白。」保羅說。

※　※　※

這兒躺著一尊倒下的神祇——
它的倒塌驚天動地。
我們做的只是替它建造底座，
建得窄窄的，建得高高的。

——特雷亞拉克斯諷刺短詩

阿麗亞蹲伏在地上，手肘靠著膝蓋，拳頭托住下巴，瞪著沙丘上的一具遺骸——一小堆骨頭和一些碎肉，它曾經屬於一個年輕的女人。雙手，頭部，以及軀幹以上的大部分都沒有了，被狂風侵蝕殆盡。沙地上到處是哥哥的法醫和法官們的足跡。現在他們都走了，除了站在一邊等著收屍的隨員，以及海特，那個死靈，等著她仔細查看這兒到底發生了什麼。

天空呈淡黃色，兇殺現場籠罩著一片藍綠色亮光之中。在這樣的緯度上，而且是下午三點左右，這種顏色的光再正常不過了。

屍體是幾個小時前被低空飛行的信使撲翼機發現的。撲翼機上的儀器在這個荒無人跡的地方發現了水的跡象，於是發出呼叫，帶來了專家。可是他們發現了——什麼？這個女人年齡在二十歲左右，弗瑞曼人，塞繆塔迷藥上癮……在這嚴酷的沙漠裡，死於某種精巧的特雷亞拉克斯毒藥。

死在沙漠裡的事經常發生，但死者沉迷於塞繆塔毒藥的情況卻非常少見，所以保羅讓她過來，用母親傳授的比吉斯特之道勘察現場。

她的到來給這個本來已經神祕莫測的現場投下了更加神異的光暈，但阿麗亞本人卻覺得自己並沒有發現什麼特別之處。她聽見死靈的腳在撥動沙子，看了他一眼。他的目光立即轉向那些像一群在頭頂盤旋的烏鴉似的護衛撲翼機。

提防這件宇航公會的禮物，阿麗亞想。

負責收拾屍體的撲翼機和她自己的撲翼機都停在死靈後面的沙地上，靠近一塊凸出的岩石。阿麗亞看了看停在地上的撲翼機，恨不得立即離開這裡。

可是保羅認爲她或許能在這兒發現什麼別人無法發現的東西。她在蒸餾服裡不自在地扭動著。過了幾個月沒有蒸餾服的城市生活後重又穿上它，感覺十分陌生、彆扭。她打量著死靈，懷疑他是否知道一點有關這次死亡的重要線索。死靈蒸餾服的兜帽裡露出一縷黑色的鬈髮。她感到自己渴望著伸手把那縷頭髮塞進去。

死靈彷彿知道了她的渴望，那雙閃爍的灰色金屬眼睛轉向了她。這雙眼睛使她顫抖，她好不容易才把目光從他身上移開。

一個弗瑞曼女人死在這裡，死於一種名爲「見血封喉」的毒藥。一個對塞繆塔迷藥上癮的弗瑞曼人。

她和保羅一樣，對這樣的巧合感到惴惴不安。

收屍的隨員耐心地等著。這具屍體已經沒有多少水分可以回收，他們也沒必要抓緊時間。他們相信阿麗亞正用某種常人無法理解的方法，讀出這具遺骸中的眞相。

可是她並沒有發現任何眞相。

對隨員們腦子裡的想法，她內心深處只有一種隱隱的憤怒。該死的宗教。她和哥哥不能是普通人。他們必須是超人。比吉斯特姐妹會策劃了這一切，正是爲了這個，她們才精心控制亞崔迪家族的血緣。母親也出了力，正是因爲她，他們兄妹倆才會走上這條巫師之路。

保羅更是使他們不同於普通人之處成爲傳奇，於是，他們再也不可能成爲普通人了。

阿麗亞腦子裡許多代聖母的記憶開始躁動起來，自發記憶也不斷湧出：「安靜，小東西！你就是你。會有補償的。」

補償！

她做了個手勢召喚死靈。

他來到她身旁，神態專注而耐心。

「你有什麼看法？」她問。

「我們或許永遠無法知道死者是誰。」他說，「頭部和牙齒都沒有了，雙手也……這樣一個人，她的遺傳紀錄不可能保存在什麼地方，無法用這種紀錄和她的細胞比對。」

「特雷亞拉克斯毒藥。」她說，「你對這個怎麼看？」

「很多人買這種毒藥。」

「沒錯。這具肉體死得太久，已經不可能像你的肉體一樣重新生長了。」

「即使您能信任特雷亞拉克斯人，讓他們放手重塑這具肉體。」他說。

她點點頭，站了起來，「現在，把我送回城裡去。」

他們升到空中，朝北面飛去。她說：「你的飛行動作和鄧肯．艾德荷一模一樣。」

他好奇地看了她一眼，「其他人也這樣說。」

「你在想什麼？」她問。

「我想了很多。」

「該死，不要迴避我的問題！」

「什麼問題？」

她怒視著他。

他迎著她的目光，聳聳肩。

太像鄧肯．艾德荷了，那個姿勢，她想。她的聲音有些澀，用責備的語氣道：「我希望你能把你的想法說出來，我們倆可以討論一下。那個年輕女人的死讓我很不安。」

「我不是在想這件事。」

「那你在想什麼？」

「我想的是，別人提到我的前身時的種種奇特表現，我可能的前身。」

「可能？」

「特雷亞拉克斯人是非常聰明的。」

「但還沒有聰明到那種程度，瞞天過海的手法不可能高到那個地步。你曾經是鄧肯．艾德荷。」

「很有可能。這是最可能的結果。」

「你動感情了？」

「某種程度上，是的。我有了某種渴望，而且心神不安。我的身體想顫抖，我得留心在意才能控制住。我感到……腦海裡閃現出很多影像。」

「什麼影像？」

「太快了，還認不出來。閃現。突發的……幾乎是所有記憶，一下子閃出來。」

「你對這些記憶不覺得好奇嗎？」

「自然。好奇心在驅使我，可是我非常不情願。我想：『如果我不是他們認爲的那個人怎麼辦？』我不喜歡這個想法。」

「你現在想的就只是這個？」

「妳心裡明白，阿麗亞。」

他怎麼敢直呼我的名字？怒火湧了上來，可是又平息下去。因爲他說話的語氣喚起了她的記憶：

顫動而低沉的男音，不經意間流露出男人的自信，堅硬的喉結肌肉上下扭動。她咬著牙，什麼也沒說。

「下面是埃爾·庫茨嗎？」他問，側著飛下去了一點，各護衛撲翼機忙不迭改變自己的飛行動作。

她朝下面看了看。他們的影子飄飄蕩蕩掃過哈格山口。她父親的顱骨就保存在懸崖上的岩石金字塔裡。埃爾·庫茨——神聖之地。

「是聖地。」她說。

「哪天我要去那兒看看。」他說，「接近妳父親的遺骸或許能讓我回憶起什麼來。」

她突然發現他非常想知道自己曾經是誰。對他來說，這是壓倒一切的渴望。她回頭看了看那座石山：峭壁嶙峋，底部延伸到一處乾河灘，再伸進沙海。黃棕色的岩石聳立在沙丘之上，像破浪的航船。

「轉回去。」她說。

「可是護衛撲翼機……」

「它們會跟上來的。就在它們下面掉頭。」

他照吩咐辦了。

「你是真心效忠我哥哥嗎？」她問。他駛上新航線，護衛撲翼機在後面跟著。

「我效忠亞崔迪家族。」他說，聲音很刻板。

只見他的手抬起來，又放下——和卡拉丹人表示敬意的古老手勢幾乎一模一樣。他臉上現出沉思的表情，凝視著下面的岩石金字塔。

「你在想什麼？」她問。

他的嘴唇嚅動著——聲音出來了，細弱而艱難：「妳父親，他是……他是……」一顆淚珠從臉頰上滾落下來。

阿麗亞靜默了，這是弗瑞曼人的敬畏之情。他把水給了死人！她情不自禁地用手指撫摸他的臉頰，感到了淚水的潮濕。

「鄧肯。」她輕聲說。

他雙手緊緊握住撲翼機的操縱桿，目光卻死盯著下面的墓地。

她抬高聲音：「鄧肯！」

他吞了口口水，搖搖頭，看著她，金屬眼閃閃發光，「我……感到……一隻手臂……放在我肩上。」他悄聲道，「我感到了！一隻手臂。」他喉頭顫動著，「是……一個朋友……我的朋友。」

「誰？」

「我不知道。我覺得是……我不知道。」

阿麗亞面前的一盞呼叫信號燈閃動起來。護衛撲翼機的機長想知道他們為什麼又折回沙漠。她拿起麥克風，解釋說她想憑弔父親的墓地。機長提醒她天已經晚了。

「我們現在就回阿拉肯。」她說，取下了麥克風。海特深深吸了口氣，把他們的撲翼機斜轉了一圈，然後朝北面飛去。

「你剛才感到的是我父親的手臂，對嗎？」她問。

「也許吧。」

是那種門塔特在計算著可能性的聲音。他已經恢復了鎮靜。

「你知道我是怎麼知道我父親的事的嗎？」她問。

「知道一點。」

「我說給你聽吧。」她說。她簡要介紹了自己如何在出生前就有了聖母意識，是一個在神經細胞中植入了無數生命意識的可怕胎兒，所有這一切都發生在她父親去世以後。

「我瞭解我父親，就像我母親瞭解他一樣。」她說，「包括她和他在一起的每一次經歷，每一個細節。某種程度上說，我就是我的母親。我有她的全部記憶，直到她飲了生命之水、進入入定狀態的那一刻。」

「妳哥哥也這樣解釋過。」

「他？爲什麼？」

「我問的。」

「爲什麼？」

「門塔特需要資料。」

「哦。」她看了看下面那又寬又平的遮罩牆山：殘破的岩石，滿是裂縫和坑窪。

他順著她的目光看去，說：「一個了無遮攔的地方，這下面。」

「但也是一個容易藏匿的地方。」她說。看著他，「它讓我想起了人類的大腦……可以隱藏一切東西。」

「啊哈。」他說。

「啊哈？這是什麼意思——啊哈？」她突然對他惱怒起來，卻找不到任何原由。

「您想知道我腦子裡藏了些什麼。」他說。這是一個陳述句，不是疑問句。

「你怎麼知道我沒有早就把你查了個一清二楚，用我的預知力量？」她詢問道。

「您用了嗎？」他似乎眞的很想知道。

「沒有！」

「看來女預言家也不是無所不能的。」他說。

他好像覺得很開心，這減輕了阿麗亞的憤怒。「很好笑嗎？你不尊敬我的力量？」她問。連她自己聽來，這句話都是那麼虛弱無力。

「我尊重您的預知魔力，也許超出了您的想像。」他說，「我是您晨禱儀式的忠實聽眾。」

「這意味著什麼呢？」

「妳在符咒方面非常在行。」他說，同時集中注意力駕駛著撲翼機，「在我看來，這得歸功於比吉斯特姐妹會。可是您也和許多女巫一樣，過於放縱自己的魔力了。」

她只覺得一陣驚恐，怒視著他：「你好大的膽子！」

「我的膽子超過了製造者的預期値。」他說，「正是因爲這一點，妳哥哥才沒有把我趕走。」

阿麗亞研究著他那雙鋼珠眼睛：看不出任何人類的表情。蒸餾服的兜帽遮住了他的下頷，但他的嘴卻很剛毅，蘊含著力量……和決心。他的話也有一種撫慰人心的力量，「……我的膽子超過了……」鄧肯・艾德荷極有可能說出這樣的話。難道特雷亞拉克斯人造出了一個出乎他們預料的死靈？或者這一切都是僞裝的，是他訓練中的一部分？

「解釋你的話，死靈。」她命令道。

「認識你自己。這句話是你們的戒條，對嗎？」他問。

她再次發現對方覺得很開心。「不要和我耍嘴皮子，你……你這個東西！」她說，伸手按住嘯刀，「他們爲什麼把你送給我哥哥？」

「妳哥哥說妳看到了整個贈送過程。」他說，「妳已經聽到了答案。」

「再回答一次……給我聽！」

「我的目的是摧毀他。」

「說這話的是門塔特嗎？」

「不用問妳也知道。」他責備道，「而且妳還知道，這件禮物其實沒有必要。妳哥哥正在自己摧毀自己。」

她考慮著這句話的分量，手仍然按在刀柄上。這個回答十分狡黠，聲音卻無比眞誠。

「既然如此，爲什麼仍然要送這份禮物？」她逼問。

「也許特雷亞拉克斯人覺得這樣做好玩，再說，宇航公會也要求把我作爲一件禮物送給妳哥哥。」

「爲什麼？」

「答案是一樣的，覺得好玩。」

「我怎麼放縱自己的魔力了？」

「妳是怎樣使用這種力量的？」他反問道。

他的問題鞭子一樣抽下來，甩開了她的疑懼。她把手從刀上移開，問：「爲什麼你說我哥哥在自己摧毀自己？」

「唉，得了吧，孩子！他那些誇誇其談、聳人聽聞的魔力眞的存在嗎？到底在哪兒呢？難道妳不會推理嗎？」

她竭力壓下怒火，說：「先說說你的推理，門塔特。」

「好吧。」他瞥了一眼周圍的護衛撲翼機，把視線轉到飛行的航線上。在遮罩牆山的北部邊緣，阿拉肯平原開始隱隱出現。塵霧遮掩下，窪地和谷地村仍舊不大清楚，但已經可以看見阿拉肯閃爍的燈光了。

「那些徵兆。」他說，「妳哥哥有個正式的頌詞作者，他……」

「他是弗瑞曼耐布們送來的禮物！」

「如果他們是妳哥哥的朋友，送這麼一份禮物眞是夠奇怪的。」他說，「爲什麼要讓他被諂媚奉承和卑躬屈膝重重包圍？您聽過那個讚頌者的作品嗎？『穆哈迪照亮了民眾。烏瑪攝政王，我們的皇帝，從黑暗中來，發出燦爛的光芒，照亮了所有人。他是我們的陛下，他是無盡的泉水。他爲宇宙播撒了歡樂。』呸！」

阿麗亞輕聲道：「如果我把你的話復述給我們的弗瑞曼敢死隊，他們會把你砍成肉醬餵鳥吃。」

「那妳就告訴他們吧！」

「我哥哥是靠上天之自然法律統治世界！」

「妳自己都不相信，爲什麼還要這樣說？」

「你怎麼知道我相信什麼？」她聲音顫抖，用比吉斯特的心法也難以克制。她從沒想到，這個死靈對她竟然有這麼大的影響力。

「妳剛才命令我以門塔特的方式說出我的推理過程。」他提醒道。

「但沒有哪個門塔特知道我相信什麼！」她顫抖著，做了兩次深呼吸，「你膽敢評判我們！」

「評判你們？我沒有評判。」

「你根本不知道我們受過的是什麼教育！」

「你們倆都接受了如何統治人的教育。」他說，「經過這種培養，你們對權力充滿了過分的渴望。你們掌握了政治手腕和技巧，對戰爭和宗教也運用得恰到好處。自然法律？什麼自然法律？那只不過是糾纏著人類的神話而已。糾纏！它是個幽靈，是非物質的，不眞實的。你們的聖戰難道是自然法律？」

「一個喋喋不休的門塔特。」她嘲笑道。

「我是亞崔迪家族的僕從，並且說話坦率。」他說。

「僕從？我們沒有僕從，只有信徒。」

「那我就是一個沒有喪失自我意識的信徒。」他說，「理解這一點吧，孩子，妳……」

「不要叫我孩子！」她呵斥道。把嘯刃刀從刀鞘裡抽出了一半。

「我接受妳的指正。」他瞥了她一眼，微笑著，把注意力集中到撲翼機上。亞崔迪家族皇宮面朝懸崖的一面已經清晰可見，俯瞰著整個阿拉肯北部郊區，「從肉體上看，您就是一個小孩子。」他說，「而且這個肉體還深受青春期欲望的困擾。」

「我不明白為什麼要聽你這些鬼話。」她吼叫起來。可是嘯刃刀卻滑過遮蓋在長袍下的手掌，插回了刀鞘。手掌上已經汗水淋漓。弗瑞曼人的節儉意識讓她大為不安：這可是浪費身體的水分！

「因為妳知道我效忠於妳哥哥。」他說，「我的行為清清楚楚，並且容易理解。」

「你沒有什麼是清清楚楚、容易理解的。你是我見過的最複雜的生物。我怎麼知道特雷亞拉克斯人把你造成了什麼東西？」

「不管是出於某種錯誤或者某種目的，」他說，「反正他們讓我任意塑造自己。」

「不過是眞遜尼教的那套怪論。」她指責道，「智者知道塑造他自己，而傻瓜就這樣活著，一直到死。」她的聲音裡充滿嘲弄之意，「好一個沒有喪失自我意識的信徒！我非把你的這些話全部告訴保羅不可。」

「大多數他已經聽過了。」

她又驚訝又好奇，「但你是怎麼回事，竟然還活著……還有自由？他怎麼說的？」

「他笑了。他說：『人民不希望他們的皇帝只是個記帳員；他們想要一個主人，一個保護他們的人。』可是他也承認，帝國的毀滅源於他自己。」

「為什麼他會這麼說？」

「因為我使他相信我理解他的困難，並且願意幫助他。」

「你究竟說了什麼話，讓他這麼相信你？」

他沉默了，將撲翼機一側，準備在皇宮戒備森嚴的屋頂著陸。

「我命令你，把你當時說的話告訴我！」

「我不敢肯定您是否接受得了那些話。」

「我自己會判斷！我命令你，立刻說出來！」

「請允許我先著陸。」他說。並沒有等她允許，直接轉上降落航道，調整機翼的升力，輕輕地停靠在屋頂明亮的橘紅色起降台上。

「現在就說。」阿麗亞說，「快說。」

「我告訴他，宇宙中最困難的事莫過於接受自己。」

她搖搖頭，「眞是……是……」

「良藥苦口。」他說。看著衛兵們朝他們奔過來，迅速各就各位，執行護衛任務。

「胡說八道！」

「無論是最尊貴的享有封地的伯爵，還是最卑微的奴隸，都面臨同樣的問題。你不能雇一個門塔特或別的什麼聰明人來替你解決這個問題。神聖經卷無法提供答案，機靈頭腦也不可能。被這個問題撕裂的傷口，沒有任何僕從……或信徒……能為你包紮。能包紮它的只有你自己，否則就得任它流血，讓所有人都看到血跡。」

她猛地一轉身，但剛剛轉過身來，她便意識到這個動作洩漏了自己的感受。他聲音中沒有任何欺詐，也沒有巫術的詭詐技巧，卻再一次深深打動了她的心靈。他是怎麼做到的？

「你告訴他該怎麼做？」她低聲問。

「我告訴他大膽裁決，殺伐決斷，強行建立秩序。」

阿麗亞瞪著那些衛兵。他們等在那裡，多麼耐心——多麼有秩序。「老生常談而已，還有公平啦、正義啦。」她咕噥道。

「沒有這些！」他厲聲說，「我建議他逕行決斷，就這個。決斷的原則只有一個，如果可能的話……」

「什麼原則？」

「保存他的朋友，消滅他的敵人。」

「那就是說，判決時無法做到秉公而斷囉。」

「什麼是公正？兩種力量對峙。只要從它們各自的角度看，雙方都代表著正義。在這裡，只有皇帝的命令才能解決問題，最終形成秩序。他不能阻止衝突的發生——但是能解決它。」

「怎麼解決？」

「用最簡單的辦法：他做決定。」

「保存他的朋友，消滅他的敵人。」

「那樣不就能帶來穩定嗎？人民希望秩序，這樣或那樣的秩序都行。他們被飢餓所困，眼睜睜看著有權有勢者以戰爭為遊戲。這是複雜，是危險，是無序。」

「我要向哥哥建議，你是最危險的東西，必須被消滅。」她說，轉身面對著他。

「我已經建議過了。」他說。

「這正是你的危險所在。」她字斟句酌地說，「如此冷靜，如此理智，徹底控制著自己的感情。」

「我的危險之處並不在那裡。」趁她來不及移動，他斜過身子，一隻手抓住她的下巴，嘴唇貼在她的唇上。

溫柔的一吻，轉瞬即逝。他放開了她。她瞪著他，嚇呆了，但立即恢復了鎮定，瞥了一眼仍然一動不動站在外面警戒的衛兵，發現他們臉上飛快地掠過一絲笑意，像痙攣。

阿麗亞伸出手摸了摸嘴唇，覺得這一吻有某種似曾相識的感覺。他的嘴唇在未來出現過。她看見過它的幻象。她胸口起伏：「我應該讓人剝了你的皮。」

「就因為我危險？」

「因為你放肆！」

「我一點也不放肆。只要不給，我不會主動去拿。給我的東西，我還沒一古腦兒全拿走呢，所以，高興點吧。」他打開他一側的艙門，滑出座艙，「來吧。跑了這一趟，時間已經耽擱得太久了。」他大踏步朝起降台那邊的圓頂屋入口處走去。

阿麗亞跳起來，跑著跟上他的步子。「我把你講過的所有的話全都告訴他，還有你做過的所有事。」她說。

「好。」他為她打開門。

「他會判你死刑的。」她說，踱進圓頂屋。

「為什麼？因為得到了一個我想要的吻？」他跟著她，迫得她回過頭來。門在他身後輕輕關上了。

「你想要的吻？」她憤怒異常。

「好吧，阿麗亞，是妳想要的吻。這麼說總可以了吧？」他開始繞過她，朝下面走去。

他的動作似乎讓她的頭腦比平時更加清晰了。她發現他很直率——絕對的誠實。我想要的吻，她告訴自己，的確是事實。

「你的誠實就是危險所在。」她說。跟上他。

「妳又變聰明了。」他說，仍然大步走著。「就算門塔特也不可能說得更清楚了。說說看：妳在沙漠裡看到了什麼？」

她拽住他的手臂，讓他停下來。他又做到了：語出驚人，讓她的頭腦明晰無比。

「我腦子裡總想著那些變臉者。」她說，「至於爲什麼，我也說不清。這是爲什麼？」

「這就是妳哥哥送妳去沙漠的原因。」他邊說邊點點頭，「就把這個揮之不去的意向告訴他吧。」

「可是爲什麼呢？」她搖搖頭，「爲什麼是變臉者？」

「一個年輕女人死在那裡。」他說，「但或許根本不會有弗瑞曼人來報告說有個年輕女人失蹤了。」

※　※　※

活著是一件多麼快樂的事啊。不知會不會有那麼一天，我能夠深入自己的內心，探究靈魂深處，弄清自己到底是什麼人。我的根就在那兒。無論我能否找到它，它仍舊糾纏著我，直到未來。人能做的所有事我都能做，或許有一天，我做的某件事能夠使我找到自己的根。

——《死靈談阿麗亞》

保羅躺著，沉醉於濃烈的香料氣味之中，進入了預見未來的入定狀態。他審視著自己的內心，看到月亮變成了一個拉長的圓球，翻捲著，扭曲著，發出的嘶嘶聲，是星球在無盡的大海裡冷卻時發出的可怕聲音——然後落下……落下……落下，像一個被小孩子扔出的球。

它消失了。

這個月亮並不是落入地平線下。他意識到了這一點：它消失了，此後再也沒有月亮了。地震了，大地像猛烈抖動身體的動物。恐懼籠罩了他。

保羅在墊子上猛地一挺身，眼睛睜大，瞪著前方。他的自我被分成了兩部分，一部分朝外看，一部分向內。朝外，他看到了離子柵格，那是他私人臥室的通風口。他知道自己正躺在皇宮裡一道石砌的深壕邊。而他向內審視的目光卻繼續望著月亮的墜落。

向外看！向外看！

離子柵格正對著照射阿拉肯平原正午的灼熱陽光，而他的內心卻是最深的黑夜。屋頂花園襲來一陣甜香，沁入他的意識，但任何花香都無法喚回那墜落的月亮。

保羅一扭身，雙腳落在冰涼的地板上，凝望著柵格外的世界。他看得到人行天橋那一彎優雅的圓弧，天橋用鑲嵌著水晶的黃金和白金建成，橋上還裝飾著取自遙遠的塞丹星的閃閃發光的珠寶。保羅知道，只要自己站起身來，就能看到橋下池塘中的點點花瓣，血一樣鮮紅潔淨，急促地旋轉著，漂浮著，翠綠色水面上的點點殷紅。

眼睛攝入美景，但無法將他的神智拉離香料的迷醉。

月亮消亡。可怕的幻象。

這個幻象暗示著個人安全感的喪失。或許他看到的是自己一手創建的文明的毀滅，毀於它本身的驕縱。

一顆月亮……一顆月亮……一顆正在墜落的月亮。

未來的水流已經被塔羅牌弄渾了。爲了透過濁水洞見未來，他服用了大量的香料精，但能看到的只是一顆正在墜落的月亮，以及一開始就知道的那條可恨的路徑。爲了結束聖戰，爲了平息火山爆發似的屠戮，他不得不毀掉自己的名聲。

放手……放手……放手……

屋頂花園的香味使他想起了加妮。他渴望她的手臂，那充滿仁愛和寬恕的手臂。但就連加妮也無法驅走月亮的幻象。如果他告訴加妮，他預見到自己會以某種特定的方式死去，她會怎麼說？既然死亡不可避免，爲什麼不選擇一種高貴的死法，在人生的鼎盛時期結束自己的生命，不再浪費時間苟且偷生？在意志的力量沒有衰竭之前結束自己的生命，這難道不是一種更加體面的選擇嗎？

他站起身，穿過柵欄門，來到外面的露台。那兒能看見花園裡垂落下來的鮮花和藤蔓。他的嘴唇發乾，像在沙漠裡進行了長途跋涉一般。

月亮……月亮那個月亮在哪裡？

他想到在沙丘上發現的那個年輕女人的屍體，想起阿麗亞的描述。一個塞繆塔迷藥上癮的弗瑞曼女人！一切都與那可惡的模式相符。

宇宙運行自有其模式，你無能爲力。他想。宇宙只管按它的原則行事。

露台欄杆旁一張低矮的桌子上放著一些貝殼，來自地球母親上的海洋。他拿起貝殼，它們摸上去光滑而潤澤，竭力回憶那遙遠的過去。珍珠般的表面在月光下閃閃發光。他的視線從貝殼上移開，越過花園，凝視著宛如熊熊烈焰的天空，那是彩虹，挾著灰塵，在銀色的陽光下舞動著。

我的弗瑞曼人把自己稱爲「月亮的孩子」。他想。

他放下貝殼，在露台上踱著步子。那個可怕的月亮是否預示著他還可以從這一團混亂中脫身？他苦苦思索著幻象的神祕含意，感到自己虛弱無力，煩惱不堪，被香料的魔力牢牢控制著。

他的目光轉向北方，望著低矮而擁擠的政府辦公樓群。天橋上擠滿了匆匆來回的人群。他覺得那些人簡直像一片以門道、牆壁、瓷磚爲背景圖案的小顆粒。眼睛一眨，人便跟磚瓦融爲一體，成了磚瓦的一部分！

一顆月亮墜落了，消失了。

一種感覺抓住了他：這座城市奇怪地象徵著他的宇宙。他看到的那些建築物的所在之處，正是他的弗瑞曼人殲滅薩督卡軍團的那片平原。這塊曾經被戰爭蹂躪的土地如今人來人往，成了喧囂熱鬧的生意場。

保羅沿著露台邊走，繞過拐角處。現在能看見遠處的郊區，城市建築物被岩石和荒漠風沙所取代。前方就是阿麗亞的神廟；神廟兩千公尺長的側壁上掛滿綠黑相間的簾幕，上面繪著象徵穆哈迪的月亮。

月亮墜落了。

保羅伸手抹了抹前額和眼睛。都市和那個象徵壓迫著他，可是他又難以擺脫。這種想法讓他鄙視自己。如此優柔寡斷，放在別人身上，他早就發火了。

他憎惡這座城市！

從厭倦中滋生的憤怒在內心深處沸騰著，又因爲他無法迴避的決定更加猛烈地熾燃起來。他知道自己的腳必須踏上哪條路。看見過無數次了，不是嗎？看見自己踏上這條道路！從前，很久以前，他把自己看成一個政治改革家。但他的革新漸漸墮入舊時的模式。就像那種驚人的發明，有記憶力的物質。你盡可以按自己的心意將它塑造成各種形態，然後你就等著看吧，它們會一下子反彈，重新變回過去的老樣子。人類心中自有一種惰性力量，他搆不到，它擊敗了他，讓他自覺無能爲力。

保羅凝視著遠處的屋頂。這些屋頂之下，隱藏著多少自由自在而又為人珍視的生活？還有一座座紅色和金色屋頂之間的綠葉，戶外種植的植物。綠色，穆哈迪和他的水帶給人們的禮物。放眼望去，到處是果園和灌木，足以和傳說中地球沙漠地區的黎巴嫩人的植物媲美。

「穆哈迪像瘋子一樣用水。」弗瑞曼人說。

保羅雙手捂住眼睛。

月亮墜落了。

他放下手，用比平時更加清醒的眼光看著自己的城市。建築物一股暴戾之氣，這是這個可怕的帝國帶來的。一座又一座，聳立在北方的太陽之下，巨大無匹，明亮耀眼。巨獸！每一幢奢靡的建築都述說著一段瘋狂的歷史。一座又一座，全都映入他的眼簾：平頂山一樣的露台，城鎮一樣寬大的廣場、公園、房屋，一塊塊人工培植的自然園地。

不知為什麼，最華麗的藝術卻能和最惡劣的品味並存，猛然間抓住他的注意力：一扇便門，來自最古老的巴格達……一座圓形屋頂，誕生於傳說中的大馬士革……一段拱門，來自低重力的阿塔爾星……它們和諧配合，天衣無縫，創造出無與倫比的絢爛輝煌。

一個月亮！一個月亮！一個月亮！

挫敗感糾纏著他。在他統治的宇宙中，人類的哭泣聲愈來愈響亮。這是群眾的意識，這種集體意識形成了巨大的壓力，擠壓著他，像洶湧澎湃的怒潮一般沖刷著他。他感受到了湧動起伏的人類活動的潮流：像漩渦，像激流，像基因的傳遞。沒有堤壩可以阻擋，任何手段都無法抑制這股洶湧的大潮，任何詛咒都不能停止它的氾濫。

在這股洪流中，穆哈迪的聖戰只如過眼雲煙。那個以操控人類基因為業的比吉斯特姐妹會也和他一樣，陷入這股洪流，無法脫身。應該把月亮墜落的幻象放到另一個背景上加以評估，放到大宇宙中去。在那裡，看似永恆的群星也會漸漸黯淡、搖曳、熄滅……

在這樣一個宇宙中，一顆月亮的消失又有什麼值得大驚小怪的呢？

要塞似的皇宮最深處響起十弦雷貝琴的叮噹聲，彈唱起一首聖戰歌謠，悲傷地詠唱著一位留在阿拉吉斯故鄉的女人。歌聲在城市的喧囂中時斷時續：

她臀部滾圓，像和風吹過的沙丘，
她眼睛閃亮，像夏日溫暖的火焰。
兩條髮辮從背後垂落——
綴滿水環的髮辮！
我的雙手還記得她皮膚的味道，
芬芳如琥珀，馥郁如花香。
我的睫毛因回憶而顫抖……
心被熾烈的愛所焚燒！

他厭惡這首歌。沉溺在多愁善感中的蠢材！還是唱給阿麗亞看過的那具沙丘上的屍體去吧。露台柵欄的陰影裡，一個身影動了一下。保羅猛地一轉身。

死靈走了出來，走進陽光下，兩隻金屬眼閃閃發光。

「來的是鄧肯．艾德荷，還是那個叫海特的人？」保羅說。

死靈在離他兩步遠的地方站住了，「陛下願意我是哪一個？」聲音裡帶著一絲審慎。

「只管玩你那套眞遜尼教的把戲吧。」保羅恨恨地說。總是暗藏玄機！但無論一個眞遜尼哲學家說什麼做什麼，能讓他們眼前的現實有絲毫改變嗎？

「陛下有些心煩。」

保羅轉過身，凝視著遠處遮罩牆山的懸崖。那些被風沙蝕成的拱頂和扶壁，彷彿是嘲弄地模仿他的城市。自然在和他開玩笑：瞧我能建造些什麼！他看出遠處山丘上有道裂縫，沙子就從裂口處溢出。他想：那兒！就在那兒，我們和薩督卡軍團戰鬥過的地方！

「陛下爲什麼心煩？」死靈問。

「一個幻象。」保羅低聲說。

「啊哈，當特雷亞拉克斯人剛剛喚醒我的時候，我也有很多幻象。我煩悶，孤獨……卻又沒有眞正意識到自己是孤獨的。那時還意識不到。我的幻象什麼都沒有告訴我！特雷亞拉克斯人告訴我說，這是肉體的一種疾患，人和死靈都有此難。一種病，僅此而已。」

保羅轉過身，打量著死靈的眼睛。這雙凹陷的，硬如鋼鐵的圓球沒有任何表情。這雙眼睛看見了什麼幻象？

「鄧肯……鄧肯……」保羅悄聲低語。

「別人叫我海特。」

「我看見一顆月亮墜落了。」保羅說，「它消失了，毀滅了。我聽到了嘶嘶聲，連大地都震動了。」

「您這一次服用的香料實在太多了。」死靈說。

「尋找眞遜尼教的哲人，找到的卻只是一個門塔特！」保羅說，「很好！那就用你的邏輯來分析分析我的幻象，門塔特。分析它，精簡到只有幾句話，刻在墓碑上那種。」

「說什麼墓碑。」死靈說，「您始終在逃避死亡。您從來一心只顧著預測下一個瞬間，拒絕眼前實實在在的生活。占卜！對一個皇帝來說，眞是絕妙的支柱！」

保羅愣愣地瞪著死靈下巴上那顆從小他便十分熟悉的黑痣。

「您一直在未來中生活，」死靈說，「但您是否給這個未來帶來了某種實在的東西？讓它變成現實？」

「如果沿著我看到的未來之路走下去，我會活下來的。」保羅喃喃地說，「但你憑什麼認爲我想活在那樣一個未來？」

死靈聳聳肩，「您自己要求我不要說得太玄，要求我說點實在的東西。」

「可在眾多事件構成的宇宙中，那裡眞正有什麼實在的東西？」保羅說，「存在一個終極答案嗎？每一個解決方案難道不是造就了新一輪問題？」

「您向未來看得太遠了，以至於有了一種不朽的錯覺。」死靈說，「事實上，陛下，就連您的帝國都有自己的時限，會最終滅亡。」

「別在我面前扯這些無比正確的陳詞濫調。」保羅咆哮起來，「神祇和救世主的故事我聽得太多了。和其他所有人一樣，我最終也會徹底消亡。這一點用不著什麼特別魔法也能預見，連我的廚房裡地位最低的雜役都有這個本事。」他搖搖頭，「月亮墜落了！」

「您一直沒有讓您的頭腦稍停片刻，想想這個幻象是怎麼來的。」死靈說。

「難道我的敵人打算讓你用這種辦法來摧毀我？」保羅問道，「阻止我理清自己的思路？」

「一團亂麻，您能理出頭緒嗎？」死靈問，「我們眞遜尼教說：『最好的整理就是不去整理。』在自己都沒理清的情況下能理清別的什麼呢？」

「我被一個幻象纏住了，你還在說這些廢話！」保羅狂怒地說，「你對預知力量瞭解多少？」

「我見過預言所起的作用。」死靈說，「我見過那些爲自己的命運問卜的人。他們總是對得到的結果很害怕。」

「我那墜落的月亮是眞的。」保羅低聲說。他顫抖著吸了口氣，「它在移動，往下掉。」

「人們總是對被自己引發出來的事物感到恐懼。」死靈說，「您害怕自己的預知力量，害怕那些來歷不明、湧入腦海的東西。不知道它們什麼時候消失，又會去哪兒？」

「你在用荊棘撫慰我。」保羅咆哮道。

一股內在光芒照亮死靈的臉龐。一時間，他變成了眞正的鄧肯·艾德荷。「我在盡我的全力安慰您。」他說。

光芒在死靈臉上一閃而過，保羅不由得心生疑竇。難道死靈同樣感到悲傷，這種情緒又受到他的意識的排斥？海特本人也看到了幻象，卻又把這個幻象壓制下去了？

「我的月亮有一個名字。」保羅低語道。

他讓幻象從心裡流溢出來，全身沉浸在這個幻象裡。他的整個身體都在尖聲嘶喊，但卻沒有發出一絲聲音。他害怕說話，惟恐聲音會洩漏自己的祕密。可怕的未來沉甸甸地壓迫著他，加妮卻不在其中。那具曾經在狂喜中呼喊出聲的肉體，曾經使他融化的熱烈眼神，眞實而毫無任何欺詐、令人入迷的聲音都消失了，化爲水，化爲沙。

保羅慢慢轉過身子，朝阿麗亞神廟前的廣場望去。三個頭髮剃得精光的香客從遊行大道闖了進來。他們穿著骯髒的黃色長袍，步履匆匆，低著頭，抵禦下午的風沙。其中一個跛了左腳，在地上拖著。他們奮力抵抗著沙塵，繞過一個角落，不見了。

就像他的月亮將消失一樣，他們也消失了。可是幻象依然擺在眼前。它的含意讓他膽寒，但他別無選擇。

肉體終將消亡，他想，永恆將收回原本屬於它的一切。我們的身體只是短暫地攪動這些水，面對

生命之愛和自我，我們陶醉地歡舞雀躍，把玩著種種奇奇怪怪的念頭，最後面對時間俯首稱臣。對此我們能說什麼呢？我存在過，至少現在，我還沒有……不管怎麼說，我存在過。

——《史帝加生平》之「穆哈迪的痛苦」

※　※　※

「不要向太陽祈求憐憫。」

瞬間的不當會帶來致命錯誤，凱斯·海倫·莫希阿姆聖母提醒自己。

她蹣跚地走著，顯得心不在焉。一隊弗瑞曼衛兵跟在她周圍。她知道其中有一個聾啞人，魔音大法對他毫無用處。毫無疑問，只要她表示出哪怕最輕微的反抗，都會被這個人擊斃。

保羅爲什麼傳喚她？她疑惑不已。打算判她死刑嗎？她還記得很久以前自己測試他時的情形……那時的科維扎基·哈得那奇還是個小孩子。他一直都很有心計，深藏不露。

他那該死的母親！正是她的錯誤使比吉斯特姐妹會失去了對這條基因鏈的控制。

沉寂。沉寂沿著前面的長廊向前湧去。她能感覺得到，沉寂正將她到來的消息傳遞進去。保羅會聽見這種沉寂，早在她到達之前就會知道這一切。她還不至於自欺欺人，認爲自己的法力能超過他。

該死的！

歲月將它的重負強壓在她肩上，讓她惱怒不已：關節疼痛；反應緩慢，再也沒有從前的敏捷；肌肉也不像年輕時緊繃而充滿活力。後面還有很長的日子，很長的生活。她將靠沙丘塔羅牌打發掉這些日子，徒勞地爲自己的命運搜尋線索。但紙牌也像她一樣反應遲緩。

衛兵押著她繞過一個角落，進入另一條看似沒有盡頭的拱形長廊。左邊是裝有強化玻璃的三角形窗戶。透過這些窗戶望上去，能看見排成格狀的藤蔓，以及被午後陽光投下的濃重陰影籠罩著的靛青色花朵。腳下鋪著瓷磚，上面鑲嵌著外星球的水生生物圖案。處處都讓人聯想到水。財富……豐饒。

一些身著長袍的人影從她面前穿過，走向另一間大廳。他們偷偷看了聖母一眼，表情緊張，顯然認出了她是誰。

她強迫自己把注意力放在走在她前面的衛兵的後腦勺上：髮際線剃得輪廓分明，年輕的肌膚被軍服領子壓出了一道粉紅色的痕跡。

這座要塞式皇宮的龐大令她驚歎。長廊……長廊……他們走過一扇敞開的門，淹沒在裡面傳出的銅鼓和笛子的樂音中，古老的音樂，悠揚婉轉。屋裡的人瞪了她一眼：是弗瑞曼人極藍的眼睛。她從這些眼神裡看到了已經成爲傳奇的狂亂和反叛——來自他們的野蠻基因。

她知道，某種程度上，她個人應該對此負責。比吉斯特不可能意識不到該基因及其可能帶來的後果。一陣深深的失落抓住了她：那個固執的亞崔迪傻瓜！他怎麼敢拒絕用他那該死的生殖器養育寶石般珍貴的後裔？科維扎基．哈得那奇！打破了時間的局限，卻又實實在在，貨眞價實——像他那可惡的妹妹一樣貨眞價實……那一位是另一個不可預測的危險。一個不受拘束的聖母，她會不顧任何比吉斯特禁忌胡亂生下一大堆孩子，絲毫不顧忌基因的開發。但她無疑擁有和她兄長同樣的魔力，而且還不止於此。

皇宮的巨大規模使她感到窒息。長廊會不會永無盡頭？這地方瀰漫著可怕的物質力量。人類歷史上從未有過哪個星球，哪種文明，能創造出如此龐大的人造建築。它那寬厚的高牆內足可以藏匿一打古代城堡！

他們經過一個又一個燈光閃爍的橢圓形門洞。她認出這是伊克斯人的傑作：氣壓傳送道。既然有這些設備，為什麼還要她走這麼長的路呢？她腦子裡開始有了答案：有意壓迫她，以此為皇帝的召見做好準備。

只是一條小線索，但還有其他細枝末節：押送的衛兵言語小心謹慎，稱呼她聖母時眼睛裡流露出自然的羞怯。還有那些大廳，冰涼平淡，沒有任何氣味。所有這些綜合起來，足以使一個比吉斯特做出判斷。

保羅想從她這兒得到什麼東西！

她掩飾住自己的興奮和得意。她有可以撬動對方的槓桿。現在的問題是找出這個槓桿，測試它的強度。有些槓桿曾經撬動過比這座皇宮更大的東西。彈彈手指，有的文明就會頹然傾倒。

聖母突然想起了斯凱特爾的說法：當某種東西進化到某種程度時，它寧可選擇死亡，也不願演變為自己的對立面。

他們走過的通道似乎變得愈來愈寬大，這是建築設計上的花招：拱門彎曲的弧度，支柱底部漸漸加粗，三角窗變成更大的長方或橢圓形窗。前面終於露出了一道雙開門，遠遠地立在接待室另一端的高牆中央。這扇門實在太高大寬闊了，她用訓練有素的潛意識測量其面積時，好不容易才控制住自己，不至於倒吸一口冷氣。足足八十公尺高，四十公尺寬。

她和衛兵們走近時，門朝裡面打開——巨大的移動幅度，同時又悄無聲息，顯然裝有暗藏的機關。又是伊克斯人的傑作。他們走過高聳的門洞，進入了保羅．亞崔迪皇帝威嚴華麗的大接待廳。「穆哈迪，在他面前，所有人都變成了矮子。」現在她終於知道大家說得多麼有道理了。

她朝坐在遠處寶座上的保羅走過去。聖母發現，自己與其說驚歎於皇宮建築的宏偉壯麗，不如說被四周那精妙的藝術傑作所震撼。空間很大，能裝下人類歷史上其他任何統治者的整座宮殿。開闊透迤的房間蘊含著建築上的威嚴和魄力，同時不乏精巧和優雅，顯得和諧而完美。大牆後面的橫梁和立柱，高居空中的拱頂天花板，無一不呈現出無與倫比的恢宏。一切都顯示出天才的手筆。

也不總是如此寬闊。隨著大廳朝裡面延伸，面積變得愈來愈窄。這樣，坐在大廳盡頭高台中央寶座上的保羅就不至於和別人一樣變成矮子。如果是一個沒有受過訓練的頭腦，又被四周那些龐大的建築所震懾，乍一見到他，肯定會把他的實際體積和身高放大許多倍。還有色彩，同樣會鎮住這個沒有受過訓練的頭腦：保羅的綠色寶座由一整塊夏甲翡翠雕刻而成。綠色象徵著生長，而在弗瑞曼神話中，綠色又是悲悼的顏色。它在悄悄告訴你，坐在這裡的人可以讓你悲悼。同一種顏色，卻同時象徵著生與死。將對立之物結合得如此完美，眞是絕頂聰明。寶座的後面，五顏六色的簾幕像瀑布一樣垂下。有熾烈的橘紅色，沙丘土地般的咖哩金色，以及香料粹那斑斑點點的肉桂色。對訓練有素的眼睛來說，這些顏色的象徵意義非常明顯。可對生手來講，它們的潛在意味像無形的鐵錘，轉瞬之間便能使來人屈服。

但在這裡最重要角色的卻是時間。

聖母計算著以自己蹣跚的腳步走近皇帝寶座需要多少分鐘。在這個過程中，你有足夠的時間受到威嚇。你的身體在狂暴的威力逼視下，所有不滿和仇視都會被壓榨出來。剛開始朝寶座前進的時候，你或許還是一個有尊嚴的人。可是當你結束這段漫長的里程時，卻變成了一隻微不足道的蚊蟲。助手和隨從在皇帝身邊站成整整齊齊的一圈，全神貫注的皇家衛兵列隊在覆著簾幕的後牆邊。那個邪物阿麗亞站在保羅左手邊的兩級台階下；皇室的走狗史帝加站在阿麗亞下面一級台階上；右邊，大廳地板的第一級台階上，站著一個孤獨的人影：鄧肯·艾德荷的行屍走肉，死靈。她打量著衛兵中的老弗瑞曼人，都是滿臉鬍渣的耐布：穿著蒸餾服，鼻子上有疤痕，腰間掛著嘯刃刀。其中一些人掛著彈射槍，甚至還有雷射槍。這些人是最受信賴的，她想，竟可以當著保羅的面佩帶雷射槍。他顯然穿著遮罩場發生器，她能看到他身邊的遮罩場發出的微光。只要雷射槍朝遮罩場開火，整座城堡便會化爲地面的一個巨洞。

押送的衛兵在離台基十步遠的地方停住，在她身前分開，好讓皇帝能不受遮擋地看見她。她這才發現加妮和伊如蘭不在。她不知道這是爲什麼。據說，只要她們不在場，皇帝不會舉行任何重要會議。

保羅對她點點頭，一言不發，默默地掂量著她。

她當機立斷，決定先發制人。「看來，偉大的保羅・亞崔迪想屈尊俯就，瞧瞧這個被他禁止來到阿拉吉斯的人。」

保羅淡淡地一笑，想：她知道我想從她那兒得到什麼。以她的本事，只能是這樣。他知道她的力量。一個比吉斯特不可能單憑僥倖當上聖母。

「我們是不是可以省掉這一番唇槍舌劍？」他問。

會這麼容易？她懷疑。「說出你想要的東西。」

史帝加動了動，瞥了保羅一眼。這個皇帝的走狗不喜歡她的語調。

「史帝加希望我把妳趕走。」保羅說。

「而不是殺掉我？」她問，「我本以爲一個弗瑞曼耐布會更直接些。」

史帝加臉色一沉，說：「我常常得說一些言不由衷的話，這叫做外交辭令。」

「那就把這些外交辭令一併省了吧。」她說，「有必要讓我走這麼長的路嗎，我是個老太婆。」

「必須讓妳明白我的冷酷無情。」保羅說，「那樣的話，妳才會感激我的寬宏大量。」

「你敢對一個比吉斯特這樣粗暴？」她問。

「粗暴的行爲自有其含意。」保羅說。

她猶豫了，琢磨著他話中之意。這麼說——他的意思當然是會把她以同樣粗暴的方式解決掉，除非她……除非她什麼？

「說吧，你想從我這兒得到什麼。」她咕噥道。

阿麗亞瞥了哥哥一眼，朝寶座後面的簾幕點點頭。她知道保羅這麼做的理由，可是仍舊不喜歡。就算是沒有根據的預感好了，反正她極其不願捲入這場交易。

「和我說話時留神妳的態度，老太婆。」保羅說。

當他還是個年輕人的時候就叫我老太婆了，聖母想。他是否在提醒我，我的手曾經決定了他的過去？那時候我做出了決定，現在我必須調整那個決定嗎？她感到了決定的沉重，像有形的重物一般，壓得她雙膝發顫，每一塊肌肉都在發出疲憊的呼叫。

「路程是長了點。」保羅說，「看得出妳累了。我們退到王座後我的私室裡去吧。在那兒妳可以坐著。」他向史帝加做了個手勢，站了起來。

史帝加和死靈走向她，扶著她跨上台階，跟著保羅穿過簾幕後的長廊。現在她才明白爲什麼他要在大廳裡會見她：做給衛兵和耐布們看的一場把戲。就是說，他害怕他們。而現在——現在他裝出友好和仁慈，想在比吉斯特面前耍這樣的花招。眞是花招嗎？她發現後面還有別的人，於是轉頭看了一眼。跟在後面的是阿麗亞。這年輕女人若有所思的眼神中透出一股惡毒。聖母不禁一抖。

長廊盡頭的私室是一個邊長二十公尺的立方形，懸浮燈亮著黃色燈光。覆蓋牆面的織物是沙漠蒸餾帳篷的面料。房間裡有長沙發，軟墊，還有一股淡淡的香料粹味兒。一張矮几上放著水晶水罐。跟外面宏偉的大廳相比，這間房子顯得狹小不堪。

保羅讓她在一張長沙發上坐下，自己站在她面前，研究著這張老臉——堅硬的牙齒，毫無表情的眼睛，皺紋堆疊的皮膚。他指了指水罐。她搖搖頭，一綹灰髮散落下來。

保羅低聲說：「為了我所愛的人的生命，我想和妳做筆交易。」

史帝加清了清喉嚨。

阿麗亞把玩著插在脖子上刀鞘中的嘯刃刀柄。

死靈站在門口，表情冷漠，金屬眼睛看著聖母頭上的空氣。

「我的手將導致她的死亡？你在預知幻象中看到了？」聖母問。她注意地看了看死靈，不知為什麼，心裡竟覺得一陣陣不安。為什麼她覺得這個死靈是對自己的威脅？他是他們陰謀的工具啊。

「我知道妳想從我這兒要什麼。」保羅說，迴避了她的問題。

這麼說，他只是懷疑。她想。聖母低頭看著從長袍一角露出來的鞋尖。黑袍……黑鞋……鞋和長袍上帶著監禁的痕跡：汙跡，皺摺。她抬起頭，迎著保羅惱怒的瞪視。她感到一陣高興，但立即癟著嘴，耷拉下眼皮，把得意之情隱藏起來。

「你準備開什麼價？」她問。

「妳可以有我的精子，但不能有我這個人。」保羅說，「我會和伊如蘭離婚，然後經由人工受精……」

「你敢！」聖母突然暴怒起來，板著面孔。

史帝加向前跨了半步。

死靈讓人不安地微微一笑。阿麗亞轉而打量起他來。「我們用不著討論姐妹會的禁忌。」保羅說，「我也不想聽什麼罪孽，反常，或者上一次聖戰遺留下來的信仰等等。妳可以用我的精子去實行妳的計畫，但伊如蘭的孩子不准坐在我的皇位上。」

「你的皇位。」她冷笑一聲。

「我的皇位。」

「那麼誰來生育帝國繼承人？」

「加妮。」

「她不能生育。」

「她有孩子了。」

她驚呆了，不由自主地倒吸一口冷氣。「你撒謊！」她氣急敗壞地說。

保羅朝急步上前的史帝加做了個阻攔的手勢。

「我們剛知道兩天，她懷了我的孩子。」

「可是伊如蘭……」

「只能用人工的辦法。這就是我開出的價碼。」

聖母閉上眼睛，免得看到他那張臉。眞該死！基因的骰子就這麼擲出去了，這麼隨隨便便！她胸中翻騰著厭惡與憎恨。比吉斯特姐妹會的信仰，巴特蘭聖戰的教訓——全都禁止這種做法。不得以任何行爲貶低人類，不能允許任何機器像人腦一樣思維，人也不能像動物一樣人工繁殖。

「妳怎麼說？」保羅說。

她搖搖頭。基因，無比珍貴的亞崔迪基因——這才是最最重要的。需要遠遠超過了禁忌。對姐妹會來說，交配遠不止是精子和卵子的混合，她們的目的是借此掌握人類的心智。

聖母現在明白了保羅價碼的深義。這種行爲將引發群眾的憤怒，萬一這件事走漏了風聲，他想把比吉斯特姐妹會拉進來，以平息眾怒。如果皇帝不承認人工受精所形成的父子關係，她們也只好不承認。他給予她們的東西，或許會使姐妹會保住亞崔迪家族的基因，可是她們卻永遠不可能再進一步，得到皇位。

她朝房間四周掃了一眼，研究著每個人的表情：史帝加溫順地等在那兒；死靈呆呆地站著，好像迷失在內心深處的什麼地方；阿麗亞在觀察死靈；保羅勉強保持著外表的平靜，掩飾著內心的怒火。

「你開出的條件只有這個，不能更改？」她問。

「只是這個。」

她瞥了一眼死靈，恰恰看到他臉頰上的肌肉突然抽動了一下。表達了某種感情？「你，死靈。」她說，「這個價碼合適嗎？應不應該接受？用你的門塔特腦子給我們算算。」

金屬眼轉向保羅。

「你可以自由回答。」他說。

死靈朝聖母轉過那雙閃爍著微光的眼睛，他的笑容讓她吃了一驚。「只有在能眞正買到什麼的情況下，才談得上價碼是否合適。」他說，「但在這裡，雙方提出的是生命換生命。這種交易已經超出了價碼的範圍。」

阿麗亞輕輕拂了拂散落在前額上的一縷紫銅色頭髮，說：「難道說，這筆交易的後面還隱藏著別的什麼東西嗎？」

聖母不想看阿麗亞，但她的話使她心神不定。是的，肯定還有更深的含意。這個姐妹是個邪物沒錯，但不可否認的是，她是一個眞正的聖母，具備聖母這個名稱所包含的一切。此時此刻，凱斯·海倫·莫希阿姆感到自己已經不再是一個單獨的人，而是群聚在她記憶中的所有人。剎那間，她吸入的每一位聖母都警覺起來。阿麗亞的情況肯定也和她一樣。

「別的什麼東西？」死靈問，「只不過，人們會問，爲什麼比吉斯特姐妹會的女巫不用特雷亞拉克斯的方法。」

凱斯·海倫·莫希阿姆以及她意識之中的所有其他聖母都顫抖起來。是的，特雷亞拉克斯人的所作所爲令人作嘔。但如果人類不顧禁忌，準備接受人工受精，下一步會不會也做出特雷亞拉克斯人的那種事？受控制的基因變異？

保羅觀察著周圍人的表情，突然覺得自己已經不再瞭解這些人了。他看到的只是一些陌生人，連阿麗亞也形同陌路。

阿麗亞說：「如果我們任由亞崔迪家族的基因在比吉斯特的河流裡漂浮，誰知道會是什麼結果？」

凱斯．海倫．莫希阿姆猛地一轉頭，碰到了阿麗亞的目光。剎那間，她們成了相互交流的兩位聖母，兩人的頭腦中都轉著同樣的念頭：特雷亞拉克斯人的行爲後面隱藏著什麼東西？這個死靈是特雷亞拉克斯的作品。他是否已經把他們的計畫放入了保羅的腦海？保羅會直接和特雷亞拉克斯做交易嗎？

她收回目光，感到無所適從，無能爲力。她提醒自己，比吉斯特訓練的缺陷正在於它賦予受訓者的諸般力量：力量容易使人們驕傲自負，行使這些力量的人會漸漸被它們所蒙蔽，相信這些力量可以克服任何障礙……包括她們自己的無知。

對比吉斯特來說，只有一件事是至關重要的。她告訴自己。那就是無數代堆積而成的遺傳金字塔，這座金字塔在保羅．亞崔迪這裡達到了峰巔……還有他那個邪物妹妹。萬一這次選擇錯了，金字塔就不得不重建……另外選擇一條缺乏許多必要素質的遺傳鏈，從頭開始繁殖樣品。

可是控制的基因突變，她想。特雷亞拉克斯人眞的嘗試過？多麼巨大的誘惑！她搖搖頭，最好趕緊拋開這個想法。

「妳拒絕我的提議？」保羅問。

「我正在考慮。」她說。

她又一次看了看那個妹妹。對這個亞崔迪女人來說，最適合和她繁殖、實現最佳基因組合的人已經死了……被保羅殺死了。但是，另一種可能性依然存在，同樣可以使各種最佳素質傳給下一代。保羅竟然把動物式的繁殖作爲和比吉斯特姐妹會討價還價的籌碼！他準備爲加妮的生命付出多大的代價？他會接受和他妹妹交配嗎？

爲了拖延時間，聖母說：「告訴我，一切聖人中至聖的聖皇，伊如蘭對你的提議有什麼看法？」

「無論妳說什麼，伊如蘭都會照妳的吩咐去做。」保羅喝道。

這是事實，莫希阿姆想。她繃緊下頜，給出了一個新籌碼：「現成的亞崔迪人有兩個。」

保羅知道這老巫婆的腦子在想什麼，他感到血氣湧到了臉上，「小心妳的提議！」

「你只不過是利用伊如蘭來達到自己的目的，是嗎？」她問。

「難道她不是訓練來被人利用的？」保羅問。

而訓練她的人是我們，這就是他的意思，莫希阿姆想。好吧……伊如蘭成了一枚雙方都可以使用的籌碼。有沒有別的辦法花掉這枚籌碼呢？

「你要讓加妮的孩子繼承皇位？」聖母問。

「繼承我的皇位。」保羅說。他瞥了阿麗亞一眼，突然懷疑她是否明白這場交易將引發的諸般可能性。阿麗亞站在那裡，閉著眼睛，似乎與身邊的人離得遠遠的。她在想什麼？看著妹妹這樣，保羅感到自己被拋棄了，只能隨波逐流，而阿麗亞站在岸上，離自己愈來愈遠。

聖母有了主意，說：「茲事體大，不能由我一個人做決定。我必須和瓦拉赫星上的委員們商量商量。你允許我把這個資訊通報她們嗎？」

彷彿沒有我的允許她就眞的什麼也做不成似的！保羅心想。

他說：「我同意。但不要拖延太久。我不會坐在這裡什麼都不做，等著妳們討論來討論去。」

「您會和特雷亞拉克斯做交易嗎？」死靈突然插話道。

阿麗亞猛地瞪大眼睛，直勾勾地望著死靈，彷彿剛剛被一個危險的入侵者從熟睡中驚醒過來。「我沒有這樣的打算。」保羅說，「我要做的是盡快回到沙漠去。我們的孩子將在沙漠穴地出生。」

「明智的決定。」史帝加拉長聲調說。

阿麗亞不想看史帝加。這是一個錯誤的決定。她全身的每一個細胞都感覺到了這點。保羅也肯定知道。爲什麼他偏偏要踏上這條道路，拋棄其他的選擇？

「特雷亞拉克斯方面有過這種表示嗎？」阿麗亞問。她發現莫希阿姆非常關心問題的答案。

保羅搖搖頭，「沒有。」他看了看史帝加，「史帝加，安排一下，把資訊送到瓦拉赫去。」

「我馬上去辦，陛下。」

保羅轉過身，等著史帝加招呼衛兵，帶著老巫婆走了。他感應到，阿麗亞好像在考慮是不是應該向他提出更多的問題。可她終於還是轉過頭去，看著死靈。

「門塔特。」她說，「特雷亞拉克斯人會主動提出幫助我們，以此博取我哥哥的歡心嗎？」

死靈聳聳肩。

保羅感到自己有些出神了。特雷亞拉克斯人？不……至少不會是阿麗亞想像的那種方式。但她的問題也表明，她也沒有看出什麼別的選擇。是啊……一個聖母所見的預知幻象極可能不同於另一個聖母，哥哥和妹妹自然也會如此。想著……想著……思緒飄蕩，有時猛地驚醒，這才聽到身邊的隻言片語。

「……必須知道特雷亞拉克斯人到底想怎麼……」

「……需要充足的資料……」

「……還是要謹慎些……」

保羅回頭看了看自己的妹妹，和她的目光相遇。他知道她會看見自己臉上的淚珠，會感到不安。

不安就不安吧，此刻，親人的不安是一種安慰。他瞥了一眼死靈。儘管有那雙金屬眼睛，可是他眼裡只看到了鄧肯．艾德荷。哀痛和憐憫在保羅心裡激烈衝撞。這雙金屬眼睛會記下些什麼？

有各種各樣的視力，也有各種各樣的盲區，保羅想。他想起《奧蘭治聖經》上的一段話：「我們到底缺少了什麼辨識力，以至於無法看到近在身邊的另一個世界？」

這雙金屬眼睛是否具有一種除視力之外的辨識力呢？

阿麗亞朝哥哥走過去，察覺了他的悲傷。她輕輕觸摸他臉上的淚珠，舉動中顯露出弗瑞曼人對淚水的敬畏。「親愛的人離我們而去之前，我們不必提前爲他哀傷。」

「離我們而去之前。」保羅輕輕地說，「告訴我，小妹妹，什麼是之前？」

※　※　※

「神祇和教士之類的事真讓我受夠了！你認為我看不到關於我自己的那些神話嗎？再查查你的數據吧，海特。我已經把我那套教義巧妙地融入了人類種種最基本的行為之中。人們以穆哈迪的名義進餐！他們以我的名義做愛，以我的名義生育，以我的名義穿越大街小巷。沒有穆哈迪的祝福，即使在遙遠的蓋吉西瑞星上，連最普通儲藏室的頂梁都架不起來！」

——《海特紀事》之「誹謗書」

「你竟然在這個時候離開自己的崗位，跑到我這兒來。爲什麼冒這種風險？」艾德雷克說，透過箱壁怒視著變臉者。

「你的想法多麼軟弱，多麼狹隘啊。」斯凱特爾說，「瞧瞧來拜訪你的人究竟是誰？」

艾德雷克遲疑了一下，看了看對方那具笨拙的身體，沉重的眼皮，以及呆滯的表情。現在正是早上，艾德雷克的代謝系統還沒有恢復過來，頭腦還沒有進入香料粹帶來的敏銳狀態。

「在外面招搖的該不會是這具身體吧？」艾德雷克問。

「我今天變化的形體中，有一些平凡到了極點，人們絕對沒興趣再看第二眼。」斯凱特爾說。這條變色龍自以爲改變一下身體形狀就足以消災避禍了。艾德雷克的這個想法遠比平時有見地得多。他心想，自己在陰謀集團中的存在是否眞的能使他們避開一切預知力量，畢竟，皇帝還有個妹妹……

艾德雷克搖搖頭，箱子裡頓時攪起陣陣橘紅色煙霧。「你爲什麼來這兒？」

「必須設法刺激那件禮物趕緊行動。」斯凱特爾說。

「不可能。」

「必須想辦法。」斯凱特爾堅持道。

「爲什麼？」

「事情的發展很不如人意。皇帝打算離間我們。他已經向比吉斯特姐妹會開出了價碼。」

「哦，你來原來是爲了這個。」

「是爲了這個！你必須催促死靈……」

「製造他的人是你們，特雷亞拉克斯人。」艾德雷克說，「你更瞭解他，不該向我提這個問題。」

他停了停，朝透明的箱壁靠近了些，「要不然就是，關於這件禮物的情況你對我們撒了謊。」

「撒謊？」

「你說過，這件禮物只需要瞄準目標放出去就行，不用再費什麼心思。一旦死靈送出去了，我們再也不可能做什麼手腳。」

「但死靈還是可以受影響的。」斯凱特爾說，「你只需要問問他的前身就行。」

「打聽他的前身會怎麼樣？」

「可以刺激他，使他做出符合我們意圖的行動。」

「他是一個門塔特，有邏輯和推理能力。」艾德雷克反對道，「他或許會猜出我的打算……那個當妹妹的也能猜到。只要她把注意力集中到……」

「你不是能讓我們避開女巫的預知力量嗎？或者，你根本沒這個本事？」斯凱特爾問。

「我不怕預知力量。」艾德雷克說，「我擔心的是邏輯推理，還有眞正的間諜，帝國的龐大實力，對香料的控制，加上……」

「任何事物都有其限度。只要記住這一點，你就能夠平靜地看待皇帝及其力量了。」斯凱特爾說。

領航員翻了個身，姿勢十分奇特，四肢像怪異的蠑螈一樣扭動著。斯凱特爾竭力克制住自己的噁心。這個宇航公會的領航員和平常一樣，穿著深色緊身連衣褲，腰帶上捆著各種鼓鼓囊囊的容器。可是……他移動的時候卻給人一種赤身裸體的感覺。斯凱特爾覺得，這是因爲游泳、伸展的動作。他再次感到他們這些密謀者之間關係的脆弱。他們不是一支和諧的團隊。這就是他們的弱點。

艾德雷克的動作漸漸平息下來。他瞪著斯凱特爾，因周圍的橘紅色氣體使他眼前一片紅。爲了保護自己，變臉者在耍什麼鬼花招？艾德雷克心想。這個特雷亞拉克斯人做事總是出乎意料。這是個不祥之兆。

領航員聲音和動作中的某種東西告訴斯凱特爾，他更害怕那個妹妹，而不是皇帝本人。不過這想法只在他的意識中瞬間閃過。眞令人不安啊。他們是不是忽略了阿麗亞身上某種最重要的東西？死靈這件武器是否足以摧毀那兩個人？

「你知道人們是怎麼說阿麗亞的嗎？」斯凱特爾試探性地發問。

「你什麼意思？」魚人又扭動起來。

「迄今爲止，沒有哪種哲學、哪種文化擁有這樣一位女守護神。」斯凱特爾說，「快樂、美麗，融合成……」

「快樂和美麗能持久嗎？」艾德雷克質問道，「我們要摧毀這兩個亞崔迪人。文化！他們散布的那種文化完全服務於統治。美麗！他們的美麗是奴役人的美麗。他們製造了一大批地地道道的白癡，這種人是最容易擺布的。他們不想碰運氣。全是枷鎖！他們做的每件事都是製造枷鎖，以奴役他人。但奴隸總歸要反抗。」

「那個妹妹也許會結婚，並且繁殖後代。」斯凱特爾說。

「爲什麼你不停地提到那個妹妹？」艾德雷克問。

「皇帝可能要爲她挑選一個伴侶。」斯凱特爾說。

「讓他挑選好了。反正爲時已晚。」

「下一瞬間將發生的事，即使是你也無法憑空創造出來。」斯凱特爾警告說，「你不是創造者……跟亞崔迪家族一樣。」他點點頭，「不能太過想當然爾。」

「我們不是那種口口聲聲說要創造什麼的人。」艾德雷克反駁道，「也不是那夥想從穆哈迪身上弄出個先知的人。你說這些廢話到底想幹什麼？爲什麼提出這種問題？」

「因爲這顆行星，」斯凱特爾說，「提出這個問題的是這星球。」

「星球不會說話！」

「這一顆會。」

「哦？」

「它述說著創造。風沙在夜裡流動，這就是創造。」

「風沙流動……」

「一覺醒來，映入你眼簾的就是一個新世界。一切都是新的，你入睡前看到的一切都已經無影無蹤了，沒有在沙漠上留下一絲痕跡。」

沒有痕跡的沙漠？艾德雷克想，創造？他突然感到焦慮，束手無策的焦慮。密封的箱子，房間的擺設，一切都在朝他逼近，擠壓著他。

沙漠上的痕跡。

「你說起話來活像個弗瑞曼人。」艾德雷克說。

「這就是弗瑞曼人的思維，很有啓發性。」斯凱特爾同意道，「他們說穆哈迪的聖戰在宇宙中留下了痕跡，就像弗瑞曼人在沙地上留下痕跡。他們已經在人類的生命史上留下了痕跡。」

「又怎麼樣？」

「然後夜晚降臨，」斯凱特爾說，「風沙流動。」

「是啊。」艾德雷克說，「聖戰是有限的。穆哈迪利用了他的聖戰，並且……」

「他沒有利用聖戰。」斯凱特爾說，「是聖戰利用了他。我想，如果他能辦到，他寧願停止這場戰爭。」

「如果他能辦到？他只需要……」

「給我老老實實待著，別扭來扭去！」斯凱特爾喝道，「精神的瘟疫是無法阻止的。它越過了秒差距，從一個人傳染到另一個人。它是一種勢不可擋的傳染病，擊倒了沒有對此做好準備的一方。這種事，我們以前也做過，當然規模遠遠不及。誰能阻止？穆哈迪找不到任何解藥。這種事植根於混沌，秩序的手能伸到那裡去嗎？」

「那麼，你是否被傳染了？」艾德雷克問。他在橘紅色的氣體中慢慢轉動著，不明白斯凱特爾的聲音爲什麼如此驚恐。難道變臉者已經退出了這次密謀？現在沒有辦法窺視未來，弄清這一點。未來已經變成了一條泥濘的河流，被大大小小的預言擠得滿滿地。「我們都被傳染了。」斯凱特爾說。他提醒自己，艾德雷克的智力非常有限。該怎麼解釋才能讓這個宇航公會的人理解呢？

「可是，等我們摧毀他掉之後，」艾德雷克說，「這些傳染不就……」

「我眞該讓你就這麼白癡下去，」斯凱特爾說，「可惜我的職責不允許。再說，這樣做還會危及我們大家。」

艾德雷克又翻騰起來。爲了穩住自己，一隻長著蹼的腳踢了一下，在大腿周圍攪起一陣橘紅色氣體泡沫。「你說的話很奇怪。」他說。

「這件事就快完蛋了，」斯凱特爾說，聲音沉著了些，「馬上就要迸成碎片。陰謀一旦破滅，它的碎片將影響今後的好幾個世紀。難道你沒看見？」

「宗教的事我們以前也處理過。」艾德雷克爭辯道，「如果這次……」

「這一次不僅僅是宗教！」斯凱特爾說。不知聖母會對這個同謀者所接受的粗陋教育發表什麼評論，「這是宗教性質的政權，完全是另一回事。穆哈迪的奇扎拉教團遍布世界各地，取代了過去的政府。可是他沒有永久性的行政單位，也沒有互相牽制的機構。他所擁有的只是一個個主教轄區，全都是互不相屬的孤島。每個島嶼的中心只有一個人。這些人由此學會了如何獲取和保持個人權力，相互之間猜疑妒恨。」

「趁他們勾心鬥角的時候，我們來個各個擊破。」艾德雷克洋洋得意地說，「只要把頭砍下來，身體就會倒……」

「這具身體有兩個頭。」斯凱特爾說。

「那個妹妹嘛……也許會結婚。」

「當然會結婚。」

「我不喜歡你說話的口氣，斯凱特爾。」

「我也不喜歡你的愚笨無知。」

「如果她結婚怎麼辦？會動搖我們的計畫嗎？」

「會動搖整個宇宙。」

「並不是只有他們才擁有預知的力量。我，我本人，就擁有這種力量，它……」

「你只不過是個嬰兒。他們大步向前，你卻只能蹣跚學步。」

「並不是只有他們才擁有預知的力量！」

「宇航公會的領航員先生，你忘了我們也曾製造過一個科維扎基．哈得那奇，那個人能清晰地看到未來。你不可能威脅那樣一個人，你所做的任何威脅都會反過來威脅你自己。穆哈迪也是這樣，他知道我們會攻擊他的加妮。我們必須加快行動步伐。你必須接近死靈，照我指示的那樣催促他。」

「如果我不呢？」

「閃電就會落到我們頭上。」

※　※　※

啊，滿嘴牙齒的沙蟲，
你怎能拒絕那無法消除的欲望？
那些肉體和氣息誘惑你來到地面！
沒有任何長袍裝扮，
能隱藏你神性的陶醉，
遮蔽你燃燒的渴望！

——摘自《沙丘書》裡的沙蟲歌

用嘯刃刀和短劍與死靈在訓練室激戰一番之後，保羅出了一身大汗。他站在窗邊，看著下面的神廟廣場，竭力想像加妮在診所的情景。懷孕六周了，她早上感覺不舒服。給她看病的醫生是最出色的，一有消息就會來報告他。

黑黑的午後沙暴雲使廣場上的天空更加陰沉。弗瑞曼人把這樣的天氣叫做「髒氣」。

醫生會不會永遠不通知他了？每一秒都來得極度緩慢，像在竭力掙扎，不肯進入他的宇宙。

等待……等待……瓦拉赫上的比吉斯特姐妹會還沒有回音。顯然是故意拖延時間。

其實，預知幻象記錄了這些瞬間，可是他有意遮擋著，不願看到這些幻象。他寧願做時間長河中的一條魚，並不有意游向哪裡，憑著水流把自己帶到任何地方。這一刻，命運已經注定，無論怎麼掙扎都已無力回天。

他能聽到死靈的動靜，此刻他正在檢查裝備。保羅歎了口氣，一隻手按住自己的腰帶，解下遮罩場。遮罩場觸到他的皮膚，只覺得一陣刺麻。

保羅告訴自己，加妮回來的時候，無論發生什麼事，他都要面對。是時候該接受事實了，而正是由於他隱瞞這些事情不告訴加妮，她才能活到今天。他心想，自己寧願要加妮，而不是繼承皇位的子嗣，這種做法是不是一種罪孽？他有什麼權力替她做出選擇？不，這麼想是愚蠢的！誰會猶豫呢？瞧瞧別的選擇吧：奴隸囚籠，折磨，極度的哀痛……加上種種更加可怕的遭遇。

門開了，加妮的腳步聲傳了進來。

保羅轉過身。

加妮的臉上殺氣騰騰。她身著金色長袍，腰間纏了一根寬大的弗瑞曼式腰帶，水環像項鏈一樣戴在脖子上，一隻手插腰（這隻手從不遠離嘯刃刀），兩眼閃著走進陌生房間時搜尋凶兆的銳利目光。此時此刻，她的一切都預示著暴力。

她走了過來，他張開雙臂摟住她。

「有人，」她喘著粗氣，靠在他的胸前說，「長時間給我服用一種避孕藥……直到我按這種新食譜進食。因爲這種藥，我這次生孩子會有問題。」

「可以補救嗎？」他問。

「很危險。我知道這種毒藥從哪兒來的！我要她的水。」

「我親愛的塞哈亞。」他低聲說。把她摟得更緊，以平息她突然的顫抖，「妳會生出我們想要的孩子，這還不夠嗎？」

「我的生命消耗得愈來愈快。」她說，緊緊摟著他，「現在，生孩子已經主宰了我的整個生命。醫生告訴我，它現在生長的速度快得可怕。我必須吃了又吃……還要服用更多的香料……吃香料，喝香料。爲了這個，我一定要殺了她！」

保羅吻著她的面頰，「不，我的塞哈亞，妳不會殺任何人。」他心想：*伊如蘭延長了妳的生命，親愛的。對妳來說，孩子出生之日就是妳死亡之時。*

心中的悲痛抽乾了他的骨髓，掏空了他的生命，讓他成爲一只黑色的空瓶子。

加妮掙脫開去，「我不會饒恕她！」

「誰說要饒恕她？」

「那我爲什麼不能殺了她？」

這是一個純粹弗瑞曼式的問題，保羅幾乎爆發出一陣歇斯底里的大笑。爲了掩飾自己的笑意，他說：「沒有用的。」

「你已經看到了？」

保羅想起了幻象，腹部一陣緊縮。

「我看到了……看到了……」他嘀咕著。他早就知道，圍繞在他周圍的事件終將形成眼前的現實。現在，這個現實讓他動彈不得。他感到自己已被未來的鎖鏈牢牢束縛。未來在他面前出現的次數實在太多了，它像一個貪婪的魔鬼，死死抓住他不放。他喉嚨又緊又乾。他想，難道他一直被動地被預知力量擺布，聽憑它在自己周圍布下羅網，這才形成了無情的現實？

「告訴我你看見了什麼。」加妮說。

「我不能。」

「爲什麼我不能殺死她？」

「因爲這是我的要求。」

他看出她接受了。她接受了，就像沙子接受水：吸收、藏匿。憤怒躁動的外表之下是一個溫順聽話的女人。這一刻他發現，皇宮裡的生活並沒有使加妮有多大改變。她只是暫時在這兒停留，彷彿長途旅行時和自己的男人在某個中途站小憩。沙漠養成的所有特質都完好無損地保留下來了。

加妮從他身邊走開，瞥了一眼死靈。他站在訓練室門口，等著。

「你在和他對打？」她問。

「而且略勝一籌。」

她的目光從地板上的圓形轉向死靈的金屬眼。

「我不喜歡它。」她說。

「他沒有傷害我們的意圖。」保羅說。

「你看到了？」

「我沒有看到！」

「那你怎麼知道？」

「因爲他不只是死靈；他還是鄧肯．艾德荷。」

「可是製造他的是特雷亞拉克斯人。」

「這個成品已經超越了製造者的意圖。」

她搖搖頭，產子頭巾的一角摩擦著長袍的衣領，「他是個死靈，這個事實是你無法改變的。」

「海特，」保羅說，「你是摧毀我的工具嗎？」

「如果改變此時此刻的實質，未來也會因此改變。」死靈說。

「這不算答案！」加妮反駁道。

保羅抬高聲音，「我會怎麼個死法，海特？」

人造眼裡閃過一絲亮光，「陛下，據說您將死於金錢和權力。」

加妮僵住了，「他怎麼敢這樣對你說話！」

「門塔特只說眞話。」保羅說。

「鄧肯．艾德荷是眞正的朋友嗎？」她問。

「他爲我獻出了生命。」

「據說，」加妮低聲說，「死靈不可能恢復到前身的狀態。」

「你想恢復我？」死靈問，目光直視加妮。

「他是什麼意思？」加妮問。

「恢復就是改回前身的狀態。」保羅說，「一旦做出改變，這個過程就無法逆轉。」

「每個人都背負著自己的過去。」海特說。

「每個死靈也是？」保羅問。

「在某種程度上，陛下。」

「那麼，你的肉身裡隱藏著什麼樣的過去？」

加妮發覺這個問題讓死靈十分不安。他的動作加快了，雙手緊緊握成了拳頭。她瞥了一眼保羅，不知他爲什麼要用這種辦法刺探他。難道有什麼辦法能讓這個東西變成從前那個人？

「以前有過能記住他眞正的過去的死靈嗎？」加妮問。

「有過許多嘗試。」海特說，眼睛看著腳邊的地板，「可是沒有一個死靈恢復到他的前身。」

「但你渴望能回到前身。」保羅說。

死靈那雙毫無表情的眼睛活了過來，死死盯著保羅：「是的！」

保羅輕聲道：「如果有什麼辦法……」

「這具肉體，」海特說，左手放在前額上，像古怪的敬禮姿勢，「不是我前身所有的血肉。它是……再生的，保留的只是外形。變臉者也可以變化成我這副外形。」

「但不能做到這麼天衣無縫。」保羅說，「再說你也不是變臉者。」

「是這樣，陛下。」

「你的形體是怎麼來的？」

「從原來肉體的細胞上提取基因，進行複製。」

「也就是說，」保羅說，「在細胞、基因的某個地方還保存著某種東西，它記得鄧肯．艾德荷的形體。據說巴特蘭聖戰之前，古人研究過這個領域。這種記憶能到什麼程度，海特？它從前身那裡學到了什麼？」

死靈聳聳肩。

「如果他不是艾德荷呢？」加妮問。

「他是。」

「你能肯定嗎？」她問。

「無論哪個方面，他都是艾德荷。我想像不出會有什麼力量強大到如此地步，可以使這個死靈和艾德荷如此相似，沒有絲毫偏差。」

「陛下！」海特反駁道，「不能因爲我們想像不出某種東西，就把它從現實中排斥出去。有些事，身爲死靈的我必須去做，但如果我是個人，我絕不會做！」

保羅專注地望著加妮，說：「妳看見了嗎？」她點點頭。

保羅轉過身，竭力壓下湧上心頭的悲傷。他走到露台的窗戶邊，放下簾幕。光線暗了下來。他繫緊長袍的腰帶，同時仔細聽著身後的動靜。

什麼動靜都沒有。

他轉過身。加妮站在那裡，像中了邪似的，眼睛直愣愣地看著死靈。

保羅發現，海特卻已退縮回去，像重新進入某個幽閉之處，重新成了一個不折不扣的死靈。

聽到保羅的聲音，加妮轉過身來。她仍然沒有擺脫剛才那一幕對她的衝擊。剛才那一瞬，這個死靈變成了一個活生生的人。那一刻，他成了一個不會讓她感到恐懼的人，一個她喜歡而且敬仰的人。現在，她明白了保羅爲什麼要一直探究下去。他希望她能透過死靈的軀殼，看見藏在裡面的那個人。

她望著保羅，「那個人，就是鄧肯．艾德荷嗎？」

「曾經是鄧肯．艾德荷。現在仍然是。」

「換了他，會讓伊如蘭繼續活下去嗎？」加妮問。

看來水在沙下沉得還不是太深，保羅想。說：「如果我下命令的話。」

「我不明白。」她說，「你難道不憤怒？」

「我很憤怒。」

「你聽起來不……憤怒。你聽起來很悲傷。」

他閉上眼睛，「是的。憤怒的同時，我也很悲傷。」

「你是我的男人。」她說，「我瞭解你。可是現在我突然不瞭解你了。」

突然間，保羅覺得自己彷彿走在一條漫長的地下暗道裡。身體在移動，邁出一隻腳，然後另一隻腳，但思想卻到了別的什麼地方。「我也不瞭解自己。」他悄聲說。他睜開眼睛，發現他已經從加妮身邊走開了。

她站在他後面的某個地方，說：「親愛的。我以後再也不問你看見了什麼。我只知道我們的孩子就要出生了。」

他點點頭：「我一開始就知道。」轉過身，仔細端詳著她。加妮彷彿離他非常遙遠。

她走上前來，一隻手放在肚腹上。「我餓了。醫生說我必須吃平常的三到四倍。我很害怕，親愛的。它長得太快了。」

是太快了。胎兒知道時間緊迫。

※　※　※

穆哈迪之所以能做到英勇無畏，或許是因為他從一開始就知道結局，一步也不離開他預見到的路徑。這一點，他說得非常清楚。「我的行為就是驗證我的預言，事實將證明，我是神明的終極僕從。」這樣一來，一切力量都為他所用，他的朋友和敵人都敬拜他。正是為著這個原因，也只為這個原因，他的使徒們禱告說：「神啊，請拯救我們，別讓我們走上穆哈迪用他的生命之水所驗證的岔道。」人們一想到這些「岔道」，便會產生深深的厭惡。

——摘自伊安・愛爾・丁《裁決書》

信使是一個年輕女人，加妮熟悉她的相貌、名字和家庭背景。這也是她能通過帝國安全部門檢查的原因。加妮沒做什麼，只是在一個名叫邦耐傑的安全官員面前證實了她的身分，之後邦耐傑便安排了她和穆哈迪的會面。邦耐傑這一舉動是出自他的直覺。此外，在聖戰之前，這個年輕女人的父親曾經是皇帝的敢死隊隊員，令人聞風喪膽的弗瑞曼敢死隊的一員。否則的話，他才不理會她的什麼懇求，說她的資訊只能帶給穆哈迪本人。

進入保羅的私人辦公室之前，她自然接受了嚴格透視和搜查。即便如此，邦耐傑仍然跟在她旁邊，一隻手按著刀，另一隻手拉住她的手臂。

他們帶她進屋的時候正是正午時分。這是一個奇異的房間，沙漠弗瑞曼人的粗獷和皇室貴族的優雅奇妙地融合在一起。三面牆上覆著臨時沙營：精緻的掛毯，上面繪著弗瑞曼神話中的人物。第四面牆上鑲著一大塊銀灰色螢幕。螢幕前面有一張橢圓形書桌，上面只放了一件東西：一隻形狀像太陽系星儀的弗瑞曼沙鐘。

保羅站在桌旁，瞥了一眼邦耐傑。這位安全官的姓名表明，他的祖先曾從事過走私活動。但他仍舊從弗瑞曼員警部隊底層一路晉升上來，靠他聰明的頭腦和久經考驗的忠誠贏得了這個職位。他很結實，幾近肥胖。幾綹黑色的頭髮垂過汗溼的深色前額，像某種怪鳥的頭冠。他的眼睛藍中透藍，目光堅定，無論面對愉快的景色還是狂暴的慘相都不動聲色。加妮和史帝加都很信任他。保羅知道，如果自己叫邦耐傑立即殺死這女孩，邦耐傑會毫不猶豫地執行命令。

「陛下，這就是那個送信的女孩。」邦耐傑說，「加妮夫人說她有消息要帶給您。」

「好吧。」保羅點了點頭。

奇怪的是，女孩並不看他。她的視線停在了那個沙鐘上。她中等身材，深色皮膚，裹著一件深紅色長袍，質地精美，剪裁簡單，說明此人家境富有。她的頭髮呈藍黑色，用一條窄窄的帶子繫著，帶子的顏色和長袍非常相配。長袍遮住了她的手。保羅懷疑她的手正握得緊緊的。很像那麼回事。她的一切都像那麼回事，包括那件專門為了出席盛典縫製的長袍。

保羅叫邦耐傑站在一邊。他猶豫了一下，服從了。女孩移動了——向前跨了一步。步態很優雅。眼睛依然躲避著他。

保羅清了清喉嚨。

女孩終於抬起目光，睜大沒有眼白的眼睛，只恰到好處地流露出一絲敬畏。她臉龐小巧，下巴精緻，中間點綴著一張櫻桃小嘴。稍長的面頰上，那雙眼睛顯得特別大。她整個人都有一種不愉快的氣氛，幾乎不帶笑意。眼角甚至還殘留著一片微弱的黃色薄霧，可能因為灰塵的刺激，或者塞繆塔迷藥上癮。

一切確實很像那麼回事，天衣無縫，不露痕跡。

「聽說妳請求見我。」保羅說。

考驗這個女孩形貌的最後關頭來到了。斯凱特爾現在已經換上了這個形貌，還有習慣、性別，以及聲音——他能掌握和設想的一切特徵。可是這是一個穆哈迪在穴地時期就非常熟悉的女人。那時候她還是一個孩子，她和穆哈迪有許多共同的經歷。一定要小心謹慎，避免提到某件特別的往事。這是斯凱特爾嘗試的形貌中最令人興奮和刺激的一個。

「我是奧塞姆的麗卡娜，來自伯克．艾爾．迪薊。」

女孩的聲音細小而堅定，報出自己的名字，父名和家族名。

保羅點點頭。加妮完全被這個傢伙愚弄了。女孩的音質複製得精確無比。如果保羅沒有受過嚴格的比吉斯特聲音訓練，沒有種種預知幻象，變臉者的這套鬼把戲甚至可能把他也哄騙過去。

訓練使他看出了破綻：這女孩看起來比她報出的年齡大一點；對聲帶的控制有些過分了；脖子和肩膀缺乏弗瑞曼人特有的傲慢姿勢。但也有值得稱道之處：華麗的長袍強化了偽裝……面部特徵複製十分準確，說明變臉者對所扮演的角色有一定的感情。只有這樣，才能達到這種準確程度。

「在我的家裡休息吧，奧塞姆的女兒。」保羅說。這是正式的弗瑞曼式問候語，「我們歡迎妳，就像乾渴旅途後歡迎清水一樣。」

女孩微微鬆了口氣，最輕微不過地暴露出被接受之後的自信。

「我帶來了口信。」她說。

「見信使如見其主人。」保羅說。

斯凱特爾輕輕吐了口氣。事情進展得很順利，但接下來的任務更艱巨：這個亞崔迪人必須被引上那條特定的道路。他必須失去他的小妾，同時又不能歸咎於其他任何人，失敗只能屬於無所不能的穆哈迪。要讓他最終不得不認清自己的失敗，從而接受特雷亞拉克斯所提出的其他選擇。

「我是驅走夜晚沉睡的狼煙。」斯凱特爾說。用的是弗瑞曼敢死隊的暗語，意思是：我帶來了壞消息。

保羅竭力保持鎮靜。感覺自己全身赤裸。他摸索著未來，卻看不到任何幻象。另一股預知力量遮住了這個變臉者，他只能隱隱約約看到些許暗影，只知道自己不能做的事。他不能殺死這個變臉者。那將加速未來的來臨。必須不惜一切代價延遲未來的到來。不管怎樣，一定要設法進入黑暗的中心，改變未來那可怕的模式。

「把你的口信說給我聽。」保羅說。

邦耐傑挪了個位置，站在可以觀察女孩表情的地方。她似乎這才意識到了他的存在，目光落在安全官手按著的刀柄上。

「正直善良的人不相信邪惡。」她說。眼睛直視邦耐傑。

啊哈，表演得眞不賴，保羅想。這正是眞正的麗卡娜可能說出的話。他感到心裡一陣刺痛，因爲奧塞姆眞正的女兒已經死去，那具沙漠裡的腐屍。但現在不是宣洩感情的時候。他皺了皺眉頭。

邦耐傑仍然緊盯著那個女孩。

「我必須私下把口信說給您聽。」她說。

「爲什麼？」邦耐傑問道。聲音粗暴，直截了當。

「因爲這是我父親的意思。」

「邦耐傑是我朋友。」保羅說，「我不也是弗瑞曼人嗎？別人告訴我的一切，我的朋友都能聽。」

斯凱特爾穩住自己的女孩形貌。這眞的是弗瑞曼人的習慣……還是在測試我？

「皇帝當然可以制定自己的規矩。」斯凱特爾說，「口信是這樣的：我父親希望您到他那兒去，帶著加妮。」

「爲什麼要帶著加妮？」

「她是您的女人，又是一個塞亞迪娜。按照我們部落的規矩，這是一件關於水的事情。必須由她證實我父親的做法符合弗瑞曼人的習俗。」

看樣子，陰謀集團中眞的有弗瑞曼人，保羅想。這一刻符合他所預見的未來的模式。他沒有任何別的選擇，只有沿著這條路繼續走下去。

「妳父親想說什麼？」保羅問。

「他想說有一個反叛您的陰謀，弗瑞曼人的陰謀。」

「爲什麼他不親自把口信帶來？」邦耐傑問。

她仍然盯著保羅，「我父親不能來這兒。陰謀者會懷疑他。他來的話只有死。」

「他就不能把那個陰謀透露給妳嗎？」邦耐傑問，「爲什麼讓自己的女兒冒這麼大的危險？」

「具體資訊被鎖在密波傳信器裡，只有穆哈迪本人才能打開。」她說，「我只知道這麼多。」

「那麼，爲什麼不把密波傳信器送來？」保羅問。

「這是一個人類密波傳信器。」她說。

「好吧，我去。」保羅說，「但我要一個人去。」

「加妮一定要和您一起去！」

「加妮懷孕了。」

「弗瑞曼女人什麼時候拒絕過……」

「我的敵人給她吃了一種慢性毒藥。」保羅說，「生孩子時會很困難。健康狀況不允許她和我一塊兒去。」

斯凱特爾沒來得及控制住自己的情緒，女孩臉上流露出沮喪和憤怒。斯凱特爾的上司提醒過他，對任何獵物，都必須給它留下一條逃生之路，即使是穆哈迪這樣的獵物也不例外。但就算這樣，他們的計畫仍然不算失敗，至少這個亞崔迪人仍然陷在羅網裡。此人經過長期努力，這才形成了今天的他。他寧肯毀掉自己，也不願轉化為目前這個自我的對立面。特雷亞拉克斯人創造的科維扎基·哈得那奇便走了這條路，這也將是這一個科維扎基·哈得那奇要走的路。到那時……那個死靈。「我想問問加妮本人，讓加妮自己做出決定。」她說。

「我已經決定了。」保羅說，「你代替加妮，和我一起去。」

「這個儀式需要塞亞迪娜！」

「妳難道不是加妮的朋友嗎？」

被擠到死角裡了！斯凱特爾想，他會不會起疑心？不會。只是弗瑞曼式的小心謹慎罷了。再說避孕藥的事也確是事實。好吧——想另外的法子。

「父親叫我不要回去。」斯凱特爾說，「要我尋求您的庇護。他說不願意讓我冒險。」

保羅點點頭。做得眞是天衣無縫啊。他不能拒絕這個庇護。她的託辭十分有力：弗瑞曼人必須聽從父親的命令。

「我讓史帝加的妻子哈拉赫和我一塊兒去。」保羅說，「請妳告訴我怎麼去妳父親那兒。」

「您怎麼知道史帝加的妻子可信？」

「我知道。」

「可是我不知道。」

保羅抿著嘴唇，接著：「妳母親還好吧？」

「我生母已經去世了。我繼母還活著，在照顧我父親。怎麼啦？」

「她是泰布穴地的？」

「是的。」

「我記得她。」保羅說，「她可以代替加妮。」他向邦耐傑做了個手勢，「叫侍衛把奧塞姆的麗卡娜帶去休息。」

邦耐傑點點頭。侍衛。這個詞另有含意，表示該信使必須小心看守。他挽住她的胳臂。她反抗著。

「您怎麼去見我的父親？」她爭辯道。

「妳把路徑說給邦耐傑就可以了。」保羅說，「他是我朋友。」

「不！我父親吩咐過！我不能！」

「邦耐傑？」保羅說。

邦耐傑停住了。保羅看得出來，這個人正在他那百科全書似的記憶中飛快搜尋。在他晉升到目前這個備受信任的位置的過程中，這種記憶力幫了他的大忙。「我知道一個嚮導，他能帶您到奧塞姆那兒去。」

「那我就一個人去。」保羅說。

「陛下，如果您……」

「奧塞姆希望我去。」保羅說。幾乎無法掩飾語氣裡的嘲弄。

「陛下，太危險了。」邦耐傑反對道。

「即使是皇帝，多多少少也得冒些風險。」保羅說，「就這樣定了。照我的吩咐去做。」

邦耐傑很不情願地領著變臉者走出房間。保羅轉身對著書桌後面空蕩蕩的螢幕，覺得自己彷彿正等待著一塊岩石從高處墜落。

該不該把這個信使的眞相告訴邦耐傑？他心想。不能！告訴邦耐傑的事從來不曾出現在他的幻象中。對預知路徑的任何偏離都會導致突如其來的暴力。他必須找到某個時刻作爲支點，把他撬離他見到的那個幻象。

如果這樣的支點眞的存在的話……

※　※　※

無論人類文明如何異化，無論生命和社會如何發展，也無論機器、人類的相互作用如何複雜，個體的力量總會找到它存在的空間，尤其是當人類的進程、人類的未來都依賴於某個人的個人行為的時候。

——摘自《特雷亞拉克斯神明書》

他走出皇宮，跨過高高的人行天橋，走向奇扎拉教團大樓。保羅改變了自己的步履，稍有點一瘸一拐。太陽快下山了，他走在一道道陰影裡。陰影雖然有助於掩飾，可是銳利的眼睛仍舊能從身體的姿態中認出他來。他帶著遮罩場，但沒有打開。他的助手們認爲遮罩場的微光會引起旁人的猜疑。

保羅朝左邊瞥了一眼。縷縷沙雲飄浮在傍晚的天空，像百葉窗簾。透過蒸餾服濾淨器的空氣非常乾燥。

他不是一個人出來的。可是自從他停止晚間獨自散步以來，安全措施從未像現在這般鬆懈過。裝有夜間監測儀的撲翼機遠遠地飄浮在頭上，看似沒有什麼明確目的。它們從一件藏在他衣服裡的傳感裝置監測他的一舉一動。精選的保衛人員一部分在下面的街道上遊走，其他人則散布全城，以保護身著僞裝服飾的皇帝。他從上到下都是弗瑞曼人裝束，蒸餾服和沙漠靴都是深色。臉頰嵌了塑模，讓面貌有所改變，下巴左側附著儲水管。

走到天橋對面的時候，保羅朝身後瞥了一眼，保護他的寢宮的石頭城垛後面有人影晃動。肯定是加妮。「在沙漠裡搜尋沙子。」她這麼形容這次冒險。

她不知道這是多麼痛苦的抉擇。權衡痛苦，選擇較輕的那個。但這種抉擇使較輕的痛苦也難以忍受。

在那極度痛苦的一刻，他揮手和她告別。最後的瞬間，加妮體會到了「道」，由此感應到了他的內心感受。但她誤讀了其中的含意，把這種痛苦當成人們告別親人投身險境時自然產生的感情。

我要是也能和她一樣，對那些痛苦的抉擇一無所知，那該多好，他想。

他穿過天橋，走進教團大樓的上層通道。到處是固定式懸浮球燈，人們來去匆匆，忙著工作。奇扎拉教團從不入睡。保羅被門上的標牌吸引住了，彷彿第一次看見它們似的：商船部、辯駁部、預言部、信仰考驗部、宗教代理部、武裝部……信仰傳播部……

更誠實的標籤應該是政治宣傳部，他想。

在他統治的宇宙中，一個新頭銜快速崛起：宗教事務官員。奇扎拉教團的這種新型人物通常並非弗瑞曼人，而是改宗的皈依者。他們極少取代關鍵位置上的弗瑞曼人，可是關鍵位置之外的所有空隙幾乎都由他們塡充。這種人使用香料粹，一方面是因爲香料延緩衰老的功能，另一方面是爲了顯示他們負擔得起。他們遠離諸如皇帝、宇航公會、比吉斯特姐妹會、皇室或奇扎拉教團等掌握著權力的人物和組織。他們的上帝就是例行公事和檔案。爲他們服務的有許多門塔特，還有龐大的檔案系統。他們手冊裡的第一個詞是私利，巴特蘭聖戰所制定的規範只是口頭上說說而已。他們會說，機器不能有人類的意識。但實際上，他們早已背叛了這個原則，他們的所有行爲都顯示出他們更喜歡機器而不是人類，更喜歡統計數字而不是獨特的個體，更喜歡模糊而概括的東西，而不願接觸具體的個體，因爲這種接觸要求想像力和創新精神。

當保羅走上大樓另一側的坡道時，阿麗亞神廟晚禱儀式的鐘聲剛剛敲響。鐘聲給人一種奇怪的永恆之感。

神廟在擁擠的廣場對面，被修繕一新。宗教儀式也是最近設計的。神廟位於阿拉肯邊緣的沙漠盆地，風沙已經開始侵蝕神廟的石頭和塑模，周圍建築物的排列似乎很隨意。這一切都形成了這樣的印象，即這是一個非常古老的地方，充滿傳統和神祕。他走下去，來到擁擠的人群中間。冒險開始了。安全部門能找到的唯一一個嚮導堅持要這麼辦。保羅同意了，這使他的安全官很不高興，連史帝加也不贊同這種方式。加妮當然反對得最厲害。

周圍擠滿了人群。他們擠碰著他，視而不見地瞥他一眼，然後從身邊匆匆而過。他感到了一種不同尋常的自由。他知道，他們就是這樣對待弗瑞曼人的。現在的他是一個生活在沙漠深處的男人。這樣的人性子暴烈，容易發怒。

他隨著快速移動的人流走上神廟台階，人群更加擁擠了。周圍的人不斷朝他身上推擠，他發現人人都在向他道歉：「請原諒，尊貴的先生。我無法阻止這種不禮貌的行爲。」

「對不起，先生，實在擠得太厲害了。」

「眞不好意思，聖公民。一個蠢貨推倒了我。」

如此這般幾次後，保羅漸漸對這些道歉充耳不聞。這些話裡其實沒什麼感情，只有一種傳統的敬畏。他不再想周圍的人群，心裡卻回憶起自卡拉丹城堡少年時代以來的這段漫長日子。他究竟從什麼時候起踏上了這條道路，遠離卡拉丹、通向這樣一顆星球的這樣一個擁擠的廣場？他眞的已經踏上了這條道路嗎？他說不出自己究竟爲什麼踏上這條路，似乎並沒有什麼特別的理由和動機。他的動機和各種各樣糾纏在一起推動他前進的力量實在是太複雜了，很可能比出現在人類歷史上的其他任何驅策力都複雜得多。他固執地覺得，自己仍然可以避免等在前方、已經清楚可見的宿命。但洶湧的人潮推著他向前走去，恍惚中，他感到迷失了方向，無法主宰自己的生命。

人群擁著他上了台階，進了神廟的門廊。人們安靜下來了，可怕的體味愈來愈濃烈——酸臭味、汗味。

侍僧已經開始晚禱的各項準備工作。他們平板的吟唱蓋過了所有聲音——低語聲、衣服的沙沙聲、急促的腳步聲，以及咳嗽聲——講述著某個發生在遙遠地方的故事，女祭司在神聖的入定狀態中訪問過那裡。

她騎上太空中的沙蟲！
她穿過滿天風暴，
到了一片吹拂著微風的陸地。
在毒蛇的窩巢我們酣然入睡，
因爲有她守護那夢遊的靈魂。
她把我們藏在陰涼的洞穴，
只爲避開沙漠的酷熱。
她潔白的牙齒熠熠閃光，
讓我們在黑夜裡有了方向。
她那美麗的髮辮，

把我們蕩上極樂的天堂！
只要有她，
到處是花兒的甜美芬芳。

巴拉可！保羅想到了一個弗瑞曼人的詞語。留神啊！她也可能爆發出憤怒的激情。

神廟的門廊裡豎著一排排又高又細的燈管，模擬出蠟燭的火焰。燭光搖曳，保羅彷彿回到了古代。他知道，設計者要的就是這樣的效果。整個場景都是對古代生活的模仿。製作精細，而且效果不錯。這裡頭也有他的手筆，爲此，他恨自己。人群挾帶著他經過一道高大的金屬門，進入了巨大的神廟正廳。這兒光線黯淡，閃爍不定的亮光來自頭頂上很遠的地方，大廳盡頭是一個被照得十分明亮的祭壇。祭壇後面的黑木上刻著看似簡單的花紋，這是弗瑞曼神話中的沙地圖案。看不見的燈把燈光射在警戒門的能量場上，形成一道彩虹。吟唱的侍僧在那道彩光之下列成七排，和彩虹構成奇異的反差：黑袍，白臉，嘴巴和諧一致地開合著。

保羅觀察著身邊的香客，突然間十分羨慕他們的專注，他們那種聆聽眞理的虔誠。可是他卻聽不到什麼眞理。他們似乎在這裡得到了某種自己無法得到的東西，某種能夠撫平他們精神創傷的東西。

他想慢慢朝祭壇挪近點，可是一隻手抓住了他的手臂，他不得不停下來。保羅四下看了看，發現了一個老弗瑞曼人探詢的目光——藍中透藍的眼睛，濃密的眉毛，好像似曾相識。一個名字在保羅的腦海裡閃過：拉西亞，一位穴地時代的夥伴。

保羅知道，在擁擠的人群中，如果拉西亞動武的話，自己完全束手無策。

老人靠近了些，一隻手放在黯淡的沙色長袍下，無疑緊握著嘯刃刀的刀柄。保羅選了一個最適合反擊的位置。老人把頭靠近保羅的耳朵，悄聲說：「和其他人一起。」

這句暗語確認了他的嚮導身分。保羅點點頭。

拉西亞退了回去，面對著祭壇。

「她來自東方，」侍僧唱道，「太陽在她身後。在光明的照射下，一切都顯露無遺。什麼也逃不過她的雙眼，無論是光明，還是黑暗。」

如訴如泣的雷貝琴聲響起，蓋過了歌聲。侍僧的吟唱戛然而止。人群像中了電擊一般，猛地一抖，朝前面衝了幾公尺。他們現在已經像一塊肉餅般緊緊地粘在一起，呼吸和香料的味道使空氣變得異常渾濁。

「在潔淨的沙地上，夏胡露寫下聖言！」侍僧們齊聲大叫。

保羅感到自己的呼吸已經和身邊的人群完全融合在一起。閃閃發光的警戒門後面的陰影中，女聲合唱開始幽幽地響起：「阿麗亞……阿麗亞……阿麗亞」聲音愈來愈大，之後突然陷入沉寂。

聲音再次響起——柔和的晚禱吟誦開始了：

她平息了所有風暴——
她用眼睛殺死敵人，
折磨異教徒。
從托晝星高塔的尖頂升起黎明的第一縷陽光，
清晨的第一股清泉從那兒流淌，
你能看見她的倩影。
夏日裡陽光照耀，酷熱難耐
她給我們送來了麵包和牛奶——

清涼，帶著香料的芬芳。
她用眼睛擊垮敵人，
折磨壓迫者
洞察一切祕密。
她就是阿麗亞……阿麗亞……阿麗亞……

歌聲愈來愈低，漸漸消失。

保羅感到噁心。我們在做些什麼呀？他問自己。阿麗亞還只是一個小比吉斯特，可是她正在長大。他想：長大意味著變得愈加惡毒。

匯聚在神廟裡的集體無意識侵蝕著他的頭腦。他的身體的各組成部分和周圍的人別無二致，但他的意識卻與眾不同。他能感受到這種不同之處，它壓迫著他，擠壓著他。他站在那裡，完全沉浸在人群中，卻又因為自己那永遠無法饒恕的罪惡而被孤立出來。他清楚地意識到神廟之外的宇宙，無比宏大，無邊無際。單靠一個人，一套宗教儀式，怎麼可能把如此浩瀚無垠的宇宙織成一件適合每個人穿的小外套？

保羅顫抖起來。

這個浩瀚宇宙對抗著他的每一步，讓他無法掌握，製造無數假象來蠱惑他。宇宙永遠不會接受他賦予它的任何形式。

又一輪深邃的寂靜籠罩了整個神廟。

阿麗亞從閃光的彩虹後面走了出來。她穿著一件黃色長袍，裝飾著亞崔迪家族的綠色花紋——黃色代表陽光，綠色代表創造生命的死亡。就在這時，保羅產生了一種出乎他意料的想法：阿麗亞在這裡出現只是爲了他，爲了他一個人。他的目光穿過神廟裡的人群，投向自己的妹妹。她是他的妹妹。他瞭解她的習慣和她的出生，但他以前從未站在現在這個位置，和香客在一起，用他們的眼光觀察她。在這個做爲神祕禱告的地方，他覺得她成了這個對抗他的宇宙的一部分。

侍僧遞給她一隻金製聖餐杯。

阿麗亞舉起杯子。

憑著某種直覺，保羅知道聖杯裡裝著未經加工的香料粹，一種精緻的毒藥，爲她帶來神諭的聖餐。

阿麗亞盯著聖餐杯，開始說話。聲音溫柔地拂過耳膜，似鮮花盛開，流暢滋潤，悅耳動聽：

「起初，我們是一片虛無。」她說。

「對一切茫然無知。」合唱隊吟誦道。

「我們不知道神祇駐留於萬物。」阿麗亞說。

「每時每刻。」合唱隊吟道。

「神祇在這裡。」阿麗亞說，輕輕舉起聖餐杯。

「它帶給我們歡樂。」合唱隊吟誦。

也帶給我們的憂傷，保羅想。

「它喚醒了靈魂。」阿麗亞說。

「它驅散了疑懼。」合唱隊吟誦。

「在塵世中，我們毀滅。」阿麗亞說。

「在神的懷抱裡，我們新生。」合唱隊吟誦。

阿麗亞把聖餐杯舉到唇邊，飲了一口。

保羅吃驚地意識到，自己竟然和人群中最普通的香客一樣屏住了呼吸。儘管他知道阿麗亞這時哪怕最細微的一切感受，可是他還是被攫取住了。劇毒注入身體的情形在他記憶中復蘇：意識化為一粒微塵，置換了毒藥。他再次體驗到那種蘇醒的感覺，時間已經不復存在，一切都有可能發生。是的，他瞭解阿麗亞此刻的感受，但同時又覺得並不瞭解。不可言說的神祕蒙住了他的眼睛。

阿麗亞顫抖著，跪了下去。

保羅和陷入癡迷的香客一起喘息著，沉醉在一個幸福的幻象中，完全忘記了正步步逼近、完全有可能變為現實的其他種種可能性。在阿麗亞帶來的這個幻象中，人在混沌中穿行，無法區分眞正的現實和沒什麼實際意義的偶然事件。這個幻象讓人渴望著一種永遠不可能變成現實的絕對完美。

而在渴望中，人喪失了現在。

阿麗亞在香料的迷醉中前仰後合。

保羅感到某個超自然的存在對自己說：「看啊！看那兒！看你都忽略了些什麼？」剎那間，他感到自己借助另一雙慧眼，看到了任何畫家和詩人都無法描述的圖像和韻律。栩栩如生，美麗無比。它像一盞耀眼的明燈，在它面前，人類的一切貪欲都暴露無遺……包括他自己的貪欲。

阿麗亞說話了，被揚聲器放大的聲音在大廳中隆隆迴盪。

「光明的夜晚。」她喊叫道。

一陣呻吟像洶湧的波濤滾過香客。

「在這樣的夜晚中，一切都無所遁形！」阿麗亞說，「這般黑暗是多麼耀眼！無法直視它，感知能力也無法捕獲它，語言不能描述它。」她的聲音低了下來，「一片漆黑，其中孕育萬物。啊，它是多麼溫柔，又是多麼暴戾！」

保羅發現自己期待著妹妹給自己一些特別的暗示。可能是某些動作或言詞，某種巫術，某種神祕的方法。這些暗示將像弩箭扣合在弓槽內一般適合他。緊張的一刻。這一刻在他意識內動盪不止，像滾動的水銀。

「未來會有悲哀。」阿麗亞吟道，「我告訴你們，一切都只是開始，永遠是開始。世界等待著征服。聽我說話的人中，有些人將有尊貴的命運。顯貴之時，你們會嘲笑過去，忘記我現在告訴你們的話：一切差異只不過是過眼雲煙，差異是暫時的，永恆不變的是一致。」

阿麗亞低下頭。保羅差點失望地叫起來：她沒有說出他期待的東西。他感到自己的身體像一具空殼，像某沙漠昆蟲蛻下的外殼。

別的人一定也有和他類似的感覺，他想。他感到身邊的人群騷動起來。突然間，一個站在保羅左邊靠大廳另一頭的女人大聲叫喊起來，一聲沒有字句的痛苦叫嚷。

阿麗亞抬起頭，保羅激動得一陣暈眩。他們之間的距離崩塌了。他定定地直視著阿麗亞呆滯無神的眼睛，彷彿離她只有幾英寸遠。

「誰在呼喚我？」阿麗亞問。

「是我。」女人喊道，「是我，阿麗亞。哦，阿麗亞，幫幫我。他們說我的兒子在莫麗坦星上被殺死了。他真的走了嗎？我再也見不到我的兒子了……永遠見不到了？」

「妳在沙地裡走過嗎？」阿麗亞吟道，「一切都會恢復原樣。一切都會回來。只是回來的時候改變了形式，妳已經認不出它們了。」

「阿麗亞，我不明白！」女人嗚咽道。

「妳生活在空氣中，可是妳看不見空氣。」阿麗亞厲聲說，「難道妳是沒有頭腦的蜥蜴嗎？妳的話帶著弗瑞曼口音。弗瑞曼人會試圖讓死人復活嗎？除了他的水，我們不想要死者的任何東西。」

大廳中央，一個穿著深紅斗篷的男人舉起雙手，袖子滑落下來，露出白皙的手臂。「阿麗亞，」

他大叫道，「我得到了一個商業提案。我應不應該接受？」

「你像一個乞丐一般來到這裡。」阿麗亞說，「你想尋找金碗，但只能找到匕首。」

「有人請我殺一個人！」一聲吼叫從右邊響起，低沉，帶著穴地的音調，「我應不應該接受？如果接受的話，能否成功呢？」

「開始和結束是同一件事。」阿麗亞厲聲說，「我以前沒有告訴過你們嗎？你到這裡並不是爲了提出這個問題。你到底懷疑什麼，非要跑到這兒來大喊大叫說出你的懷疑？」

「她今晚的脾氣很壞。」保羅身旁的一個婦女咕噥道，「你以前見過她這樣憤怒嗎？」

她知道我來了，保羅想。難道她在幻象中看到了什麼使她惱怒的東西？她是在生我的氣嗎？

「阿麗亞，」保羅前面的一個男人叫道，「告訴那些商人和膽小鬼，你哥哥的統治還能維持多久！」

「你應該先捫心自問，好好想一想。」阿麗亞咆哮著說，「你嘴裡所說的全是你的偏見！正因爲我哥哥駕馭著混沌，你們才能有房屋和水！」

阿麗亞一把抓住長袍，猛地轉過身，大踏步穿過閃爍的光帶，消失在彩虹後面的黑暗之中。

侍僧們立即唱起結束曲，但節奏已經亂了。很明顯，晚禱儀式的突然結束讓他們措手不及。人群中發出一陣咕噥聲。保羅感到身邊的人們騷動起來，煩躁不滿。

「全怪那個提出他的愚蠢的商業問題的傻瓜。」保羅身邊的女人喃喃地說，「那個虛僞的傢伙！」

阿麗亞看到了什麼？發現了什麼未來的痕跡？

今晚這裡肯定發生了什麼事，使神諭儀式變了味。平常的時候，人們都會鬧鬧嚷嚷懇求阿麗亞回答他們那些可憐的問題。是的，他們像乞丐一樣來到這裡祈求神諭。他以前也來這兒聽了很多次，藏在祭壇後的黑暗裡。是什麼使今晚的情形如此不同？

那個老弗瑞曼人扯了扯保羅的衣袖，朝出口處點點頭。人群開始朝那兒擁去。保羅被迫隨著他們一塊兒移動，嚮導的手一直抓住他的衣袖。此時此刻，他感到自己的身體成了某種他無法控制的力量。他成了一個非人，一種異己的東西，漫無目的地移動著。而他本人便寄生於這個非人的內部，被別人領著穿過他自己的城市的街巷，走上一條他在幻象中無數次見過的熟悉的道路。這條路使他的心臟都凝固了，沈重而充滿悲哀。

我本該知道阿麗亞看到了什麼，他想，因爲我自己已經無數次見過它。可是她沒有大聲叫喊，替他指明……因爲她同時還看到了其他的可能性。

※　※　※

在我的帝國，生產的增長和收入的提高不能脫節。這就是我命令的主旨。帝國各處，維持收支平衡不成其為問題，因為我已經下過不能出現這類問題的命令。我是這個領域中至高無上的權威，無論活著還是死去，我的權威都將持續下去。我的統治就是經濟。

——保羅·穆哈迪皇帝在國務會議上的指令

「您留在這兒。」老人說，手鬆開保羅的袖子，「右邊，盡頭那端的第二道門。跟著夏胡露走吧，穆哈迪……記住您還是友索的時候。」

保羅的嚮導迅速消失在黑暗之中。

保羅知道，他的安全官員正等在什麼地方，準備抓住這個嚮導，把他帶到某個地方詳細盤問。保羅希望這個弗瑞曼老人能夠逃脫。

星星已經出現在頭頂。遠處，遮罩牆山的那一邊，一號月亮也射出了亮光。但這裡不是開闊的沙漠。在沙漠裡，人們可以在星星的指引下找到回家的路。老人把他帶到了郊區的某個陌生地方；保羅知道的只有這些。

街道上積滿了厚厚一層沙子，是從步步逼近城市的沙丘上吹過來的。街道盡頭，一盞孤零零的路燈閃著幽暗的光，光線只夠讓人看清這是一條死巷。

周圍的空氣充滿蒸餾回收器的味道。那東西肯定沒有蓋好，以至於惡臭四溢。水氣洩入夜晚的空氣中，既危險又很浪費。我的人民已經變得多麼滿不在乎啊，保羅想，他們都是水的百萬富翁，完全忘記了阿拉吉斯星過去那些悲慘日子：一個人被八個人殺死，殺人者的目的僅僅是得到屍體水分的八分之一。

我為什麼如此猶豫？保羅疑惑道。這就是末端數過來的第二道門，一看就知道。問題是，這件事必須小心謹慎，做得分毫不差，所以……我才會猶豫不決。

保羅左邊的角落裡突然響起一陣爭吵聲。一個女人正在厲聲斥罵什麼人。新修的側屋漏灰，她罵道，等著水從天而降嗎？如果灰塵可以漏進來，水分就可以跑出去。

畢竟還有人記得節水，保羅想。

他沿著街道走下去，爭吵聲漸漸消失在他身後。

水從天而降！保羅想。

一些弗瑞曼人在另外的星球見過那樣的奇蹟。他本人也見過，還下過命令，想讓阿拉吉斯也出現同樣的奇蹟。現在想來，這些記憶彷彿屬於另一個人，與自己毫無關係。雨，他們這樣稱呼那種奇觀。剎那間，他想起了自己出生的星球曾有過的暴風雨。在卡拉丹星球上，烏雲密布，電閃雷鳴，空氣潮濕，大滴大滴的雨點擂鼓般打在天窗上，像小溪一樣從屋簷上流下。排水溝把這些雨水排進河裡。混濁暴漲的河水從皇家果園流過……光禿禿的樹枝被雨水淋濕，閃閃發光。

保羅在街上走著，雙腳陷在淺淺的流沙裡。一時間，沾在鞋上的彷彿是他童年時代的泥漿，但緊接著，他又回到了這個沙的世界，回到了滿是沙塵、風沙蒙面的黑暗中。未來懸在他面前，嘲弄著他。乾燥枯澀的生活包圍著他，像控訴著他的罪孽。這一切都是你造成的！你使這個文明變得冷漠無情，充斥著告密者，你使這個民族只會用暴力解決一切問題……日甚一日的暴力……無休無止的暴力——他憎恨這一切。

腳下踩踏著粗糲的沙石。他在幻象中見過它們。右邊出現了一個深色的長方形門洞，黑漆漆的：奧塞姆的房子，命運選中的房子。和周圍別的房子完全一樣，但時間擲下了骰子，選中了它，它便頓時不同於其他任何房子了。這是一個奇異的地方，將在歷史紀錄上留下它的名字。

他敲開了房門。隙開的門縫透出門廳黯淡的綠光。一個侏儒探出頭來望了望，孩子般的身軀上長著一張老人的臉，是一個他在預知幻象中從未見過的幽靈般的人物。

「您來了。」「幽靈」開口了。侏儒朝旁邊讓開一步，舉動中沒有絲毫敬畏，臉上掛著一絲淡淡的笑意，「請進！請進！」

保羅猶豫了。幻象中沒有侏儒，除此之外所有東西都和他的預知幻象完全相同。幻象中的偏差無關宏旨，並不影響向無盡未來延伸的幻象主體的真實性。正是這些偏差才給了他勇氣，使他心存希望。他看了一眼身後的街道上空。他的月亮從重重陰影中飄了出來，像一顆閃亮的乳白色珍珠。這個月亮糾纏著他，使他惶惑不已。它到底是怎樣墜落的呢？

「請進。」侏儒再次邀請道。

保羅進去了，只聽身後的房門砰的一聲，在防止水氣外洩的密封槽中鎖好。侏儒在他前面帶路，大腳板啪噠啪噠踩在地板上。他打開一道精巧的格柵門，走進蓋有屋頂的院子，手一指，「他們等著您，陛下。」

陛下，保羅想。*就是說，他知道我是誰。*

沒等保羅仔細琢磨這個新發現，侏儒已經從旁邊的一條走廊溜走了。希望在保羅心中翻捲著，像一陣狂亂的風。他走過院子。這是一個晦暗陰沉的地方，一股讓人沮喪的噁心氣味。這個院子的氛圍讓他有些畏縮。兩害相權取其輕同樣是一種失敗嗎？他沒有把握。*他在這條路上已經走了多遠？*

光線從遠端牆上一道窄門射了出來。有人在暗中觀察著他，他強壓下那種被人窺視的感覺，不理會那股難聞而不祥的味道，走進門洞，來到一個小房間。以弗瑞曼人的標準，這個地方簡直沒什麼裝飾，只在兩面牆上掛著簾幕。一個男人面對門坐在一個深紅色的軟墊上。左邊一道門後毫無裝飾的牆上晃動著一個女人的身影。

保羅覺得被幻象困住了。未來正是沿著這條道路發展的。可是幻象中爲什麼沒有出現那個侏儒？爲什麼會出現這種偏差？

一瞥之下，感官已將整個房間的情況探查得一清二楚。這地方雖然陳設簡單，收拾得卻十分認眞。一面牆上的掛鉤和支架表明那裡曾經懸掛著簾幕。保羅知道，香客們肯爲眞正的弗瑞曼手工製品支付高昂的價錢。富有的香客把沙漠掛毯視爲珍寶，作爲朝聖的紀念。

禿牆上新刷的石膏白灰彷彿在指控保羅的罪行。剩下兩面牆壁掛著破爛的簾幕，進一步增強了他的負罪感。

他右側的牆邊放著一具狹窄的架子，上面擺了一排肖像，大多數是留著鬍子的弗瑞曼人，有的穿著蒸餾服，掛著儲水管，有的穿著帝國軍服，背景是奇異的外星世界。最常見的景色是大海。

坐在軟墊上的弗瑞曼人清了清喉嚨，保羅回過頭來看著他。這人就是奧塞姆，和他在幻象中看到的一模一樣：精瘦的脖子像鳥頸般細長，顯得過分虛弱，難以支撐那顆碩大的頭顱；兩邊臉極不對稱，被毀了容——橫七豎八的疤痕蛛網般分布在左邊臉頰上，另一邊臉上的皮膚卻完好無損；下垂而潮濕的眼睛流露出誠懇的眼神，是一雙弗瑞曼人藍中透藍的眼睛。一支小錨般的大鼻子把臉分成了兩半。

奧塞姆的軟墊放在一張褐色地毯中央。地毯已經很舊了，露出許多栗色和金色線頭。軟墊上滿是磨損的斑點和補丁，可是墊子周圍的每一小塊金屬都被打磨得發亮——肖像架，書架邊框和支架，以及右邊一個低矮方桌的基座，等等。

保羅朝奧塞姆完好的那半邊臉點點頭，說：「很高興見到你，還有你的住所。」這是老朋友及穴地夥伴見面時通常的問候語。

「又見到你了，友索。」

說出保羅部落名字的聲音帶著老年人的顫音。毀容的那半邊臉上，呆滯下垂的眼睛從羊皮紙般乾澀的皮膚和疤痕中抬起來。這半邊臉上殘留著灰色的鬍髭，下巴上掛著粗糙的皮屑。說話的時候，奧塞姆的嘴巴扭動著，露出嘴裡銀色的金屬假牙。

「穆哈迪永遠不會對弗瑞曼敢死隊員的呼喚置之不理。」保羅說。

藏在門洞陰影裡的女人動了一下，說：「史帝加倒是這麼誇口來著。」

她走到了光線下。她的長相與那個變臉者假扮過的麗卡娜十分相像。保羅想起來了，奧塞姆娶的是姐妹倆。她長著灰色的頭髮，巫婆般尖利的鼻子，食指和拇指上像織布工人一樣結滿老繭。在穴地的日子，一個弗瑞曼女人會非常驕傲地展示自己手上的勞動痕跡。可是現在，當她發現保羅盯著自己的手時，卻很快把它縮進自己淡藍色的長袍下。

保羅記起了她的名字，杜麗。可是讓他吃驚的是，他記起的是還是個孩子時的她，而不是出現在他幻象中的此時的她。這是因爲她聲音裡的那種怨天尤人的調子，保羅告訴自己，還是個小孩子時，她就喜歡抱怨。

「你們在這裡見到了我。」保羅說，「如果史帝加不同意的話，我能來這兒嗎？」他轉身對著奧塞姆，「我身上有你的水債，奧塞姆。命令我吧。」

這是弗瑞曼穴地中兄弟間直截了當的對話方式。

奧塞姆虛弱地點點頭，這個動作顯然讓他纖細的脖子有些難以承受。他抬起帶著優裕生活標誌的左手，指著自己被毀掉的那半邊臉，「我在塔拉赫爾星染上了裂皮病，友索。」他喘息著說，「就在勝利之後，當我們所有……」一陣劇烈的咳嗽使他停了下來。

「部族的人很快就要來收他身體裡的水了。」杜麗說。她走近奧塞姆，把一個枕頭靠在他身後，扶住他的肩頭，直到咳嗽過去。保羅發現，她還不是很老，可是嘴邊卻完全是絕望的表情，眼睛裡飽含痛苦。

「我會替他請些醫生來。」保羅說。

杜麗回過頭，單手插腰，「我們有醫生，和您的醫生一樣好。」她下意識地朝左邊光禿禿的牆上瞥了一眼。

好醫生是非常昂貴的，保羅想。

他覺得焦躁不安。幻象緊緊壓迫著他的腦海，但他仍舊意識到了幻象與現實之間的細微偏差。他該如何利用這些偏差？未來還是一團亂，化爲現實時總是會發生某種微妙的變化，但還沒有實現的未來卻仍舊是老樣子，理不出個頭緒，讓人沮喪不已。未來在這間屋子裡漸漸成形，但他卻明確地意識到，如果他試圖打破正在這裡形成的模式，未來將轉變成可怕的暴力。意識到這一點，保羅驚恐不已。未來向現實的流動看似不緊不慢，迂緩溫和，但其中卻蘊藏著無法遏止的力量，壓得他喘不過氣來。

「說吧，妳想要我做什麼。」他大聲說。

「在這種時刻，奧塞姆難道不能要求一個朋友站在他的身邊嗎？」杜麗問，「難道一個弗瑞曼敢死隊員非把他的遺體交給陌生人處置不可嗎？」

我們是泰布穴地的戰友，保羅提醒自己，她有權斥責我所表現出來的冷漠無情。

「我願意盡我所能。」保羅說。

奧塞姆又爆發出一陣咳嗽。平息下來後，他喘著氣說：「有人背叛您，友索。弗瑞曼人陰謀反叛您。」然後，他嘴巴大張，卻發不出任何聲音。嘴唇邊湧出陣陣白沫。杜麗用長袍的一角擦拭著他的嘴。保羅看出了她臉上的惱怒表情：這些水分完全被浪費掉了。

保羅憤慨不已。奧塞姆竟然落了個這種下場！一個弗瑞曼敢死隊員理應得到更好的結局。可是現在沒有選擇——無論是敢死隊員，還是他的皇帝，都別無選擇。這是奧卡姆的剃刀：一切蕪雜都已削除乾淨，只剩下最基本的因素，彼此對立，非此即彼。稍有偏差便會帶來無盡的恐怖。恐怖不僅僅是針對他們，還針對全人類，連那些一心想摧毀他們的人都不例外。

保羅竭力讓自己平靜下來，望著杜麗。她凝視著奧塞姆，那種絕望、企盼的神情使保羅心裡一緊。絕不能讓加妮用這種眼神看我，他告訴自己。

「麗卡娜說你有一個口信。」保羅說。

「我那個侏儒，」奧塞姆喘息著，「我買了他，在……在……在一顆星球上……我記不得他的名字了。他是一個人類密波傳信器，一件被特雷亞拉克斯人丟棄的玩物。他身上記錄了所有名字……反叛者的……」奧塞姆停下來，顫抖著。

「您提到麗卡娜。」杜麗說，「您一到這裡，我們就知道她已經平安地到了您那裡。如果您認爲這是奧塞姆加在您身上的新債，麗卡娜就是支付這筆債務所需的全部金額。公平交易，讓她平安歸來，友索。帶那個侏儒走吧。」

保羅勉強壓下一陣顫抖，閉上了眼睛。麗卡娜！那個眞正的女兒已經變成了一具沙漠裡的乾屍，被塞繆塔迷藥摧毀，遺棄在風沙之中。保羅睜開眼，說：「你們本來隨時都可以來找我，無論什麼事……」

「奧塞姆有意避開您，這樣一來，別人或許會把他當成恨你的那些人中的一員，友索。」杜麗說，「在我們屋子的南面，街的盡頭，那就是您的敵人們聚會的地方。這也是我們之所以選擇這間陋室的原因。」

「那麼叫那個侏儒來，我們一起走，馬上離開。」保羅說。

「看來您沒有聽懂我的意思。」杜麗說。

「您必須把這個侏儒帶到一個安全的地方。」奧塞姆說，聲音裡突然爆發出一股奇異的力量，「他身上帶著唯一一份所有反叛者的紀錄。沒有人猜到他有這樣的才能。他們以爲我留著他只是好玩。」

「我們不能走。」杜麗說，「只有您和這個侏儒可以走。大家都知道……我們是多麼窮。我們已經放出風聲說要賣掉侏儒。他們會把您看成買家。這是您唯一的機會。」

保羅檢視著自己記憶中的幻象：在幻象中，他帶著反叛者名單離開了這兒，可是他始終看不到這名單是如何帶走的。很明顯，別的某種預知能力保護著這個侏儒，使他無法看到。保羅想，所有生物原本一定都各有自己的宿命，但種種力量都在扭曲這種宿命，在種種引導和安排之下，它終於發生了偏差。從聖戰選擇了他的那一刻開始，他就感到威力無比的大眾力量包圍了他，控制著他前進的方向。他現在還保存著一絲自由意志的幻想，但它只不過相當於一個無望的囚徒，徒勞無益地搖晃著自己的牢籠。他的不幸之處就是他看到了這個牢籠。他看到了！

他仔細傾聽著屋子裡的動靜：只有四個人——杜麗、奧塞姆、侏儒，還有他自己。他呼吸著同伴們的恐懼和緊張，他感應到了躲藏在暗處的監視者他自己的手下，遠遠地盤旋在空中的撲翼機……還有別的人……就在隔壁。

我犯了個錯誤，不應該懷有希望，保羅想。但對希望的幻想本身卻給他帶來了一絲扭曲的希望。他感到，自己或許還能抓住稍縱即逝的機會。

「叫那個侏儒來。」他說。

「比加斯！」杜麗叫道。

「你叫我？」侏儒從後院走了進來，臉上帶著擔憂而警覺的表情。

「你有了新主人，比加斯。」杜麗說。她盯著保羅，「你可以叫他……友索。」

「友索，杜石底部的意思。」比加斯自己把意思翻譯出來，「友索怎麼可能是底部呢？我才是生命的最下層。」

「他總是這樣說話。」奧塞姆道歉地說。

「我不說話。」比加斯說，「我只是操縱一台叫作語言的機器。這台機器吱嘎作響，破爛不堪，但它是我自己的。」

一個特雷亞拉克斯人造出的玩物，卻很有學問，十分機警，保羅想。特雷亞拉克斯從未丟棄過這樣貴重的東西。他轉過身，琢磨著這個侏儒。對方那雙圓滾滾的香料粹藍眼睛直愣愣地瞪著他。

「你還有什麼別的才能，比加斯？」保羅問。

「我知道我們應該什麼時候離開。」比加斯說，「很少有人具備這種才能。任何事情都有個結束的時候——知道結束，才能爲其他事開個好頭。讓我們開始吧，該上路了，友索。」保羅再次檢查著保存在自己記憶中的預知幻象：沒有侏儒，但這個小個子的話很對。

「剛才在門口的時候，你叫我陛下。」保羅說，「這就是說，你知道我是誰？」

「我不是已經管您叫陛下了嗎，陛下？」比加斯說，咧嘴笑了，「您不止是基石友索。您是亞崔迪皇帝，保羅．穆哈迪。而且，您還是我的手指。」他伸出右手的食指。

「比加斯！」杜麗厲聲說，「別玩火，別耍弄命運。」

「我只是晃晃手指頭啊。」比加斯抗議道，聲音吱吱呀呀的。他指著友索，「我指著友索。我的手指難道不是友索本人嗎？或者，它代表某種比基石的位置更低的東西？」帶著嘲弄的笑意，他把手指拿到自己眼睛前面細看，先看一面，再看另一面，「啊哈，原來它只不過是一隻手指而已。」

「他老是這樣，嘟嘟囔囔，喋喋不休。」杜麗說，聲音裡帶著憂慮，「我想就是因此，特雷亞拉克斯人才會丟棄他。」

「我不喜歡別人像主人一樣保護我，」比加斯說，「可是我現在卻有了一位新主人。這根手指頭可眞是妙用無窮啊。」他看了看杜麗和奧塞姆，眼睛奇怪地閃閃發亮，「把我們黏在一起的黏合劑很不牢靠。幾滴眼淚，我們就分開了。」侏儒轉了個一百八十度的圈子，面對保羅，大腳板踩得地板吱嘎作響。「啊，我的主人！我走過多麼漫長的道路，總算找到您了。」

保羅點點頭。

「您會很仁慈嗎，友索？」比加斯問，「我是一個人，您也知道，人的模樣塊頭各不相同，站在您面前的就是其中的一員。我的肌肉不發達，但我的嘴巴很有勁；吃得不多，要塡飽卻很花錢。你可以隨意掏空我，反正我裡面有的，總比人放進去的多。」

「我們沒工夫聽你那些愚蠢的俏皮話。」杜麗厲聲道，「你們該去了。」

「我的俏皮話都是雙關語，」比加斯說，「而且它們也不完全是愚蠢的。去了，友索，就是成爲逝者的意思。是嗎？那麼，就讓逝者逝去吧。杜麗一語道出了事實，而我正好有聽出事實的才能。」

「這麼說，你能感知眞相？」保羅問。他決心再等等，耗到自己幻象中動身的那一刻。隨便做什麼，總比打破既定的未來時間線，弄出新結局要好。在他的幻象中，奧塞姆還有話要說，除非未來已經改變，進入了更可怕的隧道。

「我能感知現在。」比加斯說。

保羅注意到侏儒變得愈來愈緊張。難道這小人意識到了接下來會發生什麼事？比加斯會不會也有預知能力，正是這種預知能力使他沒有出現在自己的幻象之中？

「你問過麗卡娜的情況嗎？」奧塞姆突然問道，用他的一隻好眼睛注視著杜麗。

「麗卡娜很安全。」杜麗說。

保羅低下頭掩飾自己的表情，以免他們看出自己在撒謊。安全！麗卡娜已經變成了灰，埋在一個祕密墓穴裡。

「那就好。」奧塞姆說，誤將保羅的低頭看成了認可，「這麼多糟糕事中，總算還有個好消息，友索。我不喜歡我們創造的這個世界，您知道嗎？自由自在生活在沙漠的時候比現在好，那時我們的敵人只有哈肯尼家族。」

「許多所謂的朋友和敵人，其間只有一條細線。」比加斯說，「只要劃下這道線，那就沒有什麼開始，也沒有什麼結束了。讓我們結束這道線吧，我的朋友們。」他走到保羅旁邊，兩隻腳緊張地挪動著。

「你剛才說你能感知現在，這是什麼意思？」保羅問。他想儘量拖延時間，刺激這個侏儒。

「現在！」比加斯顫抖著說，「現在就走！現在就走！」他拉住保羅的長袍，「我們現在就走吧！」

「他就是愛唸，老是喋喋不休，不過沒什麼惡意。」奧塞姆說，聲音中充滿憐憫，那隻好眼睛凝視著比加斯。

「嘮叨也能發出啓程的信號，」比加斯說，「眼淚也行。趁現在還有時間重新開始，讓我們去吧。」

「比加斯，你害怕什麼？」保羅問。

「我害怕正在搜尋我的幽靈。」比加斯咕噥著說。前額上滲出一層汗珠，臉頰扭曲著，「我害怕那個什麼都不想、誰都不要，卻一心只想著我的東西——那東西又縮回去了！我害怕我看得見的東西，也害怕我看不見的東西。」

這個侏儒確實擁有預知魔力，保羅想。比加斯和他一樣，也看到了那個可怕的未來。他的命運也同他一樣嗎？這個侏儒的預知魔力到底有多強？和那些胡亂擺弄沙丘塔羅牌的人一樣？或者遠爲強大？他看到了多少？

「你們最好趕緊走。」杜麗說，「比加斯是對的。」

「我們逗留的每一分鐘，」比加斯說，「都是在拖延……在拖延現在！」

但對我來說，每拖延一分鐘，我的罪孽便遲一分鐘到來，保羅想。他想起了發生在許久以前的往事：沙蟲呼出陣陣毒氣，沙土從牠的牙齒上一股股灑落下來。鼻端又嗅到了記憶中的氣息：又苦又澀。命中注定的那隻沙蟲正等待著他，他能感應到，感應到那雙所謂的「沙漠中的葬身之處」。

「艱難時世啊。」他說，以此回答奧塞姆關於時代變遷的那句話。

「弗瑞曼人知道在艱難時世裡應該怎麼做。」杜麗說。

奧塞姆無力地點點頭，表示贊同。

保羅瞥了一眼杜麗。他本來就沒有指望得到別人的感激，他的負擔已經夠重了，再也難以承受感激之情。但是，奧塞姆的痛苦和杜麗眼中流露的怨憤動搖了他的決心。付出這麼大的代價，值得嗎？

「拖延沒有意義。」杜麗說。

「做您必須做的事吧，友索。」奧塞姆喘息著說。

保羅歎了口氣。在他的幻象中，這些話出現過。「一切總歸會有一個了結。」他說，完成了幻象中的對話。他轉過身，大踏步走出房間，只聽比加斯劈啪劈啪的腳步聲在後面跟著。

「逝去，逝去。」比加斯一邊走一邊咕噥道，「逝去的人和物，就讓它們去到它們應該去的地方吧。這是黯淡的一天。」

※　※　※

在法律上，我們運用了一整套晦澀難懂的術語。這很有必要。因為費解的語詞能夠掩飾我們希望對彼此施加的暴力。剝奪某人一小時生命，剝奪他的整個生命，兩者之間只存在程度上的差別。無論選擇哪一種，你都對他實施了暴力，削弱了他的力量。精緻而委婉的語詞或許能掩飾你殺人的意圖，但在任何暴力之後，都存在著一個最基本的假設：「我取走你的力量，以滿足我的需求。」

——保羅・穆哈迪皇帝在國務會議上的指令附錄

保羅從死巷裡走出來的時候，一號月亮已經高高地掛在頭頂。遮罩場已經啓動，在他身周閃閃發光。山丘那邊吹過來一陣狂風，裹著沙子和灰塵，從狹窄的街道上掃過。比加斯眨著眼睛，雙手擋在眼前。

「我們必須趕快。」侏儒咕噥道，「趕快！趕快！」

「你感應到危險了？」保羅問，想知道究竟。

「我知道危險！」

危險立即來臨了。一個門洞裡突然閃出一個人影，來到他們面前。

比加斯朝地下一蹲，發出一聲哽咽。

但這個像戰爭機器一樣快步走來的人只不過是史帝加。他的腦袋稍稍探向前方，有力的雙腳踏過街道。

保羅把侏儒交給史帝加，只用幾句話便讓對方知道了他的價值。在幻象中，到這裡時，發展的步調非常快。史帝加帶著比加斯迅速離開，衛隊集結在保羅周圍。命令下達了，讓隊員沿街下去趕到奧塞姆家旁邊那座房子去。隊員們急忙遵命，一時間人影晃動，陰影幢幢。

又是一批送死的，保羅想。

「抓活的。」一個衛隊軍官悄聲吩咐道。

這個聲音就像幻象的回音，在保羅耳邊響起。幻象與現實重疊在一起，分毫不差：幻象—現實，滴答—滴答，環環相扣。月光中，撲翼機飄然降落。

這個夜晚，帝國軍隊在行動。

種種動靜中響起一陣輕微的嘘嘘聲，愈來愈響，變成陣陣怒吼，但仍能聽出其中的摩擦音。天邊燃起棕橙色火光，遮蔽了星星，吞沒了月亮。

在自己最早的噩夢中，保羅見過這個幻象，就是這樣的聲音和火焰。他有一種終於履行了什麼的古怪感覺。一切都按照應有的樣子在進行。「熔岩彈！」有人驚呼。

「熔岩彈！」喊聲四起。

「熔岩彈……熔岩彈……」

保羅急忙伸出手臂遮住自己的臉，一頭撲倒在路邊。太遲了，當然。

奧塞姆的房子所在的地方現在是一根火柱，令人窒息的氣流咆哮著衝向天空，散發出黃褐色光亮，映照著那群混亂逃竄、浮雕般清晰的人們，掙扎和逃跑的動作宛如芭蕾舞。側飛後退的撲翼機同樣在這種亮光下暴露無遺。

對瘋狂逃竄的人群來說，一切都來不及了。

保羅身體下的地面變得滾燙。他聽到跑動的聲音停止了，人們在他周圍撲倒。現在，所有人都意識到了，奔逃只是徒勞。損失已經形成，無可挽回了，現在只能等待熔岩彈將它的能量徹底耗盡。沒有人能逃過這東西發出的輻射，它已經穿透了他們的皮膚，輻射效應已經呈現。至於這種武器造成的傷害會達到什麼程度，只能看它那個違反立法會有關核武器禁令的使用者有什麼打算了。

「上帝啊……熔岩彈。」有人哀嚎道，「我……不……想……成……爲……瞎子。」

「這是誰做的？」遠處一個士兵嘶聲問道。

「特雷亞拉克斯人又可以賣出很多眼睛了。」某個站在保羅身邊的人喝道，「好了，都閉嘴，等著！」

他們全都等待著。

保羅一聲不吭，想著這種武器。裝藥量足的話，它的威力甚至可以直達星球的核心。沙丘星地殼的熱熔層埋得很深，但越是這樣，危險就越大。它深埋地核，承受著巨大的壓力，一旦被炸開，爆炸的力量有可能徹底撕裂整顆星球，把它毫無生氣的碎片撒滿太空。

「爆炸好像小了一點。」有人說。

「只是往地下炸得更深了。」保羅警告說，「所有人，待在原地不動。史帝加會來增援的。」

「史帝加逃過了這一劫？」

「對。」

「地面好燙。」有人抱怨道。

「他們膽敢用原子武器！」保羅附近的一個隊員氣憤地說。

「爆炸聲減弱了。」街那邊一個人說。

保羅好像沒有聽到這些話，全神貫注於撐著街面的手指尖。他能感覺到某種東西在翻滾，顫抖——向地心深處前進……前進……

「我的眼睛！」有人哭喊道，「我看不見了！」

他比我更接近爆炸中心，保羅想。抬起頭時，他仍然可以看到那條街道，但還是覺得眼前似乎有一層濃霧，模模糊糊地看不清楚。奧塞姆的房子成了一片紅黃色火焰，和它相鄰的房子也是一片火海。火光映襯下，相鄰的幾幢建築成了黑色，不斷坍塌進了這個大火坑。

保羅爬了起來。熔岩彈的能量好像已經耗盡了，腳下的大地平靜了。緊貼著蒸餾服滑溜內襯的身體汗水淋漓——出汗太多，連蒸餾服都來不及回收。吸進肺裡的空氣帶著爆炸的灼熱和刺鼻的硫磺味。

他望著身邊的士兵一個接一個站立起來，就在這時，蒙在保羅眼前的那層濃霧漸漸化爲一片黑暗。但他的記憶中還保留著這一刻的預知幻象，他調出幻象。預知能力早已向他昭示了時間線中的這一刻，他讓自己緊密嵌合在幻象之中，使幻象無法逃逸。於是，他感到自己又看到了周圍的一切，彷彿既通過眼睛，又通過預知能力。現實和幻象連接在一起。

周圍的士兵發出痛苦的呻吟和號叫，他們發現自己什麼也看不見了。

「堅持住！」保羅叫道，「增援就要到了！」可是哀鳴聲依然不絕於耳。他說，「我是穆哈迪！我命令你們堅持住！增援快到了！」

他們沉默了。

然後，恰如幻象所示，身邊的一個衛兵說：「眞的是皇帝嗎？你們誰能看見？告訴我！」

「我們都沒有了眼睛。」保羅說，「他們同樣取走了我的眼睛，但沒有取走我的幻象。我能看見你站在那兒，左邊伸手可及的地方是一堵髒兮兮的牆。勇敢些，等待。史帝加會來的，而且帶著我們的朋友們。」

附近響起撲翼機的噗噗聲，愈來愈響。還有急促的腳步聲。保羅看見他的朋友們來了，有意識地將他們的聲音和他在預知幻象中看到的他們的形象一一對應。

「史帝加！」保羅叫道。揮舞著一隻手臂，「在這兒！」

「感謝夏胡露。」史帝加叫道，朝保羅衝過來，「您沒有……」他突然沉默了。保羅的幻象向他顯示出，史帝加正一臉痛苦地盯著他的皇帝、也是他的朋友那雙被毀的眼睛，「哦，陛下。」史帝加呻吟著說，「友索……友索……友索……」

「熔岩彈的情況怎麼樣？」一個新來的人吼道。

「它的能量已經耗盡。」保羅抬高聲音說，手一指，「快去那兒，援救靠近爆炸中心的人。豎起路障。趕快行動！」他回過頭，對著史帝加。

「您看見我了，陛下？」史帝加迷惑不解地問，「您怎麼能看見呢？」

作爲回答，保羅伸出一根手指，碰了碰史帝加蒸餾服呼吸器之上的臉頰。他感覺到了上面的淚水，「你不必把這些水留給我，老朋友。」保羅說，「我還沒死呢。」

「可是您的眼睛！」

「他們可以弄瞎我的眼睛，卻弄不瞎我的幻象。」保羅說，「啊，史帝加。我生活在一個預示著世界毀滅的夢中。我走過的每一步都和這個夢相符，如此精確，我只擔心我會感到厭倦，因爲生活完全是夢境的重演。」

「友索，我不，我不……」

「用不著試圖理解它。接受它吧。我生活在這個世界以外的另一個世界。對我來說，這兩個世界完全一樣。我不需要別人的扶持。我能看見周圍的每一個動作，我能看見你臉上的每一個表情。我沒有眼睛，可是我看得見。」

史帝加使勁搖搖頭，「陛下，我們必須隱瞞您的不幸……」

「我們不必向任何人隱瞞。」保羅說。

「可是法律……」

「我們現在遵循的是亞崔迪家族的法律，史帝加。弗瑞曼人的法律規定將瞎子遺棄在沙漠裡，但這條法律只適用於瞎子。我不是瞎子。我的生活是一種重複，重複著善惡決戰的那一幕。我們生活在時代的轉捩點，一舉一動都將影響我們之後的無數世代，我們各有自己扮演的角色，讓我們演好自己的角色吧。」

史帝加沉默了。在這突如其來的寂靜中，保羅只聽到一個傷患被人扶著從自己身邊走過。「太可怕了。」傷患呻吟道，「那麼猛烈的火焰，鋪天蓋地。」

「不要把這些人遺棄在沙漠裡。」保羅說，「你聽到了嗎，史帝加？」

「聽到了，陛下。」

「給他們全部裝上新眼睛，費用我來付。」

「是，陛下。」保羅聽出了史帝加聲音裡的敬畏，這才接著說：「我到撲翼機的指揮艙去。這兒你來負責。」

「是，陛下。」

保羅繞過史帝加，大踏步朝街那邊走去。他的幻象告訴了他周圍人們的每一個動作、腳下的每一片凸凹不平的土地、他遇到的每一張臉。他一邊走一邊發出命令，指著他的隨從，叫出他們的名字，召見重要的政府官員。他能感覺到人們的恐懼和害怕的低語。

「他的眼睛！」

「可是他在瞪著你，還叫出了你的名字！」

在指揮船上，他關閉了自己的遮罩場，走進駕駛艙，從一個目瞪口呆的通信官手裡拿過話筒，迅速發布了一連串命令，然後又猛地把話筒塞給通信官。保羅叫來了一名武器專家，此人是充滿熱情、才華橫溢的新生代之一，這批人只隱隱約約記得一點點兒時在穴地的生活。

「他們引爆了一顆熔岩彈。」保羅說。

短暫的沉默後，這人說：「我已經知道了，陛下。」

「你自然知道那意味著什麼。」

「熔岩彈的能量只可能是原子能。」

保羅點點頭，這人的腦子這會兒一定在急速飛轉。原子武器。立法會明令禁止使用這類武器，違禁者將遭到大家族的聯合剿殺。大家將拋棄古老的家族世仇，共同對付原子武器帶來的恐怖和威脅。

「製造這種東西不可能不留下任何蛛絲馬跡。」保羅說，「你要組織人手，攜帶合適的裝備，找到熔岩彈的製造地點。」

「我馬上去，陛下。」這人用驚恐的眼神看了保羅一眼，趕緊離開了。

「陛下，」通信官在他後面怯怯地說，「您的眼睛……」

保羅轉身走進撲翼機，將通訊裝置調到自己的頻段，「把加妮找來，」他命令道，「告訴她……告訴她我還活著，馬上就會和她見面。」

現在，各種力量都已經啓動了，保羅想。他在周圍濃重的汗味中聞到了恐懼。

※　※　※

他離開了阿麗亞，
離開那孕育天堂的子宮！神聖啊，神聖啊，神聖啊！
如火沙般凶惡的敵人聯合起來
對抗我們的主宰。
他能看見
即使沒有眼睛！
即使惡魔降下災禍！
神聖啊，神聖啊，神聖啊
這個難解的謎團，
他解開了
成為殉教的人！

——《穆哈迪之歌：月亮的墜落》

整整七天高熱輻射似的瘋狂騷動之後，皇宮總算平靜下來了。早晨的時候，人們開始出來走動，聚在一塊兒竊竊私語，步履又輕又慢。也有人跑來跑去，樣子非常奇怪：踮著腳尖，步子卻急匆匆像逃命一般。一支警衛部隊從前院進來，引起一片疑惑不解的表情。這些新來者響亮的腳步聲、四下布防的動靜、武器的聲音，無不引得大家緊皺眉頭。但沒過多久，新來者也感染了這裡鬼鬼祟祟的氣氛，開始躡手躡腳起來。

熔岩彈仍然是人們議論不休的話題。「他說，那種火焰是藍綠色的，還帶著一股地獄的氣味。」

「愛爾帕是個傻瓜！他說寧願自殺也不要特雷亞拉克斯人的眼睛。」

「我不想談論眼睛的事。」

「穆哈迪從我身邊走過的時候叫出了我的名字！」

「沒有眼睛他怎麼看見的？」

「大家正打算離開這兒，你聽說了嗎？人人都覺得害怕。耐布們說要去梅克布穴地，召開一次大會。」

「他們對那個頌詞作者做了什麼？」

「我看見把他帶進了耐布們開會的房間。想想看，柯巴居然成了囚犯！」

加妮很早就起來了，是被皇宮的寂靜驚起的。她發現保羅正坐在自己旁邊，那雙沒有眼睛的眼窩盯著臥室牆壁的某個地方。熔岩彈對眼睛的特殊組織造成了巨大的傷害，被毀的肌肉只好挖去。針劑和外用油膏挽救了眼窩周圍生命力旺盛的肌肉，但她感到，輻射已經深入，其危害範圍已經不止於眼睛了。

她坐了起來，突然覺得餓得要命。她狼吞虎嚥地吃掉了擺在床邊的食物：香料麵包，一大塊乳酪。

保羅指指食物，「這方面，親愛的，實在是沒法子的事，相信我。」

直到現在，當那雙空空的眼窩對著加妮的時候，她還是禁不住有點害怕。她已經不指望聽懂他的解釋了。他那些話未免太奇怪了：「我接受了沙漠的洗禮，代價就是，我喪失了我的信仰。現在誰還做信仰這種生意？誰會買，誰又會賣？」

這些話到底是什麼意思？

他慷慨地為所有和他同遭不幸的士兵買了特雷亞拉克斯人的眼睛，但他自己卻不用，甚至拒絕考慮。

加妮吃飽了，從床上溜下來，瞥了一眼身後的保羅。他的模樣很疲憊，嘴唇閉得緊緊的，深色的頭髮一根根豎著，凌亂不堪，顯然沒睡好覺，表情陰鬱而冷淡。對他來說，睡眠似乎沒起到恢復體力的作用。她轉過臉，悄聲說：「親愛的……親愛的……」他伸出手，把她重新拉上床，吻著她的臉頰。「快了，就要回到我們的沙漠了。」他悄聲道，「只要把這兒的幾件事辦完就行。」

她為他話裡的決絕之意顫慄不已。

他把她緊緊抱在懷裡，呢喃道：「不要怕我，我的塞哈亞。忘掉種種神祕，接受我的愛吧。愛不神祕，它來自生活。妳沒有感覺到嗎？」

「我感覺到了。」

她一隻手掌按在他的胸膛上，數著他的心跳。他的愛喚醒了她內心的弗瑞曼靈魂，讓它奔騰不止，洶湧澎湃，狂野不羈。它無比的力量吞沒了她。

「我許諾妳一件事，親愛的。」他說，「我們的孩子將統治一個無比輝煌、無比偉大的帝國，跟這個帝國相比，我的帝國將不值一提。」

「可是我們只能擁有現在！」她反駁道，竭力壓下一聲無淚的嗚咽，「還有……我覺得我們的時間……不多了。」

「我們永遠在一起，我們擁有永恆，親愛的。」

「你或許會擁有永恆，可是我只有現在。」

「現在就是永遠。」他拍了拍她的前額。

她緊緊靠著他，嘴唇吻著他的脖子。壓力影響了子宮裡的胎兒。她感到它在踢她。

保羅也感到了。他把手放在她的肚腹上，說：「啊哈，宇宙的小統治者，再耐心等等，你的時間就要到了。可是現在的時間是屬於我的。」

提起她肚子裡的孩子時，他爲什麼總用單數？難道醫生沒有告訴他嗎？她搜尋著自己的記憶，驚奇地發現他們之間從未談到過這個問題。但他一定知道她懷的是雙胞胎。她猶豫著想把這個問題提出來。他一定知道，他什麼都知道，他知道她的一切。他的手，他的嘴……他渾身上下都知道她。

隔了一會兒，她說：「是的，親愛的，現在就是永遠……現在就是現實。」她緊緊閉上眼睛，以免看到他那雙黑洞洞的眼窩，使她的靈魂從天堂被推到地獄。無論他如何用神奇的異術詮釋他們的生活，他的肌膚都是眞實的，他的愛撫也是眞實的。

起床穿衣，迎接新的一天時，她說：「要是人民知道你心中的這種愛……」

但他的情緒已經變了。「政治不能以愛爲基礎。」他說，「人民不關心愛；愛這種東西太難以捉摸、太無序了，他們更喜歡專制。太多的自由會滋生混亂。我們不能混亂，對嗎？而專制不可能打扮成充滿愛的樣子。」

「但你不是個專制君主啊！」她抗議道，一邊繫著自己的頭巾，「你的法律是公正的。」

「啊，法律。」他說。他走到窗前，拉開簾幕，好像能看見外面似的，「什麼是法律？控制嗎？法律過濾了混亂，濾下來的又是什麼？祥和？法律既是我們的最高理想，又是我們最根本的天性。法律經不起細看，認眞琢磨的話，你會發現它只不過是一套理性化的闡釋，合法的詭辯，一些方便人們運用的先例。對，還有祥和，但那不過是死亡的代名詞而已。」

加妮的嘴抿成了一條線。她不否認他的智慧和聰敏，可是他的語氣嚇壞了她。他在攻擊自己，她能感受到他內心的矛盾痛苦。他彷彿正將一句弗瑞曼格言應用到自己身上：永不寬恕——永不忘卻。

她走到他身邊，視線越過他朝外望去。白天正在蓄積熱量，將北風從高緯度地區吸引過來。風在天空上塗抹著一片片赭色羽毛般的雲朵，隔出一條條透明天空，讓它的樣子愈來愈詭異，不斷變換著金色和紅色。高空中冷冷的狂風捲著塵沙，撲打遮罩牆山。

保羅感到身旁加妮溫暖的身體。他暫時在自己的幻象上拉下一道遺忘的簾子。他想就這樣站著，閉上眼睛。儘管如此，時間卻不會因爲他而停止。腦海中一片黑暗——沒有星星，也沒有眼淚。他的痛苦融化了所有感情，只剩下唯一的一種：驚訝。他的痛苦煩惱消融了所有實體，最後只剩驚訝，整個宇宙也被壓縮成聲響。他的感官消失了，一切只能依靠他的聽覺，只有當他觸摸到什麼物體的時候，可感知的宇宙才重新回到他的身邊：簾幕，還有加妮的手……他發現自己正仔細聆聽加妮的呼吸。

世間存在能給人帶來不安全感的東西，可是當這種東西還僅僅是一種可能時，這種不安全感又從何提起呢？他問自己。他的大腦裡堆積著太多支離破碎的記憶，每一個現實的瞬間都同時存在著無數投影，存在著大量已經注定不可能實現的可能性。身體內部看不見的自我記住了這些虛假的過去，它們帶來的沉重負荷時時威脅著要淹沒現在。

加妮倚在他的手臂上。

她的撫觸使他感受到了自己的身體：在時間的漩渦中沉浮的軀殼，還有無數瞥見永恆的記憶。窺見永恆就是暴露在永恆的反復無常之下，被無數個維度擠壓著。預知似乎能讓你超凡入聖，但它也在索求代價：對你來說，過去和未來發生在同一時刻。

幻象再次從黑暗的深淵中冒了出來，抓住了他。它是他的眼睛，引導著他身體的動作，指引他進入下一個瞬間、下一個小時、下一天……直到讓感覺自己早已經歷過未來的一切！

「我們該出去了。」加妮說，「國務會議……」

「阿麗亞會代替我的。」

「她知道該怎麼做嗎？」

「她知道。」

一隊衛兵衝進阿麗亞住所下面的閱兵場，開始了她新的一天。她朝下看了一眼，那是一幅瘋狂混亂的景象：人們在大喊大叫，吵嚷著威嚇的言詞。她最後終於明白了他們在做什麼，因為她認出了那個囚犯：柯巴，那個頌詞作者。

她開始梳洗，不時走到窗邊去看看下面的情況怎麼樣了。她的視線不斷落到柯巴身上，竭力將此時的這個人與第三次阿拉肯戰爭中，那位滿臉大鬍子的剽悍指揮官聯繫在一起。但這是不可能的。現在的柯巴已經變成了一個衣飾雅致的漂亮人物，穿著一件剪裁精緻的帕拉圖絲質長袍。長袍一直敞開到腰間，露出洗熨整潔、漂亮精緻的輪狀皺領和鑲有滾邊、綴著綠色寶石的襯衣。一條紫色腰帶束在腰部。長袍肩部以下的深綠色衣袖精心剪裁成一段段皺摺。

幾個耐布來了，看他們的弗瑞曼同胞受到的待遇是否公正。他們的到來引起一陣喧囂。柯巴激動起來，開始大喊自己是無辜的。阿麗亞的目光掃視著這一張張弗瑞曼人的面孔，試圖回想起這些人過去的模樣。但現在遮蔽了過去。這些人已經全部變成了享樂主義者，享受著大多數人難以想像的種種愉悅。

她發現，這些人時時不安地朝一扇門口掃去，門裡就是他們即將召開會議的地方。穆哈迪的事一直在他們心中縈繞不去：失明，卻又能夠看見。這件事再一次顯示了他的神力。根據他們的法律，盲人應該遺棄在沙漠裡，將他身體內的水分交給夏胡露。可是，沒有眼睛的穆哈迪卻偏偏能看見。另外，他們也不喜歡這些建築，在這種房子裡面，他們覺得自己脆弱不堪，隨時可能遭到攻擊。如果有一個合適的岩洞，他們或許能放鬆些——但不是在這兒，和等在裡面的這個沒有眼睛卻能看見一切的穆哈迪在一起，他們無論如何也產生不了安全感。

她轉身朝下面走，準備參加會議，就在這時，她看到了被她放在門邊桌子上的一封信：母親最近一封來信。儘管卡拉丹星球因為是保羅的出生地而備受尊敬，可是潔西嘉夫人仍然拒絕使該星球成為眾人的朝聖之地。

「無疑，我的兒子是一個劃時代的人物。」她寫道，「可是我不想使這一點成為暴民們入侵的藉口。」

阿麗亞摸了摸這封信，產生了一種奇特的感覺，彷彿在與母親互動。這張紙曾經放在母親的手中。信，眞是古老的通訊形式，但卻有一種任何錄製品無法取代的私人意味。這封信是用亞崔迪家族的戰時密碼寫的，其保密性幾乎萬無一失。

和以往一樣，一想到母親，阿麗亞的內心便是一片混沌。香料的調換作用混淆了母親和女兒的靈魂，使她不時把保羅想成是自己生養的兒子，把父親想成自己的愛侶。無數可能的人和物宛如幽靈幻影，在她的頭腦裡狂舞。阿麗亞一邊走下坡道，一邊回想著這封信的內容。她那些勇猛的女衛兵正在接待室裡等著她。

「你們製造了一個致命的悖論。」潔西嘉寫道，「政府不能既是宗教，同時又獨斷專行。宗教體驗有自發性，法律卻要壓制這種自發性。而沒有法律，政府就無法統治。你們的法律最終注定會取代道德，取代良心，甚至取代你們認為可以用於統治的宗教。宗教儀式一定來源於對神明的讚美和渴望，並且從中淬鍊出道德感。而另一方面，政府是一個世俗組織，疑慮、問題和爭執是它不可避免的成分。我相信總有一天，儀式會取代信仰，象徵符號會取代道德。」

接待室傳來香料咖啡的味道。見她進來，四名身穿綠色值班長袍的衛兵轉身立正敬禮。她們跟在她身後一步遠的地方，堅定有力的步伐中透出青春的力量，警惕的眼睛搜索著麻煩的跡象。她們臉上的表情不是敬畏，而是狂熱，渾身上下透露出弗瑞曼人的暴力本性：即使隨意殺人也沒有半分內疚之感。

在這方面，我是一個異類，阿麗亞想。即使沒有殺人的嗜好，亞崔迪家族的聲名也已經夠糟糕的了。

她下樓的消息已經傳出去了。當她走進下面大廳的時候，一個等在那兒的聽差飛奔出去，召集外面的衛隊。大廳沒有窗戶，非常幽暗，僅靠幾盞燈光微弱的懸浮球燈照明。房間盡頭通往閱兵場的門猛地打開，一束耀眼的日光射了進來。陽光中，一隊士兵押著柯巴走進視野。

「史帝加在哪兒？」阿麗亞問道。

「已經在裡面了。」一個女衛兵說。

阿麗亞領頭走進氣度不凡的會議室。這是皇宮裡幾間用以炫耀的接見大廳之一。大廳一面是高高的樓座，放著一排排軟椅。樓座對面是被橘紅色簾幕遮住的落地長窗，只有一扇沒被遮住，明亮的陽光從這裡潑灑進來。窗外是一片寬敞的空地，有一個花園，還有噴泉。在她右邊快到房間盡頭的地方立著一個講台，上面孤零零放著一張巨大的座椅。

阿麗亞朝椅子走去，眼睛來回掃視了一下，看到樓座上擠滿了耐布。

樓座下的空地上擠滿皇室衛兵，史帝加在他們中間走來走去，不時輕聲說句話，發布一句命令，完全沒有看見阿麗亞進來了的表示。

柯巴被帶了進來，坐在一張低矮的桌子旁。桌子在講台下面，桌旁的地板上放著座墊。儘管衣飾華麗，頌詞作者現在卻只是一個陰鬱而倦怠的老人，蜷縮在用來抵禦屋外寒風的長袍裡。兩個押解衛兵站在他身後。

阿麗亞坐下，史帝加也來到講台邊。

「穆哈迪在哪兒？」他問。

「我哥哥委派我以聖母的身分主持會議。」阿麗亞說。

聽到這話，樓座裡的耐布開始高聲抗議。

「安靜！」阿麗亞命令道。突如其來的寂靜中，她說，「當事件重大、生死攸關時，可以由聖母主持會議。弗瑞曼法律難道不是這樣說的嗎？」

她的聲音迴盪在會場裡，耐布們徹底安靜了。可是阿麗亞憤怒的目光仍舊注視著那一排排臉龐。她在心裡默默記下他們的名字，準備在國務會議上談談這些人：霍巴斯、雷傑芬雷、塔斯敏、薩傑德、尤布、勒格……這些名字都跟沙丘星的某個部分相關：尤布穴地、塔斯敏水槽、霍巴斯隘口……

她把視線轉向柯巴。

柯巴發現她望著自己，於是抬起頭，說：「我抗議，我是無辜的。」

「史帝加，宣讀起訴書。」阿麗亞說。

史帝加取出一個棕色的香料紙卷軸，向前跨了一步。他開始宣讀，聲音鄭重莊嚴，起訴的字句斬釘截鐵，充滿正義：

「……和反叛者密謀毀滅我們的皇帝陛下；祕密會見帝國的各種反叛勢力……」

柯巴不斷搖頭，臉上帶著痛苦而憤怒的表情。

阿麗亞凝神靜氣地聽著，下巴支在左拳頭上，頭也歪向左邊，另一隻手臂搭在椅子扶手上。她不再關心接下來的程序，心中的不安感已經壓倒了程序、儀式方面的事。

「……古老的傳統……支撐著軍團和各處的弗瑞曼人……根據法律，用暴力對付暴力……帝國臣民至尊無上的統治者……剝奪你的一切權利……」

一派胡言亂語，她想。胡言亂語！一切都是——胡言亂語……胡言亂語……胡言亂語……

史帝加已經接近尾聲：「因此，特此提交該案件，以供裁決。」

接下來是一片沉默，然後，柯巴向前一傾身，雙手緊緊抓住膝蓋，青筋暴露的脖子向上伸直，全身像準備跳躍似的。他開始說話，從他的牙齒之間，能看到他舌頭的動作。

「沒有任何證言和事實證明我背叛了我的弗瑞曼誓約！我要求與我的原告當面對質！」

簡單而有力的反駁，阿麗亞想。

她看得出來，這句話對耐布們產生了很大影響。他們瞭解柯巴，他是他們中的一員。爲了成爲耐布，他早已證明自己兼具弗瑞曼人的勇氣和謹愼。柯巴，不是最傑出，但是可靠；其能力也許不足以指導戰爭，但卻完全可以充任後勤官員；不是一個振臂一呼應者雲集的人，卻擁有古老的弗瑞曼美德：部族利益置上。

從保羅口中，她知道了奧塞姆臨終時說的那些痛心疾首的話。此時，這些話在阿麗亞腦海中閃過。她看了看樓座。這些人中，每一個都可能將心比心，將自己置於柯巴所處的位置——其中有些確實大有成爲階下囚的可能。就算是完全清白的耐布，也和那些不那麼清白的耐布同樣危險。

柯巴也感覺到了耐布們的情緒。「誰指控我？」他質問道，「我是弗瑞曼人，有權知道我的原告是誰。」

「也許是你指控你自己。」阿麗亞說。

柯巴一時不及掩飾，臉上霎時露出了驚恐的神情。對於神祕未知事物的驚恐。每個人都讀到了他臉上的表情，也明白其原因：阿麗亞竟然親自指控，也就是說，她利用自己的神力，從汝赫世界，那個與現實世界平行的神祕世界中得到了證據。

「我們的敵人中有弗瑞曼人加盟。」阿麗亞繼續道，「捕水器被破壞了，露天水渠被炸毀了，作物被毒死了，還發生了盜搶蓄水的事件……」

「現在——他們還從沙漠中偷了一條沙蟲，把牠帶到了另一顆星球！」

在場的人十分熟悉這個突如其來的聲音——穆哈迪。保羅從大廳門口走了進來，衛兵們紛紛讓出路來。他走到阿麗亞旁邊。加妮陪著他，但並不參與爭論。

「陛下。」史帝加說，不忍心看保羅的臉。

保羅空空的眼窩對準樓座方向，然後轉向柯巴，「怎麼了，柯巴？不說點頌詞了？」

樓座裡響起一片交頭接耳聲，愈來愈響，能斷斷續續地聽出隻言片語：「……對瞎子的法律……弗瑞曼傳統……遺棄在沙漠裡……誰破壞……」

「誰說我是瞎子？」保羅問道。他把臉轉向樓座，「你，雷傑芬雷？我看見你今天穿了件金色的長袍，裡面是藍色的襯衣，還沾有街上的灰塵。你總是不愛乾淨。」

雷傑芬雷伸出三根手指，做了個抵擋邪魔的手勢。

「把那幾根手指頭對準你自己吧！」保羅喝道，「我們知道邪惡在哪兒！」他又轉向柯巴，「你臉上有犯罪的表情，柯巴。」

「不是我的罪過！我也許和罪案有聯繫，可是沒有……」聲音突然中斷，他恐懼地朝樓座方向望去。

在保羅的暗示下，阿麗亞站起身來，從講台走了下來，走到柯巴桌邊，離他不足一公尺，默默地逼視著他。

柯巴在眼神的重壓下退縮了。他開始坐立不安起來，朝樓座那兒投去焦慮的一瞥。

「你在那兒找誰？」保羅問。

「你看不見！」柯巴衝口而出。

保羅強忍住一瞬間湧出的對柯巴的憐憫之情。自己的幻象緊緊抓住了這個人，就像抓住現實的一個個瞬間。他與罪案有關，但僅此而已。

「我不用眼睛也能看見你。」保羅說。他開始描述柯巴，描述他的每一個動作，每一陣痙攣，投向樓座的每一個驚恐、懇求的眼神。

柯巴絕望了。

阿麗亞觀察著他，知道他隨時可能崩潰。樓座裡的某個人一定同樣知道他是多麼接近崩潰的邊緣，她想。是誰呢？她一個個琢磨著那些耐布們的臉，在這些戴著面具似的臉上尋找洩漏眞相的任何細微的表情變化：憤怒……恐懼……半信半疑……犯罪感。

保羅不說話了。

柯巴竭力裝出傲慢的神情，但效果不佳。「誰指控我？」

「奧塞姆指控你。」阿麗亞說。

「可是奧塞姆已經死了！」柯巴抗議道。

「你是怎麼知道的？」保羅問，「你的間諜系統告訴你的嗎？哦，沒錯！我們知道你的間諜和情報員，我們也知道把熔岩彈從塔拉赫爾星帶到這裡的人是誰。」

「那是爲了保護奇扎拉教團！」柯巴脫口而出。

「那麼，它怎麼會落入反叛者手中呢？」保羅問。

「它被偷了，而且我們……」柯巴沉默了，嚥下了想說的話。目光忽左忽右，閃爍不定，「人人都知道，我一直是穆哈迪的聲音，爲他傳遞仁愛。」他瞪著樓座，「死人怎能指控一個弗瑞曼人？」

「奧塞姆的聲音並沒有死。」阿麗亞道。保羅輕輕碰了碰她的手臂，她立即住嘴了。

「奧塞姆把他的聲音交給了我們。」保羅說，「它指出了密謀者的名字、背信棄義的種種行爲，還有密謀的地點和時間。柯巴，你發現耐布委員會裡少了幾張熟悉的臉，對嗎？梅柯爾和菲西在哪兒？跛腳柯克今天不在。還有泰金，他在哪兒？」

柯巴連連搖頭。

「他們已經帶著偷來的沙蟲從阿拉吉斯上逃走了。」保羅說，「就算我放了你，夏胡露也會因爲你參與此事而懲罰你，取走你身上的水。我還是乾脆放了你吧，柯巴，如何？想想那些失去眼睛的戰士。他們不像我，沒有眼睛也能看見世界。他們有家人、有朋友，柯巴。你能躲得掉他們嗎？」

「這是一次意外。」柯巴爭辯道，「再說，他們反正可以從特雷亞拉克斯人那兒……」他又一次泄了氣。

「誰知道那些金屬眼睛會帶來什麼束縛？」保羅問。

樓座上的耐布們開始互相交換眼色，手遮住嘴巴竊竊私語。他們現在盯著柯巴的眼神已經變得冷若冰霜。

「爲了保護奇扎拉教團。」保羅喃喃地說，話鋒一轉，回到柯巴的辯解上，「這樣一種武器，它或者毀掉一顆行星，或者製造J射線弄瞎靠近它的人的眼睛。柯巴，這種威力，你居然會把它看成一種防禦武器？奇扎拉教團非得把身邊所有人的眼睛弄瞎才感到安全嗎？」

「是出於好奇，陛下。」柯巴辯解道，「我們知道古老的法律規定只有各大家族才能擁有原子武器，可是奇扎拉教團服從了……服從了……」

「服從了你。」保羅說，「好奇？哼！」

「即使是原告的聲音，您也必須讓我親耳聽到！」柯巴說，「這是弗瑞曼人的權利。」

「他說的是事實，陛下。」史帝加說。

阿麗亞狠狠瞪了史帝加一眼。

「法律就是法律。」史帝加說。他察覺了阿麗亞的不滿，於是開始引述弗瑞曼法律，時時雜以自己的看法。

阿麗亞有一種奇怪的感覺：不等史帝加的話說出口，她就聽到了。他怎麼會這麼容易上當受騙？史帝加從來沒有像現在這樣，官氣十足，態度保守，也從來沒有如此拘泥於古老的弗瑞曼法典。只見他下巴凸出，一副好鬥的神情，嘴巴猛烈蠕動著。平時的史帝加已經不復存在，只剩下誇誇其談。他怎麼會這樣？

「柯巴是弗瑞曼人，因此，必須根據弗瑞曼法律進行判決。」史帝加總結道。

阿麗亞轉身望著窗外，花園上空的雲朵將陰影投到房間的牆壁上。沮喪壓倒了她。他們已經在這件事情上耗了一上午，可是瞧瞧結果吧。柯巴已經放鬆下來。頌詞作者擺出一副受到不公正指控的態度，一副他做的每一件事都是爲了表達對穆哈迪的愛的無辜姿態。她瞥了一眼柯巴，不由得吃了一驚：他臉上的表情中混雜著狡詐和自大。

對他來說，史帝加的發言簡直相當於一個訊息，她想。他已經聽到了朋友的叫喊：「堅持住！援兵就要到了！」

曾幾何時，這事還彷彿牢牢處於他們的掌控之下。來自侏儒的資訊、密謀的線索、舉報者的名字，這些情況全在他們手中。但他們沒有把握住最關鍵的一刻。史帝加？肯定不是史帝加。她轉過身，瞪著這個老弗瑞曼人。

史帝加毫不畏怯地迎著她的目光。

「謝謝你提醒我們注意法律條文，史帝加。」保羅說。

史帝加低頭致敬。他靠近了些，用只有保羅和阿麗亞才能讀懂的啞語道：交給我吧，我先把他榨乾，然後再說。保羅點點頭，朝柯巴後面的衛兵做了個手勢。

「把柯巴帶到安全措施最嚴密的牢房去。」保羅說，「除了辯護律師以外，不許其他人探視。我指派史帝加做你的辯護律師。」

「我要自己選擇辯護律師！」柯巴大叫道。

保羅猛地轉過身來，「你否認史帝加的公正和判斷力？」

「哦，不，陛下，可是……」

「把他帶走！」保羅喝道。

衛兵把柯巴從座墊上扯了起來，押著他出去了。

耐布們又是一陣竊竊私語，然後開始離開樓座。侍衛們也從樓座下方走到窗戶邊，拉下橘紅色的簾幕。房間裡頓時充滿幽暗的橘紅色陰影。

「保羅。」阿麗亞說。

「除非到了能夠對暴力手段運用得當的時候，」保羅說，「我們不應該輕易使用這種手段。謝謝你，史帝加；你的戲演得很好。阿麗亞，我已經明確辨認出了那些和柯巴一夥的耐布。他們不可能不暴露一點蛛絲馬跡。」

「這一套，你們倆事先商量好的？」阿麗亞問道。

「即使我宣布立即處死柯巴，耐布們也會理解的。」保羅說，「不過，這種正式審訊程序，卻沒有嚴格遵循弗瑞曼法律……他們會覺得自己的權利受到了威脅。有哪些耐布支援他，阿麗亞？」

「肯定有雷傑芬雷。」她說，聲音壓得很低，「還有薩傑德，可是……」

「給史帝加一份完整的名單。」保羅說。

阿麗亞只覺得喉嚨發乾，不由得吞了口口水。此時，她和其他人一樣，對保羅產生了一種深深的畏懼。保羅沒有眼睛，卻能活動自如，這其中的原理她當然明白，但高明到這種程度，仍然使她不由得有些膽寒。在自己的幻象中看到了他們的模樣、形體！她感到自己的形象在他的預言幻象中閃爍，幻象與現實吻合得分毫不差，但這種契合完全取決於他的一言一行，言行稍有偏差，既定的未來就會改變。藉由幻象，他牢牢地掌握著所有人和事！

「您的早朝接見時間早就到了，陛下。」史帝加說，「許多人……覺得好奇……害怕……」

「你害怕嗎，史帝加？」

聲音很低，幾乎無法聽清：「是的。」

「你是我的朋友，沒有必要怕我。」保羅說。

史帝加吞了口口水，「是的，陛下。」

「阿麗亞，讓早朝的人進來。」保羅說，「史帝加，發信號通知他們。」

史帝加遵旨行事。

大門口頓時一片騷亂。衛兵們死命攔住擠在暗角裡的覲見者，爲官員們隔出一條通道；皇家衛兵推擋著千方百計想擠進來的陳情者，而身穿華麗長袍的陳情者們叫嚷著、咒罵著，手裡晃動著他們收到的邀請單；衛兵們清理出來的通道上，執事大踏步走在官員們的前面。他手裡拿著享有優先待遇人員的名單，這些人被允許接近皇帝。該執事是一個名叫泰克魯布的弗瑞曼人，瘦長結實，臉上一副玩世不恭的表情，臉上蓄著一臉絡腮鬍，神氣活現地晃動著那顆頭髮修剪得整整齊齊的腦袋。

阿麗亞走上去擋住他，讓保羅有時間帶著加妮從高台後面的私人通道迅速離開。泰克魯布窺探著保羅的背影，這種神情讓阿麗亞頓時湧起一股不信任之感。

「今天由我代表我哥哥。」她說，「每次只能來一個陳情者。」

「是，夫人。」他轉身安排後面的人群。

「我記得，從前的時候，妳絕不會誤解妳哥哥的意思。」史帝加說。

「我當時心煩意亂。」她說，「但你不是也變了嗎，史帝加？而且是戲劇性的巨大變化。」

史帝加大吃一驚，身體一挺。一個人總會有些改變，那是自然的。可是戲劇性的變化？這一點，他自己從來沒想過。戲劇化這個詞只適用於那些來自外星，品德和忠誠度都靠不住的演藝人員。戲劇是帝國的敵人用來煽動浮躁的老百姓的把戲。還有柯巴，拋棄了弗瑞曼品德，把戲劇那一套用在奇扎拉教團上。他會為這個送命的。

「這句話有點尖刻呀。」史帝加說，「妳不信任我了嗎？」

他聲音裡的憂傷使她的表情緩和下來，但語調沒變，「你也知道，我不是不信任你。我哥哥向來認為，無論什麼事，只要交到史帝加手裡，就可以徹底放心了。這方面，我一直完全贊同我哥哥。」

「那妳為什麼說我……變了？」

「你準備違抗我哥哥的命令。」她說，「我看得出來。我只希望不要因此毀了你們兩個人。」

第一批覲見者、陳情者來了。沒等史帝加回答，她已經轉過身去。她看到了他的表情，也知道他的感受。從母親的信上，她讀到了同樣的感受——用法律取代道德和良知。

「你們製造了一個致命的悖論。」

※　※　※

蒂貝納是蘇格拉底基督教哲學的辯護者，很可能是安布斯四號星上的土著，生活在柯瑞諾家族之前的八到九世紀之間，戴拉瑪克皇朝的第二代時期。他的著作只有一部分留存至今，下面的話就出自他的著述：「每個人的內心都同樣荒蕪。」

——摘自伊如蘭《沙丘論》

「你就是比加斯。」死靈說，跨進監禁侏儒的小房間，「我叫海特。」

和海特一起進來的還有一隊換崗值夜班的皇家衛兵。穿過外面的院子時，落日的風捲起沙塵，吹打在他們臉頰上，讓他們眼睛直眨，腳下加快了腳步。能聽見他們在外面過道裡互相開玩笑的聲音，還有進行交接儀式時的動靜。

「你不是海特。」侏儒說，「你是鄧肯·艾德荷。他們把你的屍體放進箱子的時候，我正好在那兒；他們把它抬出來，啓動並訓練它的時候，我也在那兒。」

死靈突然感到一陣口乾舌燥，吞了口口水。懸浮球燈的光本來是黃色，但屋裡掛著綠色的簾幕，襯得黃色減了幾分。明亮的燈光照亮了侏儒前額上一粒粒豆大的汗珠，讓比加斯看起來十分古怪，像一隻胡亂拼湊起來的生物，特雷亞拉克斯人製造他的意圖呼之欲出，似乎已經無法被皮膚罩住。怯懦、輕薄的面具之下，這個侏儒隱藏著某種力量。

「穆哈迪派我來問你，特雷亞拉克斯人把你送到這兒來的目的是什麼。」海特說。

「特雷亞拉克斯人，特雷亞拉克斯人。」比加斯念叨道，「我就是特雷亞拉克斯人，你這個笨蛋！說到這個，你不也是特雷亞拉克斯人嗎？」

海特瞪著侏儒。這個比加斯，眞是機敏過人，不由得使人聯想起古代的先哲們。

「你聽見外面的衛兵沒有？」海特問，「只要我發出命令，他們會立即絞死你。」

「咳！咳！」比加斯叫道，「眞是的，你變成了這麼一個冷酷無情的蠢材。絞死我？你不是剛說你來是爲了知道眞相嗎？」

海特發現自己不喜歡侏儒那種鎭定自若的表情，彷彿他知道什麼大祕密似的。「也許我只是想知道未來會怎麼樣。」他說。

「說得眞妙。」比加斯說，「現在我們相互瞭解了。兩個賊碰面時不需要介紹，各自心照不宣。」

「這麼說，我們都是賊。」海特說，「我們要偷什麼東西？」

「不是賊，是骰子。」比加斯說，「你來這兒想看看我是幾點。反過來，我也想瞧瞧你的。可是你卻戴上了面具。看啊！這人有兩張臉！」

「你眞的親眼看見我被放進特雷亞拉克斯人的箱子裡？」海特問，其實他非常不願意問這樣的問題。

「我不是說過了嗎？」比加斯問道。侏儒跳了起來，「我們當時和你鬥得很激烈。你的肉體不想活過來。」

海特突然感到自己彷彿身處幻夢之中，被別人的意識控制著。他或許應該暫時忘掉這一點，任憑別人的意識圍繞自己。

比加斯狡黠地把頭朝旁邊一歪，圍著死靈踱步，不時抬頭看他。「激動好啊，激動起來，你身體內部的潛藏模式才會啓動。」比加斯說，「你呀，你是一個不想知道自己在追蹤什麼的追蹤者。」

「而你是一把瞄準穆哈迪的武器，對嗎？」海特說，隨著侏儒轉動身體，「你到底想做什麼？」

「什麼也不做！」比加斯說，停了下來，「你泛泛而問，我就泛泛而答。」

「這麼說你是衝著阿麗亞來的。」海特說，「她是你的目標嗎？」

「在外星球，他們管她叫霍特，就是魚怪。」比加斯說，「一說起她你就熱血沸騰了。這是怎麼回事？」

「唔，他們叫她霍特。」死靈說，同時琢磨著比加斯的表情，想知道他究竟有什麼意圖。侏儒用這種方式回答他的問題，這可眞奇怪。

「她是處女，同時又是個娼婦；」比加斯說，「她沒有教養但機智詼諧，見識高明得讓人害怕；最仁慈的時候卻偏偏能做出最冷酷的事；心計極深，有的時候做起事來卻不假思索；想建設點兒什麼的時候，破壞性卻像季風沙暴一樣強。」

「原來你到這兒來是爲了痛斥阿麗亞。」海特說。

「痛斥阿麗亞？」比加斯一屁股坐到牆邊的一個座墊上，「我來到這裡，因爲我被她的美貌迷住了。」他咧開嘴，笑了，那張大鼻子大嘴的臉上，表情活像只蜥蜴。

「攻擊阿麗亞，相當於攻擊她哥哥。」海特說。

「這一點明擺著，明顯得人人都沒看見。」比加斯說，「實際上，皇帝和他妹妹就是背靠背的同一個人，半邊是男性，另外半邊是女性。」

「這種話我們聽過，沙漠最深處有些弗瑞曼人就這麼說。」海特說，「正是同一夥人重新開始向夏胡露獻上活人血祭的儀式。你怎麼也會嘮叨他們那套胡言亂語？」

「胡言亂語？好大的口氣。」比加斯問，「就憑你，一個又像人又像空殼的東西？啊哈，我忘了，骰子自己看不到自己的點數。而你的困惑更比其他人多了一倍，因爲你爲亞崔迪家族那個雙重人效勞。其實，你的頭腦已經接近了答案，而你的感官卻拒絕接受。」

「你在向看守們宣講這一套胡說八道，對嗎？」海特低聲問道。侏儒的話在他腦子裡翻騰著，攪得他頭都昏了。

「是他們向我宣講！」比加斯說，「他們還禱告神明保祐。爲什麼不呢？我們大家都該好好禱告禱告。畢竟，我們生活在宇宙中前所未有的最危險的造物所投下的陰影之中。」

「最危險的造物？」

「連他們的母親都拒絕和他們生活在同一顆星球上！」

「爲什麼你不直截了當地回答我的問題？」海特問，「要知道，我們大可以用別的方式拷問你。我們會得到答案的……不管用什麼手段。」

「但我已經回答了你！我告訴你了，沙漠深處的傳說是眞的，不是嗎？我是挾帶死亡的風暴嗎？不！我只是話語！振聾發聵的話語，像劃破沙漠上空陰沉天幕的閃電。我已經告訴你了：『把燈滅了，白晝來了！』你卻不斷地說：『給我一盞燈，讓我能找到白晝。』」

「跟我玩這一套，對你來說可有點危險啊。」海特說，「你是不是以爲我理解不了這些眞遜尼觀念？其實，你的意思和鳥兒在泥地裡留下的痕跡一樣清晰。」

比加斯咯咯地笑起來。

「你笑什麼？」海特問。

「我笑自己有牙齒卻又希望沒有。」笑聲中，比加斯好不容易才吐出這句話，「沒有牙齒的話，我就不會被你氣得咬牙切齒了。」

「既然現在我知道了你的目標，」海特說，「你就會把我當成你的另一個目標。」

「而且我已經擊中它了，正中靶心！」比加斯說，「你把自己弄成這麼大一個活靶子，想打不中都不可能呀。」他自顧自地點點頭，「現在，我要爲你唱首歌。」他哼了起來，一種哀痛、嘶啞而單調的旋律，一遍一遍地重複著。

海特僵住了，只覺體內湧起一股奇異的痛苦，沿著他的後脊來回滾動。他瞪著侏儒的臉，在那張衰老的面龐上看到了一雙年輕的眼睛。兩個太陽穴之間是一片密如網路般的淺色皺紋，這雙眼睛便在這個網路的正中央。好大一顆腦袋！那張大臉上的所有器官彷彿都以那雙噘起的嘴唇爲中心，而這雙嘴唇正吐出那個單調的聲音。聲音使海特想到了古代的儀式，想到民間代代相傳的記憶，想到古老的言詞和習俗。此刻正在發生某種生死攸關的大事：時間長河中，種種觀念翻騰起伏，爭鬥不休。侏儒的歌聲引出了某些年代久遠的觀念，像極遠處極亮的一點光，向這邊移動，愈來愈近，照亮了沿途無數世紀的生命。

「你在對我做什麼？」海特氣喘吁吁地說。

「你是一個樂器，而我則是被訓練來彈奏你的。」比加斯說，「我正在彈奏你。我把耐布中另外一些反叛者的名字告訴你吧。他們是拜克諾斯和卡胡伊特；還有迪傑蒂達，柯巴的祕書；阿布莫堅迪斯，邦耐傑的助手。就在這一刻，他們之中某個人或許正把一柄尖刀刺入你那位穆哈迪的胸膛。」海特搖著頭，發現自己說不出話來。

「我們就像兄弟。」比加斯又一次中斷那種單調的哼聲，道，「我們在同一個箱子裡長大。開始是我，然後是你。」

突然間，海特的金屬眼睛讓他感到一陣燒灼般的疼痛，讓他視線中的一切都蒙上了一層閃爍的紅色薄霧。除了這種讓他痛苦不堪的視力，他只覺得自己的其他所有感官都喪失了直接感受。他可以感受到外物，但感官與外物之間彷彿隔著一層薄薄的什麼東西，像輕飄飄的薄紗。對他來說，外界的一切都成了無意之中捲入的偶然事件，無可不無可，就連他自己的意志也只是某種說不清道不明、虛無縹緲的東西，死氣沉沉，只能起到辨識外物的作用。

絕望迸發出力量。感官之中僅存的視力穿透這層薄紗，精力高度集中，像一束熾烈的亮光，穿透了對面的比加斯。海特感到自己的眼睛可以透視侏儒：起初，他是一個受雇於人、聽命於人的智能生命；這一層面之下，是一個被貪婪所困的生物，欲望集中在那雙眼睛上——層層外殼漸次剝離，最後是一個受某種符號操縱的實體表象。

「我們是在戰場上。」比加斯說，「說出你的想法。」這個命令讓他重新找到了自己的聲音。海特說：「你不能強迫我殺害穆哈迪。」

「我曾經聽比吉斯特姐妹會說，」比加斯道，「宇宙中沒有穩固，沒有平衡，沒有持久——沒有任何東西可以一直保持自己的形態。每一天，有時是每一小時，都會造成變化。」

海特呆呆地搖晃著腦袋。

「你以爲那個愚蠢的皇帝就是我們搜尋的獵物。」比加斯說，「你對我們的特雷亞拉克斯主人理解得實在太膚淺了。宇航公會和比吉斯特姐妹會認爲我們創造的是藝術品，但實際上，我們創造的是工具。任何東西都可以成爲工具——貧窮、戰爭。戰爭很有用，因爲它能夠影響許多領域。它刺激社會的新陳代謝，它增強政府職能，它傳播基因種群。宇宙之中，再沒有什麼的生命力及得上戰爭。只有那些認識到戰爭的價值並且實踐它的人，才能擁有最大程度上的自由意志。」

海特用一種奇異、平板的聲音說：「奇特的思想發自你的口中，這些話幾乎使我相信宇宙是邪惡的，存在某種復仇之神。爲了創造你，他們付出了什麼樣的代價？你的經歷一定是個非常精彩的故事，無疑還會有個更加精彩的結束。」

「妙極了！」比加斯得意地大笑起來，「你在反駁我——這就是說，你還有意志力，正在行使自己的自由意志。」

「你想喚醒我身上的暴力。」海特喘息著說。

比加斯一搖頭，「喚醒，是的；暴力，不對。你自己也曾說過，你接受的訓練使你相信自己的意識。我的意識則是喚醒你身體裡的那個人，鄧肯．艾德荷。」

「我是海特！」

「你是鄧肯．艾德荷，卓絕的殺手，許多女人的情人，優秀的劍客。亞崔迪家族戰場上的指揮者。鄧肯．艾德荷。」

「過去不可能被喚醒。」

「不可能？」

「從來沒有成功的先例！」

「不錯。但我們的主人拒絕承認不可能。他們總能找到合適的工具，正確的應用方法，以及適當的途徑——」

「你隱藏了你的眞實意圖！你用這些言詞做掩護，可是這些話根本毫無意義！」

「你身體裡有一個鄧肯．艾德荷。」比加斯說，「它或者服從情感的召喚，或者服從冷靜的思索。但它終究會服從的。經過對過去的鄧肯．艾德荷的一系列壓抑、揚棄之後，新的艾德荷將漸漸凸顯出來。即使是現在，它一方面畏縮不前，同時卻躍躍欲試。某種東西一直存活在你的身體裡，意識必定會聚焦於它，而你也會服從它。」

「特雷亞拉克斯人以爲我還是他們的奴隸，但我——」

「安靜，奴隸！」比加斯用哀歌似的調子說道。

海特閉嘴了，一動不動地呆在那裡。

「這下我們總算說到正題了。」比加斯說，「我想你自己也感覺到了。這就是用來操縱你的口令……我想它們會管用的。」

海特感到汗珠從臉頰上一滴滴落下，胸部和手臂顫抖著，可是卻沒法挪動。

「有一天，」比加斯說，「皇帝會來找你。他會說：『她走了。』他的臉上將寫滿悲傷。他將把水交給死者，這兒的人用這種說法描述流淚。而你會用我的聲音說：『主人！哦，主人！』

海特的下頷和喉嚨繃得緊緊的，疼痛不已。他只能勉強扭動腦袋，來回搖晃著。

「你會說，『我從比加斯那兒帶來了一個口信。』」侏儒做了個鬼臉，「可憐的比加斯，他沒有思想……可憐的比加斯，一隻塞滿了資訊的圓桶，某種供別人使用的東西……敲比加斯一下，他就會發出聲音……」

他又做了個鬼臉，「你認爲我是一個僞君子，鄧肯．艾德荷。我不是！我也會悲傷。好了，時間到了，是用利劍代替言詞的時候了。」

海特打了個嗝。

比加斯咯咯笑了：「啊，謝謝你，鄧肯，謝謝你。身體的小反應把我們從這尷尬的一刻中拯救出來。只要告訴鄧肯，皇帝的血管中流著哈肯尼人的血，他就會聽命於我們。他會變成一台噴吐怒火的機器，變成一條上鉤的魚，聽從我們主人的吩咐，發出可愛的怒吼。」

海特眨巴著眼睛，覺得侏儒很像一隻機靈的小動物，一種聰明、惡毒的東西。亞崔迪人身上流著哈肯尼人的血？

「一想到『野獸拉賓』，那個邪惡的哈肯尼人，你的眼中便噴出了怒火。」比加斯說，「從這點來講，你眞像弗瑞曼人。好啊，好聽的言語不管用，但幸好手邊就是利劍，對嗎？想想哈肯尼人對你家人的折磨。告訴你，因爲母親的緣故，你那位寶貝保羅也是哈肯尼人！殺一個哈肯尼人，你不會覺得有問題吧，對不對？」

死靈只覺得心裡湧起一股既像痛苦又像沮喪的感情。這是憤怒嗎？可是自己爲什麼會憤怒？

「啊哈，」比加斯說，「啊哈，哈！咔嗒，鍵一按下去就有反應。需要讓你轉達的資訊還有呢：特雷亞拉克斯願意和你的寶貝保羅．亞崔迪做筆交易，我們的主人可以爲他復活他的心上人。給你一個妹妹——另一個死靈。」

海特突然覺得周圍的世界只剩下自己的心跳。

「一個死靈。」比加斯說，「它將擁有他愛人的肉體。她將替他生孩子，她將只愛他一人。如果他願意，我們甚至可以改進原身。讓一個人重新獲得已經失去的東西，這種機會可不多呀。這是一樁他求之不得的交易。」

比加斯點著頭，眼皮耷拉下來，好像疲倦了。然後說：「他會大受誘惑……趁他心煩意亂的時候，你將接近他。你將出其不意地給他狠狠一擊！兩個死靈，而不是一個——這就是主人要我們做的事！」侏儒清了清喉嚨，再次點點頭道，「說吧。」

「我不會這麼做。」海特說。

「但鄧肯．艾德荷會。」比加斯說，「別忘了，對那個哈肯尼家族的後裔來講，這將是他最脆弱的一刻。你還將建議改進他愛人的身體也許是一個永遠不停的心臟，或者更溫柔一些的情感。當你接近他的時候，你還要提出給他提供一個庇護所，一顆他選擇的星球，在遠離帝國的某個地方。想想吧！他親愛的人又回來了，不再有眼淚，還有個寧靜的地方度過餘生。」

「一大筆交易，但肯定代價高昂。」海特試探地說，「他會問價格的。」

「告訴他，必須公開聲明，表明自己並沒有什麼神力，同時公開譴責奇扎拉教團。他必須把他自己搞臭，還有他妹妹。」

「就這些?」海特問，發出一聲冷笑。

「不用說，他還必須放棄宇聯公司的股份。」

「不用說。」

「如果你還沒有接近到能發出致命一擊，你可以先聊聊特雷亞拉克斯人是多麼敬重他，他讓他們領會到了宗教的種種用處。你告訴他，特雷亞拉克斯人有一個專門的宗教設計部門，能針對不同需求設計不同的宗教。」

「多麼聰明的設計。」海特說。

「你覺得自己可以隨意譏刺我，違抗我的命令。」比加斯說。他再一次狡黠地一歪腦袋，「對嗎？得了，用不著否認……」

「他們把你製造得很好，小動物。」海特說。

「你也不錯。」侏儒說，「你還要告訴他抓緊時間。肉體會腐爛，她的肉體必須保存在冷凍箱裡。」

海特感到自己在奮力掙扎，但仍然陷入一片昏亂之中，周圍全是他辨認不出的東西。瞧侏儒的樣子，他是那麼有把握！特雷亞拉克斯人肯定在邏輯問題上出了某種紕漏。在製造死靈的過程中，他們預置了程式，讓他聽命於比加斯的聲音。可是爲什麼……清晰的推理，正確的推理，這二者是多麼容易混淆啊！特雷亞拉克斯人眞的在邏輯方面出問題了嗎？

比加斯微笑著，彷彿在傾聽某種別人聽不見的聲音。「現在，你將忘卻。」他說，「當時機來臨的時候才會記起一切。他將說：『她走了。』到那時，鄧肯·艾德荷將會覺醒。」

侏儒一拍手。

海特咕噥著，覺得自己似乎在想著什麼，但思路卻被打斷了……也許是一個句子被打斷了。是什麼句子呢？好像是有關什麼……目標的？

「你想迷惑我從而操縱我。」他說。

「你說什麼呀？」比加斯問。

「我就是你的目標，這一點你無法否認。」海特說。

「我並不想否認。」

「你想對我做什麼？」

「想表示我對你的好意，」比加斯說，「僅此而已。」

※　※　※

除非在極為特殊的情形下，預知力量無法長時間準確顯示出事件發生的連續性。預知力所抓住的只是事物發展的長鏈中一個個片段。而事物永遠處於不斷的變化之中，這一點始終影響著擁有預知力量的人，影響著他的追隨者，讓穆哈迪的臣民懷疑他的至高權威和神諭幻象，讓他們否認他的神力。

——《沙丘福音書》

海特看見阿麗亞走出神廟，穿過露天廣場。衛兵們挨得很近，臉上凶暴的表情掩飾了平日的優越感。

撲翼機翼上的日光反射信號器在下午明亮的陽光下閃閃發亮，機身上隱約可見皇家衛隊的穆哈迪之拳標誌。

海特把目光轉向阿麗亞。她看起來與這個城市是那麼不調合，他想，她應該在沙漠，那個廣闊而自由的地方。看著她走過來，他突然想起：阿麗亞只有微笑的時候才顯得憂傷。全是因爲那雙眼睛。他想起一件往事，栩栩如生，是她那次接見宇航公會大使的時候：高居於音樂、談話、長袍、軍裝的背景之上。當時，阿麗亞穿的是白色長袍，白得耀眼，代表著童貞女的高雅純潔。他從窗戶向下看，望著她穿過內庭花園，裡面有水池、噴泉、長著棕櫚葉的草地，還有一座白色的觀景樓。

全錯了……一切都錯了。她屬於沙漠。

海特粗聲呼了口氣。和上次一樣，阿麗亞離開了他的視線。他等著，拳頭捏緊又鬆開。和比加斯的會面使他感到煩亂不堪。

他聽到阿麗亞的隨從在屋子外面走動。她自己則已經進入了私宅區。他試圖集中注意力，想想她的哪些地方攪亂了他的心。從露天廣場上走過的姿勢？是的。她的步態像一隻被追蹤的獵物，想逃離凶猛的捕食者。他從屋子裡出來，走上安裝著遮光板的露台，在陰影中停下腳步。阿麗亞正站在可以俯瞰她的神廟的護欄邊。

他將目光轉向城市，朝她看的地方望去。他看到的是一片片矩形建築，一堆堆顏色，蠕動的人群。建築物在熱氣流中晃動著，閃閃發光，繚繚熱氣盤旋著從屋頂升起。一個男孩正在死巷子的牆邊踢球，那條巷子正對著一座山丘，剛好在神廟的轉角。球來回跳躍著。

阿麗亞也看著那個球，覺得自己也和那個球一樣，來回跳動……在時間的長廊裡來回跳動。離開神廟之前她喝下了最大劑量的香料粹，以前從沒有服過這麼多。大大超量了。沒等香料的藥力發作，這種劑量就已經嚇到了她。

爲什麼我要這樣做？她問自己。

「只能在各種危險中做出抉擇。」是這樣嗎？只有這樣，才能穿透那些蒙蔽未來的該死的沙丘塔羅牌的迷霧。一道屏障矗立在那裡。必須打破它。這是必需的，只能這麼做，她必須看到未來，她那沒有眼睛的哥哥正向那個方向大步前進。

熟悉的香料粹迷醉狀態開始了。她深深吸了口氣，漸漸進入平和、靜止、忘我的境地。

擁有第二視覺很容易使人成爲宿命論者，她想。不幸的是，無法用另一種演算方法推算未來，沒有可以取代預知力的公式，探知未來不可能像數學推導。進入未來必須付出生命和心智的代價。

相鄰露台的陰影中有動靜，是個人影。那個死靈！阿麗亞用自己大大強化的感知力注視著他，充滿朝氣的深色臉上，最引人注目的就是那雙閃爍的金屬眼睛。他是各種極度對立的事物的結合體，這些對立的東西被人直截了當地糅合在一起。他是影子，也是熾烈的光，是加工後的產物。這種加工過程啓動了他已經死亡的肉體……也啓動了某種熱烈、單純的東西……一種純眞。

他是重壓之下的純眞，受到圍攻的純眞！

「你在那兒很久了嗎，鄧肯？」她問。

「這麼說妳這會兒打算把我當成鄧肯。」他說，「爲什麼？」

「不要問我。」她說。

她看著他，想：特雷亞拉克斯人的手藝眞是巧奪天工，他沒有一處不像鄧肯，已經達到了完美無缺的地步。

「只有神才敢於實現完美。」她說，「對人來說，完美是危險的。」

「鄧肯死了。」他說，他希望她沒用這個稱呼，「我是海特。」

她細細打量著他那雙人造眼睛。不知這雙眼睛看到的到底是什麼。細看之下，會發現閃亮的金屬表面上有許多小小的暗色凹痕，像小小的、黑洞洞的深井。複眼！周圍的世界忽然一亮，搖晃起來。她一隻手抓住被太陽曬得溫熱的欄杆上，竭力穩住自己。啊，香料粹的藥力來得好快。

「妳不舒服嗎？」海特問。他靠近了些，金屬眼睛睜得大大的，注視著她。

誰在說話？她疑惑道，鄧肯．艾德荷？門塔特死靈？眞遜尼哲學家？或者是特雷亞拉克斯人的爪牙，比任何宇航公會的領航員更加危險？她哥哥知道他是誰。

她再次打量著死靈。他身上存在著某個怠惰因素，某種處於潛伏狀態的因素。他的整個人都在等待，體內蘊藏著遠遠超出他們尋常生活的力量。

「因爲我母親的緣故，我很像比吉斯特。」她說，「你知道嗎？」

「我知道。」

「我有她們的力量，我像她們一樣思考。我體內的某個部分瞭解育種計畫的緊迫性……也知道出自這個計畫的成品。」

她的眼睛眨了一下，感到自己的一部分意識開始在時間的長河中自由流動。

「據說比吉斯特從來沒有放棄那個計畫。」他說。他仔細觀察著她，她抓住露台邊緣的手指顯得異常蒼白。

「我絆倒了嗎？」她問。

他注意到她的呼吸是多麼粗重，每一個動作都緊張不安，她的眼神開始變得呆滯了。

「被絆倒的時候，」他說，「妳可以跳過絆倒妳的東西，重新恢復平衡。」

「比吉斯特姐妹會絆倒了。」她說，「她們現在就想跳過我哥哥，重新恢復平衡。他們想要加妮的孩子……或者我的。」

「你有孩子了？」

她竭力調整，將自己調整到與這個問題對應的時空中。有孩子？什麼時候？在哪兒？

「我看見了……我的孩子。」她悄聲說。

她離開露台欄杆，轉身看著死靈。他有一張機智的臉，一雙痛苦的眼睛。當他隨著她轉身時，只見那兩片金屬閃爍了一下。

「你用這樣的眼睛能看見……什麼？」她悄聲說。

「別的眼睛能看見的所有東西。」他說。

他的聲音在她耳中震響，她的意識卻捕捉不住其含意。她竭力讓意識延伸出去，像跨過整個宇宙。如此漫長的延伸……向外……向外。無數時空糾纏著她。

「妳服用了香料，劑量非常大。」他說。

「爲什麼我不能看見他？」她咕噥道。「告訴我，爲什麼我不能看見他。」

「妳不能看見誰？」

「我不能看見孩子的父親，塔羅牌的迷霧遮住了我的眼睛。幫幫我。」

他將門塔特的邏輯運算功能發揮到極致，然後說：「比吉斯特想讓妳和妳哥哥進行交配，這樣就可以鎖住基因……」

她不由得一聲哀鳴。一陣寒戰襲過全身，接著又是全身滾燙。那個她無法看到，只在她最可怕的夢境中出現的交配對象，那個連預知力量都無法昭示的人！難道眞的會發生那種事？

「妳是不是冒險服用了超大劑量的香料？」他問，同時竭力壓制著內心深處湧上來的極度恐懼：一個亞崔迪女人可能死去，保羅有可能被迫面對這樣的事實——一位皇室女人……走了。

「你不知道追逐未來意味著什麼。」她說，「有的時候，我也能瞥見未來的自己……可是我自己的預知能力干擾了我。我無法看清自己的未來。」她低下頭，來回搖晃著腦袋。

「妳服用了多少香料？」他問。

「大自然憎惡預知力量。」她抬起頭，「你知道嗎，鄧肯？」

他像對小孩子說話般溫和地說：「告訴我妳服用了多少。」他伸出左手，攬住她的肩膀。

「言語，這種手段眞是太簡陋了，原始，而且無法清晰表述。」她掙脫他的手。

「妳必須告訴我。」他說。

「看看遮罩牆山吧。」她吩咐道，手指前方，目光也朝手的方向望出去。一陣突如其來的幻象，遮罩牆山崩塌了，像被看不見的力量摧毀的沙礫堆成的城堡。她不由得顫抖起來。她轉過目光，望著死靈，被死靈臉上的表情嚇呆了。他的五官皺在一起，變老了，然後又變年輕……變老……變年輕。他似乎變成了生命本身，武斷，循環……她轉身想逃，但他一把抓住她的左腕。

「我去叫醫生。」他說。

「不！我一定得好好看看這個幻象！我必須知道！」

「妳已經看到了。」他說。

她低下頭來，盯著他的手。肌膚相觸時一種觸電的感覺，讓她心醉神搖，同時驚恐不已。她猛地甩開他，喘著粗氣：「就像一股旋風，而你是抓不住旋風的！」

「妳需要醫生！」他厲聲說。

「你怎麼還不明白？」她厲聲道，「我的幻象是不完整的，只有些跳動不已的碎片。我必須記住這個未來。難道你不知道嗎？」

「要是妳因此送命，未來又在哪裡？」他問，輕輕把她推進臥室。

「言語……言語。」她喃喃道，「我無法解釋。一件事引發了另一件事，卻並不是另一件事的起因……也沒有結果。我們不能讓幻象就這樣放著。但無論我們怎麼嘗試，前面還是有個缺口，過不去，看不到。」

「延伸妳的意識，跨過那個缺口。」他命令道。

他真遲鈍啊！她想。

冰涼的陰影包裹了她。她感到自己的肌肉蠕動著，像沙蟲的運動。身下是一張實實在在的床，但她知道，床其實不算實體。只有空間是永恆的，除此之外沒有別的實體。床在浮動，周圍飄浮著許多屍體，都是她自己的屍體。時間成了一種複合感受，難以承受其負荷。它有那麼多含意，全都緊緊糾纏在一起，讓她無法分辨。這就是時間。它在運動。整個宇宙都在向後動，向前動，向側面動。

「那個缺口，它不像其他物體，看不見摸不著。」她解釋說，「你無法從它下面過去，也不可能繞過它。沒有地方能讓你找到支撐點。」

無數人圍繞著她，都是同一個人，這許多同一個人握住她的左手。她自己的身體也有重重幻影。她伸出無數幻影般的左臂，摸到了那無數張不斷變化的面具似的臉：鄧肯．艾德荷！他的眼睛有點……不對勁，但這的確是鄧肯的臉。鄧肯是孩子—成人—青年—孩子—成人—青年……臉上的每一根線條都流露出對她的擔心。

「鄧肯，別害怕。」她耳語道。

他握緊她的手，點點頭，「躺著別動。」他說。

他想：她不會死！她不能死！不能讓一個亞崔迪女人死去！他使勁搖搖頭。這樣的想法有違門塔特邏輯。死亡是一種必然，只有這樣，生命才能繼續。

這個死靈愛我，阿麗亞想。

這個想法成了一塊她可以著力的磐石。這是一張熟悉的臉龐，臉龐後面是一間實實在在的屋子。這是保羅套房的一個房間。

終於有了一個固定不變的人影。這個人用一根管子在她的喉嚨裡做了點什麼。她禁不住一陣噁心。

「幸好搶救及時。」一個聲音說，她聽出是皇家醫生，「你應該早一點叫我的。」醫生聽上去起了疑心。她感到管子從喉嚨裡滑了出來——一條蛇，一條閃光的繩索。

「這一針會讓她入睡的。」醫生說，「我叫她的隨從去——」

「我守著她。」死靈說。

「不可能！」醫生斷然拒絕。

「留下來……鄧肯。」阿麗亞悄聲說。

他撫摸著她的手，讓她明白他聽到了她的話。

「夫人，」醫生說，「最好……」

「用不著你告訴我什麼是最好。」她喘著粗氣，每發出一個音節，喉嚨都疼痛不已。

「夫人，」醫生說，聲音帶著責備，「您知道服用過多香料粹會有危險。我只能假設是某人把香料塞給您，沒有經過……」

「你眞是個傻瓜。」她用嘶啞的嗓音說，「你不想讓我看到幻象，是嗎？我知道自己服用了什麼，爲什麼服用。」她一隻手放到喉嚨上，「馬上退下！」

醫生退出她的視線，說：「我會向您的哥哥稟報此事。」

她感到他離開了，於是把注意力轉向死靈。現在，她意識裡的幻象更清晰了，將現實包容在內，現實在幻象中向外延伸。在這股時間流中，她感到死靈在移動，但已經變得清晰了，不像剛才那樣是幻影幢幢。

他是對我們的嚴峻考驗，她想。他是危險，也是拯救。

她打了個寒噤，知道自己看到了哥哥曾經看到過的幻象。不爭氣的淚水湧滿了她的眼眶。她猛地搖搖頭。不要流淚！流淚不僅浪費水分，更糟糕的是擾亂了本來就粗糙的幻象流。一定要阻止保羅！只有一次，她穿越了時間，將自己的聲音放置在他將來的必經之路上。但是壓力太大，變化太大，她很難辦到。時間流穿過她哥哥，就像光透過鏡頭。他站在焦點上。這一點他非常清楚。他已經將未來發展的每一條路徑都集中在自己身上，不允許它們逃離他的掌握，發生絲毫改變。

「爲什麼？」她喃喃道，「是因爲仇恨？時間傷害了他，所以他想打擊時間本身？這是……仇恨嗎？」

死靈以爲她在叫他，說：「夫人？」

「我要把這種該死的預知能力從我身體裡驅除掉！」她哭叫道，「我不想與眾不同。」

「求求妳，阿麗亞。」他悄聲道，「睡吧。」

「我希望自己能夠放聲大笑。」她小聲說，眼淚從雙頰簌簌落下，「但我是皇帝的妹妹，一個被尊爲神的皇帝。人們怕我。可是我從來不想成爲別人害怕的對象。」

他拭去她臉上的淚水。

「我不想成爲歷史的一部分。」她低語道，「我只想被愛……愛人。」

「大家都愛妳。」他說。

「啊哈，忠心耿耿，忠心耿耿的鄧肯。」她說。

「求求妳，別這麼說。」他懇求道。

「可是你確實忠心耿耿。」她說，「忠誠是一件珍貴的商品。它可以出賣……卻不可以買。買不到，只能賣。」

「我不喜歡妳的玩世不恭。」他說。

「讓你的邏輯見鬼去吧！這是事實！」

「睡吧。」他說。

「你愛我嗎，鄧肯？」她問。

「我愛妳。」

「又是一句謊言？」她問，「一個比眞實更容易讓人相信的謊言？我害怕相信你，爲什麼？」

「妳害怕我的與眾不同，就像妳害怕自己的與眾不同一樣。」

「做一個男人吧，別老當門塔特，總是在計算！」她喝道。

「我是門塔特，也是男人。」

「你會讓我做你的女人嗎？」

「我會做愛所要求的一切。」

「愛，還有忠誠？」

「還有忠誠。」

「而這正是你的危險之處。」她說。

她的話使他不安。這種不安沒有反映在他的臉上，肌肉沒有抽搐。但她知道他的不安，她記下的幻象清楚地顯示出他的不安。儘管如此，她還是感到自己忘了一部分幻象，還有些別的情況，她理當記得。應該還有一種感受，不完全是感官所得，而是和預言能力帶來的幻象一樣無端出現在她的腦海。但這種感受卻被時間投下的陰影遮擋了——痛苦啊。

情感！就是它——情感！幻象中出現了情感，她沒有直接尋找這種情感，她找的是其他東西，隱藏在這種情感之下的某種東西。在幻象中，她被情感纏住了——一種由恐懼、悲傷和愛共同形成的情感。它就在那兒，在她的幻象中，集恐懼、悲傷和愛於一身，是一種無法抗拒的原生力量。

「鄧肯，不要離開我。」她悄聲道。

「睡吧，」他說，「別抗拒睡意。」

「我必須……我必須抗拒。他是他自己設下的陷阱中的誘餌，他是權力和暴行的工具。暴力……神化，變成了囚禁他的牢籠。他將喪失……一切。」

「妳是說保羅嗎？」

「他們驅策著他，迫使他摧毀自己。」她喘息著，躬起後背，「擔子太重了，悲哀太深了。他們誘惑他，讓他遠離了愛。」她躺到床上，「他們在製造的那個宇宙，他絕不會允許自己活在其中。」

「誰在做這些事？」

「就是他本人！啊哈，你太傻了。他是這個大計畫中的一部分。已經太晚了……太晚了……太晚了……」

她說著說著，感到自己的意識在逐層下降，一層又一層。漸漸低下去，最後沉降在肚臍後面。身體和意識已經分離，融入無數幻象碎片之中——移動，移動……她聽到了一聲胎兒的心跳，一個未來的孩子。就是說，香料粹的藥力仍未過去，藥力讓她繼續在時間中漂流。她知道，自己已經感覺到了一個孩子的生命，一個她尚未孕育的孩子。關於這個孩子，有一件事是肯定的，它將經歷她所經歷的痛苦，和她一樣在子宮中被喚醒。不等出生，它就將是一個有意識、能思考的獨立實體。

※　※　※

權力有其極限，即使最有權力者也無法突破這個極限而不傷害自身。政府的統治藝術就是判斷這個極限位於何處。濫用權力是致命的罪惡。法律不是復仇的工具。你不能以之威脅任何人，卻不接受其帶來的後果。

——摘自由史帝加注釋的《穆哈迪論法律》

加妮透過泰布穴地下面的裂隙，凝視著清晨的沙漠。她沒有穿蒸餾服，所以覺得自己在沙漠中很沒有安全感。穴地的入口隱藏在她身後高聳的峭壁中沙漠……沙漠……無論走到哪裡，她心裡總放不下沙漠。回到沙漠與其說是回家，不如說轉了個身，看見某件始終在那裡的東西。一陣疼痛從肚腹襲來。就快生了。她克制住疼痛，想和自己的沙漠獨自分享這個時刻。

正是黎明時分，大地一片靜謐。光影在沙丘和遮罩牆山台地間流動著。陽光從高高的懸崖上傾泄而下，將湛藍天空下伸向無盡遠方的單調的沙漠景象猛地拉到她眼前。風景單調淒涼，和她知道保羅瞎眼後鬱鬱寡歡的心情非常契合。

*爲什麼我們要來這兒？*她心想。

這不是一次探尋之旅。除了給她找個生產的地方，保羅在這兒什麼也找不到。這次旅行還有一些奇怪的同伴：比加斯，那個特雷亞拉克斯侏儒；死靈，海特，也可能是鄧肯．艾德荷的亡魂；艾德雷克，宇航公會領航員、大使；凱斯．海倫．莫希阿姆，他所仇視的比吉斯特姐妹會聖母；麗卡娜，奧塞姆那奇怪的女兒，似乎處於衛兵的監視之下；史帝加，她的耐布舅舅，還有他可愛的妻子哈拉赫……以及伊如蘭……阿麗亞……

風聲穿過岩石，伴著她的思緒。沙漠的白天變得黃上加黃，褐上加褐，灰上加灰。

爲什麼把這些亂七八糟的人奇怪地組合在一起？

「我們已經忘了『同伴』這個詞的原意。」對她的疑問，保羅回答道，「它原本是指『旅行之伴』。這些人就是我們的同伴。」

「可是他們有什麼價值？」

「你瞧！」他那雙可怕的眼窩對著她，「我們已經喪失了清晰單純的生活觀念。無論什麼，只要它不能用瓶子裝起來，不能用來攻擊、刺戳或者被儲存起來的話，我們就覺得它沒有任何價值。」

她委屈地說：「我不是這個意思。」

「啊哈，我最親愛的。」他說，溫柔地安撫著她，「我們在金錢上是如此富裕，可是生活上卻非常貧乏。我眞是個邪惡、固執而愚蠢的……」

「你不是！」

「我是，但妳這話同樣是眞的。我的雙手在時間中浸得太久了，我想……我試圖創造生命，卻不知道生命已經被創造出來了。」

然後，他撫摸著她的肚腹，那個新生命的棲息地。

想到這裡，她不由得把雙手放到肚皮上，顫抖著。她後悔懇求保羅帶自己到這兒來。

沙漠狂風攪起一股難聞的氣味。是懸崖底部的固沙植物發出來的。她想起弗瑞曼人的迷信：如果有難聞的氣味，說明此刻不是吉時。她面朝狂風，發現固沙植物之外有一條沙蟲。牠慢慢挪動著，像一艘鬼船般在沙丘之間遊動著，一路拍打著沙礫。接著，牠聞到了對牠來說是致命毒藥的水氣，於是一頭鑽進沙下。

沙蟲怕水，而她恨水。水，曾經是阿拉吉斯星的精神和靈魂，現在卻變成了毒藥。水帶來了瘟疫。只有沙漠是乾淨的。

下面來了一隊弗瑞曼工人。他們攀進穴地的中門，腳上沾著泥漿。

腳上沾著泥漿的弗瑞曼人！

在她頭頂上，穴地的孩子們開始唱起晨歌，悠揚的歌聲飄出上面的入口。歌聲讓她覺得時間飛逝，迅捷如鷹。她顫抖起來。

憑他不需要眼睛的眼力，保羅到底看到了什麼風暴？

她感到了他的另一面：一個惡毒的瘋子，一個厭倦了歌聲的獨夫。

她發現天空已經變成了透明的灰色，一道道雲彩像光滑白潤的光束。捲著沙子的狂風劃過天際，在上面鏤刻下一些古怪的圖案。南面一線閃光的白色引起了她的注意。有了這一線白色，這個傍晚頓時變得與眾不同了。

她讀出了這個信號。弗瑞曼人有句老話：南方天空的白色，夏胡露的嘴。風暴就要來臨，巨大的風暴。她感到了預示風暴的陣陣微風，揚起沙丘，打著她的臉頰。風中有股死亡的刺鼻味道，像露天水渠裡的臭水味，浸濕的沙地味道，燧石燃燒的焦味。這種風暴會帶來水，正因爲這個原因，憎惡水的夏胡露才會送出這種難聞的風。

鷹也飛進她所在的岩縫，尋找躲避風沙的安全之處。都是和岩石一樣的褐色，翅膀則是深紅色。眞想和牠們在一起啊。牠們有地方可以躲藏；而她卻沒有。

「夫人，風沙來了！」

她轉過身，發現死靈在穴地的上端入口處叫她，心裡突然湧起一陣弗瑞曼式的恐懼。爽快地死去不算什麼，還能把屍體的水留給部族。這是她可以理解的。可是……死而復活的某種東西……

風沙抽打著她，把她的臉龐刮得紅撲撲的。轉頭一看，只見可怕的沙塵直沖天空。風沙肆虐的沙漠變成了茶褐色，躁動不安。一座座沙丘像保羅告訴她的拍打海岸的浪頭。她轉念一想，覺得沙漠也不過是轉瞬即逝的事物，與永恆相比，根本算不上什麼。沙浪拍打懸崖，發出雷鳴般的聲音。

但對她來說，沙暴已經充斥於整個宇宙。動物全都躲起來了……沙漠上沒有留下任何東西，只有沙漠自己的聲音：被風捲起的沙礫摩擦著岩石，發出刺耳的刮擦聲；洶湧的狂風發出尖嘯；一塊巨石從山頭猛地滾落下來——砰！視線以外的某個地方，一條蠢笨的沙蟲翻翻滾滾，一路拍打著沙漠，盡快逃回自己乾燥的深洞裡。

她只站了短短的一刻，一瞬而已，就像她自己的生命與時間本身相比一般不值一提。但就在這一瞬，她覺得連這顆星球都快被狂風吹走，和狂風挾帶的其他一切一樣，變成宇宙的塵埃。

「我們必須快點。」死靈來到她身邊。

她覺察到了他的恐懼，這是出於對她安全的擔心。「它會把妳的肉從骨頭上撕下來的。」他說，彷彿需要給她解釋什麼是沙暴。

他的關切之情驅散了她對他的害怕。加妮讓死靈扶著自己，一步步跨上岩石台階，到了穴地。他們走進擋在洞口前的屏擋牆，隨從們打開封閉水氣的密封口，他們進去後，密封門立即關閉。

穴地的臭氣刺激著她的鼻孔。各種味道都在這兒攪合——整個一個人擠人、人挨著人的養兔場，充斥著回收人體排泄物釋放的噁心酸氣，還有熟悉的食物味道，以及機器運轉時燧石燃燒的怪味……最最濃烈的則是無處不在的香料味：到處都是香料粹。

她深深吸了口氣：家。

死靈鬆開扶住她手臂的手，站在旁邊，變得順從、安靜，好像一台暫時無用而被關掉的機器。也不像……他仍然在機警地觀察四周的動靜。

加妮在門口猶豫著，這裡有某種東西讓她感到說不出的迷惑。這兒確實曾是自己的家。當她還是孩子的時候就點著懸浮球燈在這兒捉蠍子。儘管如此，有些東西卻變了……

「您不想進屋嗎，夫人？」死靈問。

她感到肚子裡的孩子一陣攪動，好像被他的話驚醒了。她竭力掩飾，不讓自己現出難受的表情。

「夫人？」死靈說。

「爲什麼保羅擔心我懷著我們自己的孩子？」她問。

「他爲您的安全擔心，這很自然。」死靈說。

她一隻手摸了摸自己的臉頰，風沙已經把臉吹得通紅。「可是他就不擔心孩子的安全嗎？」

「夫人，他不能想那個孩子，只要一想到，他就會聯想起被薩督卡殺死的頭胎子。」

她打量著死靈：扁平的臉，無法看懂的機器眼睛。他真的是鄧肯．艾德荷嗎，這個生物？他對所有人都這麼友善嗎？他說的是眞話嗎？

「您應該有醫生陪伴。」死靈說。

她再一次從他的話中聽出了對她安全的擔憂。她突然覺得，自己的思想彷彿無遮無蓋，暴露在外，隨時可能被人洞悉。

「海特，我很害怕。」她低聲說，「我的友索在哪兒？」

「他在處理國家大事，暫時脫不了身。」死靈說。

她點點頭。政府各部門也搭乘整整一隊撲翼機，跟著他們來到了這裡。她突然明白了穴地讓她感覺迷惑的東西是什麼：來自異鄉的氣味。那是從職員和助理們身上發出的香水味，還有食物和衣服的味道，奇異的化妝品的味道，等等，瀰漫了整個穴地，構成了一股惡臭的暗流。

加妮搖搖頭，克制住自己刻薄地大笑一聲的衝動。只要穆哈迪到場，連氣味都會發生改變！

「有些非常緊迫的事需要他處理。」死靈說，誤解了她的猶豫。

「是的……是的，我懂。你忘了？我和那群人一塊兒來的。」

她回憶起從阿拉肯來到這裡的那段航程，現在她承認，當時她根本沒抱希望能活下來。保羅堅持要親自駕駛自己的撲翼機。瞎眼的他居然把撲翼機開到了這裡。她知道，那次經歷之後，無論他做出什麼事都不會讓她再感到驚訝了。

又一陣疼痛從腹部擴散開來。

死靈發現她呼吸急促，臉繃得緊緊的。說：「您要生了？」

「我……是的，是的。」

「快，不能耽誤了。」他說，拉住她的手臂，扶著她匆匆忙忙朝下面的大廳走去。

她發現他已經恐慌到極點，於是說：「還有點時間。」

他好像沒有聽見。「眞遜尼教派生孩子的方法，」他說，扶著她走得更快了，「就是保持警覺，但不抱目的地等待。不要和正在發生的事對抗，對抗是失敗之母。不要總想著要達到什麼目的，這是陷阱。只有不想得到，你才能眞正得到。」

說話時，他們已經到了臥室門口。他扶著她穿過簾幕，大叫道：「哈拉赫！哈拉赫！加妮要生了。快去叫醫生！」

聽見他的喊叫，侍從們也跑了進來。在匆忙跑動的人群中，加妮覺得自己像一個平靜的孤島……直到另一輪疼痛向她襲來。

海特退到外面的走廊裡。鎭定下來以後，他才有機會想想剛才都做了什麼，對自己的行爲驚奇不已。他感到自己好像被人固定在某些時間點上，在這些點上，一切眞理都是暫時的，相對的。他知道自己恐慌了。不僅僅因爲加妮可能死去，還因爲加妮死後，保羅會來到他身邊……悲痛不已……他親愛的人走了……走了……走了……

無中不可能生有，死靈告訴自己。那麼，這股恐慌從何處而來？

在這個問題面前，他感到自己的門塔特頭腦都變鈍了。他打了個寒噤，長長地吐了口氣。頭腦中彷彿飄過一片陰影，意識變得漆黑一片。他發現自己正凝神傾聽，等待著某個決斷的聲音，像叢林中折斷一根樹枝的聲音。

他吐出一口氣，全身猛地一震。危險暫時過去了，沒有爆發。

他緩緩地聚起力量，一點一點清除著壓制自己頭腦的那股力量，漸漸進入門塔特狀態。他發揮出了自己的全部運算力量。這樣做不好，但必須這麼做。他不再是一個人，變成了資料轉換器，他的一切經歷都化爲資料。他的一舉一動、一言一行都會帶來變數，產生出無數可能性。這些可能性依次而過，依次比較、判斷。

他的前額布滿汗珠。

輕若鴻羽的想法化為黑暗——未知。無限！門塔特無法處理無限，因為既定的資料無法概括無限。無限不可能化為具體可感知的資料，除非他自身同樣化為無限，暫時化為無限。

一陣湧動，他突破了障礙。他達到了這個境界。他看到比加斯坐在自己的面前，好像被他體內發出的光照亮一般。

比加斯！

那個侏儒曾經對他做過什麼！

海特感到自己在某個致命的深淵邊搖搖欲墜。他將門塔特的時間功能向前延伸，計算自己未來的行為。

「強制衝動！」他上氣不接下氣地喘息道，「我被別人操縱了，這是一種強制衝動！」

海特說話的時候，一個身著綠色長袍的僕從走了過來，猶豫不決地問：「您在說什麼嗎，先生？」

死靈並不看他，點點頭：「我說出了一切。」

※　※　※

曾有一個聰明人，

跳進一個大沙坑。

他的眼睛燒掉了，

但他咬牙不吭聲。
他召喚出了幻影，
最後終於成聖人。

——童謠，見於《穆哈迪的歷史》

保羅站在穴地外的黑暗之中。預知幻象告訴他現在是夜晚。月光照射下，聳立在他左邊的岩壁投下黑色的影子。這是一個充滿回憶的地方，他的第一個穴地，正是在這兒，他和加妮……

不要想加妮，他告訴自己。

幻象告訴他周圍發生的一切：右手很遠的地方是一叢仙人掌，還有一條銀黑色的露天水渠，流過今天早上的風暴堆積起來的沙丘。

沙漠裡的流水！他想起了另一種水，他的出生地卡拉丹星球的河裡流動的水。那個時候他根本沒有認識到這樣的水流是多麼珍貴，即使是這條流過沙漠盆地的漆黑露天水渠，也是無上的珍寶。

一聲小心翼翼的咳嗽，一個助理從後面閃了出來。

保羅伸出雙手，取過吸著一張金屬紙的磁板。他的動作十分緩慢，像露天水渠裡的流水。幻象在移動，可是他發現自己愈來愈不情願隨著它移動了。

「對不起，陛下。」助理說，「塞布利條約……需要您簽署。」

「我看得見！」保羅厲聲說。他在簽字的地方潦草地寫上「亞崔迪皇帝」幾個字，將磁板朝助理伸出的手中猛地一塞。他看到了助理臉上的驚恐。

那個人一溜煙逃走了。

保羅轉過身。醜陋、貧瘠而荒蕪的土地！他想像著陽光曝曬下的大地，酷熱的天氣，滿天沙塵，黑壓壓的塵土吞沒了一切，風魔肆虐，挾帶著無數赭色水晶般的沙礫。但這裡又是個富有的地方：正在從一個沙暴橫行、寸草不生、只有壁立的懸崖和搖搖欲墜山脊的地方，變成一個蓬勃發展的巨大星球。

這一切都需要水……還有愛。

生命會將狂暴的廢物變成優雅靈動之物，他想，這就是沙漠對我們的教誨。現實這種改變常常讓他瞠目結舌。他很想轉身對著擠在穴地入口處的助手們大聲叫喊：如果你們一定要崇拜某種東西的話，就崇拜生命吧——所有生命，哪怕最低賤的生命！生命的美好屬於我們全體！

他們不會明白的，他們是沙漠之中最荒蕪的沙漠。生命不會爲他們上演自己的綠色舞蹈。

他握緊拳頭，試圖停止幻象。他想逃離自己的意識，它就像一頭吞噬他的怪獸！他的意識躺在他的身體裡，像一團巨大的海綿，吸入了無數人的經歷，濕淋淋、沉甸甸的。

保羅絕望地將思緒擠向自己以外的其他事物。

星星！

意識飄向群星，無窮無盡的星河。無盡的群星啊，只有近於瘋狂的人才會想像自己能夠統治其中哪怕最微小的一簇。自己帝國屬下的臣民有多少，他甚至想都不敢想。

臣民？更準確地說，應該是崇拜者和敵人。他們中是否有人看到過教義之外的東西？有沒有擺脫了狹隘偏見的人？沒有，甚至皇帝也擺脫不了。他的生活是所謂『奪占一切』，想按照自己的模子創造一個宇宙。但這個過熱的宇宙終於崩潰了，靜靜地分崩離析。

我要吐口水在沙丘上！他想，我把我的水給了沙丘！

是自己製造了這個神話，用錯綜複雜的運動和想像，用月光和愛，用比亞當還古老的禱詞，以及那些灰色的岩石、猩紅的影子、悲傷，以及無數殉道者的生命——最終，它會落得個什麼下場？波浪退去之時，時間的河岸將一片空曠，除了無數記憶的沙礫閃閃發光之外，幾乎一無所有。人類美好時代的起源難道就是這個樣子？

石壁上響起一陣摩擦聲，死靈來了。

「你今天一直在迴避我，鄧肯。」保羅說。

「您這樣稱呼我很危險。」死靈說。

「我知道。」

「我……來是想提醒您，陛下。」

「我知道。」

死靈於是全部說了出來：比加斯，強加在他身上的強制衝動。

「那種強制衝動具體是什麼，你知道嗎？」保羅問。

「暴力。」

保羅感到自己終於來到一個從一開始便在召喚自己的地方。他一動不動。聖戰已經抓住了他，把他固定在時間的滑道上，讓未來那可怕的引力一勞永逸地抓著他，再不鬆手。「不會有任何來自鄧肯的暴力。」保羅悄聲道。

「可是，陛下……」

「告訴我你在我們附近看到了什麼。」保羅說。

「陛下？」

「沙漠——今晚的沙漠怎麼樣？」

「您看不見？」

「我沒有眼睛，鄧肯。」

「可是……」

「我只有幻象。」保羅說，「但我希望自己沒有它。預知力量正逐步扼殺我，你知道嗎，鄧肯？」

「也許……您擔憂的事不會發生。」死靈說。

「什麼？不相信我的預知能力？我自己只能堅信不疑，因爲我上千次親眼看到我預見的未來變成現實。人們把這種力量稱爲魔力，天賜的禮物。而實際上，它是痛苦！它不讓我有自己的生活！」

「陛下，」死靈喃喃地說，「我……它不是……小主人，你不要……我……」他沉默了。

保羅感應到了死靈的混亂和矛盾，「你叫我什麼，鄧肯？」

「什麼？我怎麼……等等……」

「你剛才叫我『小主人』。」

「我叫了，是的。」

「鄧肯過去一直是這麼叫我的。」保羅伸出雙手，撫摸著死靈的臉，「這也是你的特雷亞拉克斯訓練的一部分？」

「不是。」

保羅把手放下來，「那麼，它是什麼？」

「它來自……我內心。」

「你在侍奉兩個主人？」

「也許是的。」

「把你自己從死靈中解放出來，鄧肯。」

「怎麼解放？」

「你是人。做人該做的事。」

「我是死靈！」

「但你的肉體是人類。這具肉體中藏著鄧肯。」

「這具肉體中藏著別的某種東西。」

「我不在意你如何做。」保羅說，「可是你必須要做。」

「您預見到了？」

「去他的預見！」保羅轉過身。他的幻象加快了步伐，開始向前狂奔，中間還有許多缺口，但這些缺口並不足以讓幻象停住腳步。

「陛下，如果您已經……」

「安靜！」保羅舉起一隻手，「你聽到了嗎？」

「聽到什麼，陛下？」

保羅搖搖頭。他仔細查看著。那邊，在漆黑的陰影中，有什麼東西知道他在這兒。什麼東西？不——是什麼人。

「眞美呀，」他悄聲說，「你是一切事物中最美好的。」

「您說什麼，陛下？」

「我說的是未來。」

那邊，那個朦朧模糊、形體未定的鬼影猛地一震，迸發出一股強烈的感情，應和著他的幻象。在幻象的旋律上，它奏出一個最強音，久久不絕。

「我不明白，陛下。」死靈說。

「一個弗瑞曼人離開沙漠太久會死的。」保羅說，「他們把這個稱做『水病』。這難道不是最奇怪的事嗎？」

「非常奇怪。」

保羅竭力搜索著自己的記憶，試圖回想起夜裡加妮倚在他身邊的呼吸。但是，他能找到這樣的慰藉嗎？他懷疑。他只能清楚地記起一件事：他們離開皇宮，出發到沙漠的那一天，加妮坐在早餐桌旁，焦躁不安。

「你爲什麼要穿那件舊外套？」她問道，眼睛盯著他穿在弗瑞曼長袍下面的那件黑色軍服，「你是皇帝！」

「就算皇帝，也可以有一兩身自己喜歡的衣服。」他說。這句話居然讓加妮眼裡流出了淚水，他想不出其中的緣由。這是她一生中第二次落淚。

如今，在黑暗中，保羅擦了擦自己的臉頰，那上面已經潮濕了一片。是誰把水給了死者？他想。但這是他自己的臉呀，不過又好像不是。風吹過濕漉漉的皮膚，寒冷刺骨。他好像做了一個虛無縹緲的夢，夢境迅速破滅。胸口爲什麼脹痛？吃了什麼不對的東西嗎？難道是他的另一個自我把水給了死者，那個另一個他爲什麼如此痛苦、悲傷？狂風捲起沙粒，皮膚被吹乾了，是他自己的。但那種戰慄的感覺又是誰的？

突然響起一陣哀號，遠遠的，在穴地深處。聲音愈來愈大……愈來愈響……

一絲亮光閃了一下，死靈猛地轉過身，圓睜雙眼。有人一把拉開入口處的密封門。只見一個人站在光線中，燈光照出他的笑臉——不！不是笑臉，是傷心欲絕的哭泣的臉！這是一個名叫坦迪斯的弗瑞曼敢死隊軍官，他後面跟著黑壓壓的一大群人，見了穆哈迪以後，所有人都沉默了。

「加妮……」坦迪斯說，「死了。」

保羅低聲說，「我聽見了。」

他轉身對著穴地。他熟悉這個地方。這個地方無處可藏。洶湧而來的幻象讓他看到了弗瑞曼人群。他看到了坦迪斯，感到了這個弗瑞曼敢死隊員的悲傷、恐懼和憤怒。

「她走了。」保羅說。

死靈聽到了這句話。這句話彷彿點燃了一個耀眼的光環，灼燒著他的胸膛、脊柱和金屬眼窩。他感到自己的右手慢慢移向腰帶上的嘯刃刀。他的思維變得非常陌生，已經不屬於自己。他成了一具木偶，牽動木偶的線條來自那個可怕的光環，拉扯著他。他移動著，遵照另一個人的命令，另一個人的意志。線條猛地牽扯著自己的雙臂、雙腿，以及下頜。某種聲音擠出自己嘴裡，一種可怕、重複的叫喊——

「哈拉赫克！哈拉赫克！哈拉赫克！」

嘯刃刀就要揮出。就在這一瞬，他重新奪回了自己的聲音，發出嘶啞的喊聲：「快逃！小主人，快逃！」

「我們不會逃。」保羅說，「我們的舉動必須保持尊嚴，我們要做必須做的事。」

死靈肌肉緊縮。他顫抖著，搖晃著。

「……必須做的事！」這句話像一條大魚般在他的腦子裡翻騰著。「必須做的事！」啊，這話聽起來像老公爵，保羅的祖父。小主人像極了老公爵，「……必須做的事！」

這些話在死靈的意識裡動盪著。他漸漸意識到：自己體內同時存活著兩個生命：海特／艾德荷／海特／艾德荷……過去的記憶洪水般湧來，他一一記下它們，賦予新的理解，開始將這些記憶整合進入自己全新的意識。新的人格暫時處於系統的頂端，但個性衝突之際，剛剛形成的意識隨時可能徹底崩潰。他不斷調節，因爲外界在不斷施壓：小主人需要他。

接著，完成了。他知道自己是鄧肯·艾德荷。他仍然記得有關海特的所有事情，但光環消失了。

他終於擺脫了特雷亞拉克斯人強加給他的強制衝動。

「到我身邊來，鄧肯。」保羅說，「我有許多事需要你做。」見艾德荷仍然恍恍惚惚地站在那裡，又說，「鄧肯！」

「是，我是鄧肯。」

「你當然是！你終於清醒了。我們現在進去吧。」

艾德荷走在保羅身後。彷彿回到了過去，但又和過去不一樣了。擺脫特雷亞拉克斯的控制之後，他們給他帶來的好處隨之呈現出來：眞遜尼式的培訓使他能夠應對繁雜事件，保持心理上的鎮定自若；門塔特的造詣又賦予他處理這些事件的能力。他擺脫了恐懼，他的整個身心完全是個奇蹟：他曾經死了，但仍然還活著。

「陛下，」他們走過去時，弗瑞曼敢死隊員坦迪斯說，「那個女人，麗卡娜，說她必須見您。我叫她等一等。」

「謝謝你。」保羅說，「孩子……」

「我問了醫生。」坦迪斯跟在保羅身後，「他們說您有兩個孩子，他們都活著，很健康。」

「兩個？」保羅迷惑地說，抓住了艾德荷的手臂。

「一個男孩和一個女孩。」坦迪斯說，「我看過他們了。都是漂亮的弗瑞曼孩子。」

「怎麼……怎麼死的？」保羅低聲說。

「陛下？」坦迪斯彎下身體，靠得更近了。

「加妮。」保羅說。

「是因爲孩子，陛下。」坦迪斯啞著嗓子說，「他們說孩子長得太快，她的身體被耗盡了。我不明白這是什麼意思，但他們就是這麼說的。」

「帶我去看看她。」保羅輕輕說。

「陛下？」

「帶我去！」

「我們正在朝那兒走，陛下。」坦迪斯湊近保羅，悄聲說，「您的死靈爲什麼把刀拔在手裡？」

「鄧肯，把刀收起來。」保羅說，「暴力已經過去了。」

說話的時候，保羅覺得自己的聲音近在咫尺，發出這個聲音的身體卻彷彿離自己很遠很遠。兩個孩子！幻象中只有一個。可是這個念頭很快消失了，剩下的只有一個滿懷悲傷和憤怒的人，而且似乎不是他。他的意識單調地重演著自己的一生，不斷重複。

兩個孩子？

意識再次一頓。加妮，加妮，他想。沒有任何別的辦法。加妮，我的寶貝，相信我，對妳來說，這樣的死更快……更仁慈。如果走上另一條路，他們或許已經把我們的孩子變成了人質，把妳關進牢房和奴隸營，責罵妳，要妳爲我的死負責。現在這個結局……這個結局摧毀了他們的陰謀，而且救了咱們的孩子。

孩子？

又一次，意識頓了一下。

這一切是我認可的，他想，我應該感到內疚。

前面的岩洞裡一片嘈雜。聲音愈來愈大，和他記憶中的幻象一模一樣。是的，就是這樣的方式，這樣無情的方式，甚至對兩個孩子也是無情的。

加妮死了，他告訴自己。

遙遠的過去的某個時刻，這個未來就已經攫住了他。它追逐著他，把他趕進了一條窄路，而且愈來愈窄，在他身後閉合。他能感覺得到。幻象中，一切就是這樣發生的。

加妮死了。我應該放縱自己，讓自己沉浸在悲痛中。

可是幻象之中，他並沒有放縱自己，讓自己沉浸在悲痛中。

「通知阿麗亞了嗎？」他問。

「她和加妮的朋友們在一起。」坦迪斯說。

他感到人群在後退，給他讓出一條道。他們的沉默走在他前面，像一排排波浪。嘈雜漸漸消退。這穴地一片壓抑。他想把這些人從幻象中趕走，但這是不可能的。每張臉都轉向他，緊緊尾隨著他。這些面孔啊，沒有同情，只有冷酷。不，他們同樣感到悲傷，可是他們身上浸透了殘忍，他知道。他們冷眼旁觀，看著口齒伶俐的人如何變成啞巴，聰明智慧的人如何變成傻子。對殘忍的人來說，小丑不總是有無窮的吸引力嗎？

甚於臨終看護，但遜於真誠的守靈。

保羅的靈魂渴望安寧，可是幻象驅使他活動。不遠了，他告訴自己。黑暗，沒有幻象的無邊黑暗，就在不遠處等著他。就在前頭，悲傷和負疚感將撕裂幻象。前頭就是他的月亮墜落的地方。

他跌跌撞撞地走進了這片黑暗。如果不是艾德荷緊緊抓住他的手臂，他肯定會跌倒。艾德荷知道如何慰藉他的悲痛，默默而堅定地支持他。

「就是這。」坦迪斯說。

「小心腳下，陛下。」艾德荷說，扶著他走進一個入口。簾幕擦過保羅的臉。艾德荷扶著他站定。保羅感覺到房間就在那兒，某種東西反射到他的臉頰和耳朵上。房間的四壁都是岩石牆，牆上掛著帳幔。

「加妮在哪兒？」保羅輕聲說。

哈拉赫的聲音回答道：「她就在這兒，友索。」

保羅顫抖著，發出一聲歎息。他擔心她的遺體已經被轉移到蒸餾器裡去了。弗瑞曼人用這種東西回收屍體內的水分，爲部族所用。幻象是這樣的嗎？他感到自己被遺棄在黑暗之中。

「孩子們呢？」保羅問。

「他們也在這兒，陛下。」艾德荷說。

「您有了一對漂亮的雙胞胎，友索。」哈拉赫說，「一個男孩和一個女孩。看見了嗎？我們把他們放進了同一個搖籃裡。」

兩個孩子，保羅疑惑地想。幻象中只有一個女兒。他甩開艾德荷攙扶的手臂，朝哈拉赫說話的方向走去，被一個堅硬的東西絆到。他用手摸索它：是搖籃的變形玻璃輪廓。

有人拉住他的左手，「友索？」是哈拉赫。她把他的手放到搖籃上。他摸到了又細又軟的肌膚。如此溫暖！還有小小的肋骨，在一上一下地呼吸。

「這是您的兒子。」哈拉赫低聲說。她移動著他的手，「這是您的女兒。」她的手緊緊抓住他，「友索，您現在眞的瞎了嗎？」

他知道她在想什麼。瞎子必須被拋棄在沙漠裡。弗瑞曼部族不承擔任何無用的負擔。

「帶我去看加妮。」保羅說，並不回答她的問題。

哈拉赫讓他轉過身，領著他朝左邊走去。

現在，保羅感到自己終於接受了加妮死去的事實。他在宇宙中有自己的角色，雖然他並不希望存在於這個宇宙；他有一具並不適合自己的肉體，每一次呼吸都是對他的一次打擊。兩個孩子！他懷疑自己走上了一條幻象永遠無法返回的道路。不過這已經不重要了。

「我哥哥在哪兒？」

阿麗亞的聲音在後面響起。他聽出她衝了進來，急切地從哈拉赫手裡接過他的手臂。

「我必須和你談談。」阿麗亞以氣音說道。

「等一下。」保羅說。

「現在就談！是關於麗卡娜。」

「我知道。」保羅說，「就一會兒。」

「你沒有一會兒了！」

「我還有許多一會兒。」

「可是加妮沒有！」

「安靜！」他命令道，「加妮已經死了。」她想反抗，他一隻手按在她的嘴唇上，「我命令妳安靜！」他感到她平靜下來，於是放開手，「說說妳看見了什麼。」他說。

「保羅！」聲音帶著哭腔，充滿失望。

「不用擔心。」他說，同時竭力保持內心平靜。就在這時，幻象的眼睛睜開了。是的，它還在。燈光下，加妮的身體被放在一張平板上。她的白色長袍被整理得齊齊整整，光滑平坦，試圖遮住分娩帶來的血跡。他無法強迫自己的意識轉開眼睛，不看幻象中的那張臉：那張平和安寧的臉，像一面鏡子般映射出永恆！

他轉過身，可是幻象仍然追隨著他。她走了……永遠不回來了。這空氣，這宇宙，一切都變得空空如也——每個地方都空空如也。難道這就是對他的懲罰？他想流淚，但卻沒有眼淚。難道他作弗瑞曼人太久了？眼前的死者需要他的水。

身邊，一個孩子大聲哭了出來，但馬上被哄得安靜下來。這聲音爲他的幻象拉下了一片簾子。保羅喜歡黑暗。黑暗是另一個世界，他想。兩個孩子。

這想法喚醒了陷入沉醉般的預知狀態的意識。他試圖重新體驗這種似乎是香料粹帶來的、感受不到時間流動的沉醉狀態，但它卻一閃即逝。未來沒有湧入這個剛剛誕生的新意識。他感到自己在排斥未來，任何形式的未來。

「再見了，我的塞哈亞。」他低聲說。

阿麗亞的聲音在他身後的某個地方響起，尖利而緊迫：「我把麗卡娜帶來了！」

保羅轉過身。「那不是麗卡娜。」他說，「那是變臉者。麗卡娜已經死了。」

「你可以聽聽她怎麼說。」阿麗亞說。

保羅慢慢地朝妹妹聲音的方向走去。

「你還活著我並不驚訝，亞崔迪。」聲音像麗卡娜的，但仍然有細微的差別。說話的人使用了麗卡娜的聲帶，但已經不再刻意控制它了。奇怪的是，這個聲音裡透著眞誠，讓保羅吃了一驚。

「你不感到驚訝？」保羅問。

「我叫斯凱特爾，一位特雷亞拉克斯變臉者。在我們開始交易之前，我想知道一件事。你身後的那個人是死靈，還是鄧肯．艾德荷？」

「是鄧肯．艾德荷。」保羅說，「我並不想和你做交易。」

「我想你會的。」斯凱特爾說。

「鄧肯，」保羅說，聲音越過肩膀傳過去，「如果我要求你，你會殺死這個特雷亞拉克斯人嗎？」

「是的，陛下。」鄧肯的聲音裡有一種竭力克制住的狂暴和憤怒。

「等等！」阿麗亞說，「你還不知道你要拒絕的是什麼。」

「但我確實知道。」保羅說。

「那麼，它真的變成了亞崔迪家族的鄧肯．艾德荷。」斯凱特爾說，「我們終於成功了！一個可以重新恢復過去的死靈。」保羅聽到了腳步聲。有人從他左邊擦身而過。斯凱特爾的聲音現在來自他身後，「你記起了過去的什麼，鄧肯？」

「一切。從童年時代開始。我甚至還記得你，他們把我從箱子裡抬出來的時候，你就站在箱子旁邊。」艾德荷說。

「太精彩了，」斯凱特爾吸了口氣，「非常精彩。」

保羅聽到聲音在移動。我需要幻象，他想。黑暗讓他束手無策。他受過的比吉斯特訓練提醒他，這個斯凱特爾身上蘊藏著可怕的危險。可是這傢伙始終只是一個聲音，他只能隱約感應到他的動作。現在的他完全不是對方的對手。

「這些就是亞崔迪家的孩子嗎？」斯凱特爾問。

「哈拉赫！」保羅叫道，「把這人趕走！」

「給我老老實實待在那兒！」斯凱特爾喝道，「所有人！我警告你們，變臉者的速度比你們猜想的快得多。我的刀可以在你們碰到我之前結果這兩個小鬼頭的命。」

保羅感到有人在拉他的右手，於是朝右邊靠了靠。

「這個距離可以了，阿麗亞。」斯凱特爾說。

「阿麗亞，」保羅說，「別動。」

「都是我的錯。」阿麗亞悲痛地說，「我的錯！」

「亞崔迪，」斯凱特爾說，「現在我們可以交易了吧？」

在他身後，保羅聽到了一聲嘶啞的咒罵。艾德荷的聲音中充滿了難以抑制的暴力衝動，讓他的喉頭不由得收縮起來。艾德荷，一定要控制住！斯凱特爾會殺死孩子們的！

「交易就要有可賣的東西。」斯凱特爾說，「不是嗎，亞崔迪？你希望你的加妮回來嗎？我們可以把她還給你。一個死靈，亞崔迪。一個有著一切記憶的死靈！不過我們必須抓緊時間。叫你的朋友帶一個冷藏箱來保護這具肉體。」

再次聽到加妮的聲音，保羅想，再次感到她的存在，在我身邊。啊哈，這就是他們爲什麼給我一個艾德荷死靈的原因，是爲了讓我知道這個再生的人和原本的人有多像。完美的復原……但必須答應他們的條件。這樣一來，我就會永遠成爲特雷亞拉克斯的工具。還有加妮……她也會被拴在同一根鎖鏈上，而且有我們的孩子做人質……

「你們打算怎麼恢復加妮的記憶？」保羅問，盡力使自己的聲音保持平靜，「你們要訓練她來……來殺掉她的一個孩子嗎？」

「用我們需要的無論什麼方法。」斯凱特爾說，「你怎麼說，亞崔迪？」

「阿麗亞，」保羅說，「妳來和這傢伙做交易。我不能和我看不見的東西交易。」

「聰明的選擇。」斯凱特爾滿意地說，「好了，阿麗亞，作爲妳哥哥的代理人，妳準備給我開什麼價？」

保羅低下頭，竭力使自己沉靜下來，沉靜下來。此時此刻，他瞥見了什麼東西——好像是一個幻象，但又不是。是一把靠近自己的刀。就在那兒！

「給我點時間想想。」阿麗亞說。

「我的刀有耐心等。」斯凱特爾說，「可是加妮的肉體不能等。時間抓緊點。」

保羅感到眼前似乎有東西在閃動。這不可能……但它就是！他感覺到了自己的眼睛！它們的視角很奇怪，移動起來飄浮不定。就是那裡！那把刀進入了他的視野。保羅吃驚地屏住呼吸。他分辨出這個視角，出自他的一個孩子！他正從搖籃中望著斯凱特爾的刀！閃閃發光，離孩子只有幾寸不到。是的——他還能看見自己，站在房間那邊，而且——低著頭，靜靜地站在那裡，不具任何威脅性，完全被房間裡的其他人所忽略。

「首先，你可能要讓出你們在宇聯公司的所有股份。」斯凱特爾提出。

「所有股份？」阿麗亞抗議道。

「所有股份。」

從搖籃裡的眼睛看出來，保羅看見自己從腰帶上的刀鞘中拔出嘯刃刀。這個動作使他產生了一種奇特的雙重感覺。他估算著距離和角度。只有一次機會。他用比吉斯特之道調整好自己的身體，一躍而起，像一個蹦開的彈簧，把精力全部集中在一個動作上，平衡全身肌肉，形成一個和諧而細膩的整體。

嘯刃刀從他的手中飛了出去，發出一道乳白色的朦朧刀光，閃電般刺進斯凱特爾的右眼，從變臉者的後腦穿出。斯凱特爾猛地舉起雙手，向後搖晃，撞到了牆上。手中的刀嘩啦一聲飛向天花板，然後又哐噹跌落到地板上。斯凱特爾從牆上反彈起來，臉朝下倒下，沒等碰到地面就死去了。

仍然通過搖籃裡的眼睛，保羅只見房間裡的臉都轉了過來，瞪著他這個沒有眼睛的人，全都嚇呆了。隨後，阿麗亞猛地衝到搖籃邊，彎下身子。他的視線被擋住了。

「啊，他們沒事。」阿麗亞說，「他們都沒事。」

「陛下，」艾德荷低聲道，「這也是您幻象的一部分嗎？」

「不。」他朝艾德荷揮揮手，「就這樣吧，別問了。」

「原諒我，保羅。」阿麗亞說，「可是那傢伙說他們能夠……復活……」

「亞崔迪家付不起這樣的代價。」保羅說，「這妳也知道。」

「我知道。」她歎了口氣，「但我還是受了誘惑……」

「誰能不受誘惑？」保羅問。

他轉身離開他們，摸索著走到牆邊，靠著牆，試圖弄明白自己到底做了些什麼。爲什麼？怎麼回事？那雙搖籃裡的眼睛！他感到一切就要眞相大白了。

那是我的眼睛，父親。

詞句在他一無所見的幻象上清晰地閃出微光。

「我的兒子！」保羅輕聲說，聲音低得沒有任何人聽得見，「你……有意識。」

是的，父親。看！

保羅一陣頭暈目眩，緊緊倚在牆上。他感到自己的身體彷彿被倒立起來，抽乾了。生命飛快地離自己而去。他看到了他的父親。也就是他自己。還有祖父，祖父的祖父。他的意識跌跌撞撞地闖進一條破碎的通道，看到了他所有的男性祖先。

「怎麼會這樣？」他無聲地問。

黯淡的字句又出現了，隨即逐漸模糊，最後終於消失，好像是因爲承受了太大壓力的緣故。保羅擦去嘴角的唾沫。他記起了阿麗亞在潔西嘉夫人的子宮裡被喚醒的事。可是這次沒有生命之水，也沒有過量服用香料粹……或者服用了？加妮懷孕時食量大得驚人，會不會就是在攝入香料？或許這是因爲他的基因，就像凱斯·海倫·莫希阿姆聖母所預見的那樣？

保羅感到自己身處搖籃之中，阿麗亞在他上面嘰嘰咕咕地說話。她的手輕輕撫摸著他。她的臉龐若隱若現，像一個巨大的東西朝他逼過來。她把他翻了個身。他看見了自己搖籃裡的夥伴，一個瘦骨嶙峋的女孩，帶著沙漠民族天生的強健，滿腦袋褐紅色的頭髮。他盯著她看，就在這時，她睜開了眼睛。這是什麼眼睛啊！凝視著自己的是加妮的眼睛……還有潔西嘉夫人的。許許多多人，都從那雙眼睛裡向外凝視。

「瞧，」阿麗亞說，「他們在相互盯著看呢。」

「這個年紀的小嬰兒還不能集中注意力。」哈拉赫說。

「我那時候就能。」阿麗亞說。

慢慢地，保羅感到自己終於從無數人的意識中解脫出來。他又回到了那堵牆邊，緊緊靠著它。艾德荷輕輕搖晃著他的肩膀。「陛下？」

「把我的兒子取名爲萊托，爲了紀念我父親。」保羅說，站直了身子。

「命名的時候，」哈拉赫說，「我會站到你身邊，作爲他母親的朋友爲他賜名。」

「另外，我的女兒，」保羅說，「爲她取名爲加尼馬。」

「友索！」哈拉赫反駁道，「加尼馬這個名字不吉利。」

保羅說：「我的女兒是加尼馬，一件戰利品。」

保羅聽到身後發出一陣吱嘎吱嘎的輪子滾動聲，躺著加妮遺體的平板車在移動。取水儀式的聖歌誦唱開始了。

「總算！」哈拉赫說，「我得走了，我必須在最後的時刻和我朋友在一起。她的水屬於整個部族。」

「她的水屬於整個部族。」保羅喃喃道。他聽見哈拉赫離開了。他摸索著向前，摸到了艾德荷的衣袖，「帶我回房間去，鄧肯。」他進了自己的房間，完全放鬆下來。這是屬於他一個人的時間。可是沒等艾德荷離開，門口就響起了一陣騷動。

「主人！」是比加斯，正在門口大聲叫喊。

「鄧肯，」保羅說，「讓他向前走兩步。如果走太近就殺死他。」

「好的。」艾德荷說。

「是鄧肯嗎?」比加斯說，「眞的是鄧肯．艾德荷?」

「是的。」艾德荷說，「我記得所有往事。」

「那麼，斯凱特爾的計畫成功了!」

「斯凱特爾死了。」保羅說。

「可是我沒有死，計畫也沒有死。」比加斯說，「我憑那個培育我的箱子起誓!計畫竟然眞的成功了!我也將擁有我自己的過去——過去的一切。只要有合適的啓動器就行。」

「啓動器?」保羅問。

「就是我體內那種想殺死您的強制衝動。」艾德荷說，聲音中充滿憤慨，「以下是門塔特計算結果:他們發覺我把您看作了我從未有過的兒子。他們知道，死靈不會殺死您，只會被眞正的鄧肯．艾德荷所取代——而這才是他們的計畫。可是……這個計畫是可能失敗的。告訴我，侏儒，如果你的計畫失敗了，如果我殺死了他，會怎麼樣?」

「哦……那我們會和妹妹做交易來救回她的哥哥。可是現在這種交易更好。」

保羅顫抖著吸了口氣。他能聽見哀悼者走過最後一條通道，正朝放著蒸餾器的房間走去。「現在還來得及，陛下。」比加斯說，「想要您的愛人回來嗎?我們可以把她還給您。一個死靈，是的。而現在——我們可以提供完美的復原。您看，是不是叫僕從拿來一個冷凍箱，把您親愛妻子的肉體保護起來……」

愈來愈困難了，保羅想，在抵禦第一次特雷亞拉克斯的誘惑中，他已經耗盡了精力。現在這一切都毫無意義了!再次感知加妮的存在……

「讓他閉嘴。」保羅告訴艾德荷，用的是亞崔迪家族的戰時密語。他聽到艾德荷朝門口走了過去。

「主人！」比加斯尖叫道。

「如果你還愛我，」保羅說，仍然用作戰語言道，「幫我做一件事：在我屈服於誘惑之前殺死他！」

「不……」比加斯慘叫道。

一聲可怕的咕嚕，聲音突然中斷。

「我讓他死得很痛快。」艾德荷說。

保羅低下頭，聽著。再也聽不到哀悼者的腳步聲了。他想，古老的弗瑞曼儀式此刻正在穴地進行。在遠處的死者蒸餾房裡，部族取得了死者的水分。

「不存在其他選擇。」保羅說，「你理解嗎，鄧肯？」

「我理解。」

「我做的有些事是人類難以承受的。我干預了所有我能干預的未來，我創造了未來，到頭來，未來也創造了我。」

「陛下，您不應該……」

「這個宇宙中，有些難題是無解的。」保羅說，「沒有辦法。沒有。」說話時，保羅感覺聯繫自己和幻象的鎖鏈劇烈震盪起來。無限多的可能性洶湧而來，在這股滔天巨浪前，意識不由得畏縮了，被徹底壓倒。他無法把握的幻象像暴風一般掠過，漫無目的。

※　※　※

我們說那穆哈迪已經走了，踏上旅途，走進一片我們從未留下足跡的新大陸。

——《奇扎拉教團信經》導言

沙地旁邊有一道水渠，這是營地植被的邊界。然後是一道岩脊，之後，呈現在艾德荷腳下的，就是開闊無垠的沙漠了。泰布穴地所處的高地聳立在他的身後，伸向夜空。兩個月亮的亮光給穴地鑲了一道白邊。水渠那兒有一個果園。

艾德荷在沙漠邊停下，回頭看了看靜靜的流水、開滿鮮花的樹枝，還有真實的月亮，加上水中的倒影，一共四個月亮。蒸餾服摩擦著皮膚，滑溜溜的。潮濕的、燧石燃燒般的臭味透過濾淨器向他的鼻孔襲來。吹過果園的微風像一陣陣冷笑。他靜靜地傾聽著夜的聲音，水溝邊草地有老鼠的沙沙聲；還有貓頭鷹單調的鳴叫聲，迴盪在岩石的陰影中；沙坡斜面上，滑落的流沙發出上氣不接下氣的斷斷聲。

艾德荷朝流沙發聲的方向轉過身去。

月光下，沙丘上沒有任何動靜。

坦迪斯把保羅帶到了那裡，然後折回來報告情況。從那裡，保羅像一個地地道道的弗瑞曼人一般走向沙漠。

「他瞎了，真的瞎了。」坦迪斯說，好像在解釋什麼，「在這以前，他還有幻象可以告訴我們……可是……」

他聳聳肩。瞎眼的弗瑞曼人應該被拋棄在沙漠裡。穆哈迪儘管是皇帝，但也是弗瑞曼人。他已經和弗瑞曼人說定了，讓他們保護並養育他的孩子。他是個真正的弗瑞曼人。

艾德荷發現，從這裡能看到沙漠的基本輪廓。岩石被月光鑲上了銀邊，在沙地上顯得十分耀眼；

剩下的就是綿延不絕的沙丘。

我不應該丟下他的，哪怕僅僅是一分鐘，艾德荷想。我知道他的腦子裡在想些什麼。

「他告訴我，未來已經不再需要他的存在了。」坦迪斯報告說，「他離開我的時候，回頭喊了一句。『現在我自由了。』就是這句話。」

這些人眞該死！艾德荷想。

弗瑞曼人拒絕派出撲翼機或其他任何搜索工具。搜救，違背他們的傳統習俗。

「會有一條沙蟲等著穆哈迪。」他們說，然後開始吟唱禱詞，爲被遺棄在沙漠中、準備將水交給夏胡露的人祈禱，「沙地之母，時間之父，生命之源，讓他過去吧。」

艾德荷坐在一塊平滑的岩石上，直盯著沙漠。夜晚遮蔽了一切。沒有任何辦法知道保羅到底去了哪裡。

「現在我自由了。」

艾德荷大聲說著這句話，被自己的聲音嚇了一跳。片刻之中，他任憑自己的思緒自由飄蕩。他想起他帶著孩提時候的保羅到卡拉丹海濱市場的那一天。太陽照在水面上，發出耀眼的光芒。大海豐饒的產品靜靜地擺在那兒出售。艾德荷還記起了經常爲他們彈奏巴利斯九弦琴的葛尼．哈萊克，那些歡笑，那些快樂時光。音樂的旋律在他的腦海中跳躍，像咒語一般，引領著他的意識，走進快樂的回憶。

葛尼．哈萊克。葛尼肯定會因爲這個悲劇而責備他。

記憶中的音樂漸漸遠去。

他想起了保羅的話：「宇宙中，有些難題是無解的。」

艾德荷開始猜測，在沙漠深處，保羅會怎樣死去。很快被沙蟲殺死？或是慢慢死於烈日之下？穴地裡，有些弗瑞曼人說穆哈迪永遠不會死，他已進入了神祕的汝赫世界，在那裡，未來的所有可能性都會變成現實。他將在那裡永存，直至肉體消失之後。

他將死去，而我卻無能爲力，艾德荷想。

但他漸漸意識到，不留下任何痕跡地死去，這或許是一種難得的禮遇——沒有屍骸，什麼都沒有，整個星球就是他的墓地。

門塔特，把精力集中在你自己的難題上吧，他想。

他突然想起一句話。這是受命保衛穆哈迪的孩子的軍官們，在交班換崗時的誓語：「身爲軍官，這是我神聖的職責，我將負責……」

單調乏味，自高自大的官腔激怒了他。這句話欺騙了弗瑞曼人。欺騙了所有人。有一個人，一個偉大的人在那兒默默死去，可是這些廢話卻在不痛不癢地，緩慢地說……說……說……

語詞之外的意義在哪兒？那些清晰的、毫不含混的意義在哪兒？在那個無人知曉的地方，帝國權力崛起的地方，被人密密封存起來，以防別人重新發現。他的意識以門塔特的方式搜尋著。似乎找到了，微微閃爍，像誘惑凡人的女妖的頭髮。她在召喚……召喚那些癡迷的水手進入她的翠綠洞穴……

艾德荷猛地一驚，從意識的忘我狀態中驚醒過來。

原來如此！他想。換了我的話也會這樣。與其面對失敗，還不如讓自己消失！

剛才忘我的一刻仍然清晰地留在他的記憶裡。他檢視著它，發現自己的生命在那一刻延伸出去，直至整個宇宙。眞實的肉體囚禁在意識那有限的翠綠色洞穴裡，可是無限的生命卻永存不絕。

艾德荷站了起來，覺得整個身心都被沙漠淨化了。風中的沙子開始飛舞，劈劈啪啪擊打在身後的果樹葉上。夜晚的空氣瀰漫著一股粗糙而乾澀的塵土味，身上的長袍也隨風飄動起來。

艾德荷意識到，遙遠的沙漠深處，一輪巨大的沙暴正在生成，帶著沙塵，捲起陣陣漩渦，發出猛烈的呼嘯聲。飛沙滾滾，像一頭無比巨大的沙蟲，足以將人的皮肉從骨骼上撕去。

他就要和沙海合而爲一了，艾德荷想。沙漠將使他最終成就自己。

眞遜尼的思想像純淨的溪水般洗刷著他的靈魂。保羅會繼續走下去的，他知道。亞崔迪家族的人不會主動把自己交給命運擺布，即使在清楚地意識到這種命運無法避免的時候也不會。

一瞬間，艾德荷觸到了預知幻象，看到未來的人們用談論大海的口氣談論保羅。一生蒙塵，在沙土中奔走，但水一直伴隨著他。「他的肉體沉沒了，」人們會說，「但他卻游了上來。」一個人在艾德荷身後清了清喉嚨。

艾德荷一轉身，認出了那個人影。是史帝加。「沒有人能找到他，」史帝加說，「但每個人都終究會找到他。」

「沙漠奪去他的生命——又將他奉爲神明。」艾德荷說，「但到底，他仍是一個闖入者。他給這個星球帶來了不屬於這裡的物質——水。」

「沙漠自有它的道理。」史帝加說，「我們歡迎他，將他稱爲我們的穆哈迪，我們的神。我們給了他一個神祕的名字，柱子的基石：友索。」

「他畢竟不是眞正的弗瑞曼人。」

「可是這並不能改變這個事實，那就是我們接受了他……徹底接受了他。」史帝加把一隻手搭在艾德荷肩膀上，「所有人都是闖入者，老朋友。」

「你很聰明，對嗎，史帝加？」

「還算吧。我很明白我們的人把好端端的宇宙弄得多麼亂七八糟，但穆哈迪給我們帶來了某種秩序。至少爲了這個，人們會記住他的聖戰。」

「他不會把自己遺棄在沙漠裡的。」艾德荷說，「他瞎了，可是不會放棄。他是一個值得尊敬的、有原則的人。他身上流著亞崔迪家族的血液。」

「他的水會灑在沙地上。」史帝加說，「來吧。」他輕輕抓住艾德荷的手臂，「阿麗亞回來了，她在找你。」

「她和你去瑪卡布穴地了？」

「她幫助清理整治了那些懦弱的耐布，讓他們重新振作起來。他們執行了她的命令……我也是。」

「什麼命令？」

「將叛徒處以死刑。」

「哦。」艾德荷抬頭看了看高處穴地的輪廓，一陣頭暈目眩，「哪些叛徒？」

「宇航公會的人、聖母莫希阿姆、柯巴……還有其他一些人。」

「你殺了一位聖母？」

「是的。穆哈迪留下話說不要殺她。」他聳聳肩，「可是我沒有聽他的，阿麗亞知道我會殺死她。」

艾德荷再次凝視著沙漠，感覺自己終於變成了一個完整的人，能夠清楚地看見保羅所締造的統治模式。判斷策略，亞崔迪家族的訓練手冊上是這樣稱呼這種模式的。人民服從於政府，但被統治者也影響統治者。他懷疑，被統治者是否想過，他們的行爲對統治者的策略會產生怎樣的影響？

「阿麗亞……」史帝加清了清喉嚨，聲音聽上去有些尷尬，「她需要你，需要你在她身邊。」

「但她是女皇。」艾德荷喃喃道。

「攝政女皇，如此而已。」

「生意必須繼續，財富無處不在。她父親過去經常這麼說。」艾德荷低聲道。

「你會來嗎？我們需要你回來。」史帝加窘迫地說，「她幾乎……心神狂亂了。一會兒哭著罵自己的哥哥，一會兒又因爲他的離去悲痛欲絕。」

「我馬上就去。」艾德荷答應道。他聽見史帝加離開了。他站在那裡，迎著愈來愈猛的狂風，任一粒粒沙塵打在自己的蒸餾服上，發出劈劈啪啪的聲響。門塔特意識使他看到了未來的走向。各種各樣的可能性使他眼花撩亂。保羅攪動了一個巨大的漩渦，這個漩渦一旦生成，任何東西都無法阻止它。

比吉斯特姐妹會和宇航公會手伸得太長，因此損失慘重，聲譽掃地。奇扎拉教團因爲柯巴和其他高層人員的叛變而搖搖欲墜。保羅最後自願離去，充分顯示了對弗瑞曼習俗的尊重和認同，最終贏得了弗瑞曼人對他及其家族的忠誠。他現在已經永遠成爲他們中的一員。

「保羅走了！」阿麗亞聲音哽咽。她出現了，悄無聲息地站在艾德荷身邊，「他是個傻瓜，鄧肯！」

「別那麼說！」他呵斥道。

「整個宇宙都會這麼說，我受不了。」她說。

「這是爲什麼，看在對神之愛的份上？」

「看在對我哥哥之愛的份上，不是神。」

眞遜尼洞察力使他的意識擴張開來。他察覺到她已經沒有了幻象——加妮去世後就沒有了。「妳愛的方式很奇怪。」他說。

「愛？鄧肯，他甩甩手就瀟瀟灑灑上路了，哪管身後的世界會混亂成什麼樣！他完全可以平平安安繼續過下去……而且可以讓加妮復活，陪著他！」

「那麼……爲什麼他不繼續這樣下去呢？」

「老天啊。」她低語道，然後又提高聲音說，「保羅一生都在逃避聖戰，避免被神化。至少，他現在自由了。他選擇了自由！」

「啊，對了——還有那個幻象。」艾德荷迷惑地搖搖頭，「它解釋了加妮的死。他的月亮墜落了。」

「他很傻，對嗎，鄧肯？」

艾德荷的喉嚨因爲悲哀而抽緊了。

「眞是個傻瓜！」阿麗亞喘著氣，盡力保持鎭定，「好吧，他得到了永生，而我們卻注定死去！」

「阿麗亞，別這麼說……」

「只是太難過了而已，」她說，聲音很低，「難過。你知道我還得爲他做什麼嗎？我要救那個伊如蘭公主的命。那個人的命！你該去聽聽她的悲號。她嚎啕大哭，淚流不止，把水送給死者；她發誓說她其實是愛他的，只是自己不知道而已。她咒罵比吉斯特姐妹會，說自己要付出畢生心血來養育保羅的孩子。」

「妳相信她？」

「有一點可信的味道！」

「啊。」艾德荷輕聲道。最後的結局清清楚楚展示在他的意識中。伊如蘭公主與比吉斯特姐妹會的決裂是最後一步，它使姐妹會喪失了任何攻擊亞崔迪繼承人的本錢。

阿麗亞抽泣起來，身子靠著他，臉埋在他的胸膛上。「哦，鄧肯，鄧肯！他走了！」

艾德荷把自己的嘴唇挨到她的頭髮上，「求求妳，別難過了。」他低聲說，感到她的悲哀和自己的混合在一起，像兩條小溪融入了同一個水池。

「我需要你，鄧肯。」她嗚咽著說，「愛我！」

「我愛妳。」他耳語道。

她抬起頭，月光照著他的臉龐，「我知道，鄧肯。愛是相通的。」

她推開他，握住他的手，「你願意陪我一塊兒走走嗎，鄧肯？」

「無論妳去哪裡。」他說。

她領著他，穿過暗渠，消失在山丘底部的黑暗之中，那裡是安全之鄉。

尾聲

穆哈迪走了，
沒有蒸餾葬禮的痛苦惡臭，
沒有解救靈魂的喪鐘肅穆，
沒有那些貪婪的影子。
他是傻子聖徒，
幸運的陌生人，永遠活在
理智的邊緣。
敞開你的心扉，他就在那裡！
他血腥的和平，灰暗的皇權，
搖撼我們陷入預言之網的宇宙，
至一瞬寧靜光芒的邊緣——看哪！
從繁密的群星叢林裡，
走來了神祕而致命，沒有眼睛的哲人，
預言的神使，他的聲音永不消失！
夏胡露，他在永恆的河濱等著你。
那兒，情侶們在悠閒踱步，默默地相互凝視，
美麗而永不滿足的愛。

而他大踏步穿過時間的漫長通道，
將愚鈍的自我拋在身後。

——《死靈讚美詩》

你喜歡貓頭鷹出版的書嗎？

請填好下邊的讀者服務卡寄回，

你就可以成爲我們的貴賓讀者，

優先享受各種優惠禮遇。

貓頭鷹讀者服務卡

謝謝您購買：＿＿＿＿＿＿＿＿＿＿＿＿＿＿＿＿＿＿＿＿＿＿＿＿＿＿＿＿（請填書名）

為提供更多資訊與服務，請您詳填本卡、直接投郵（免貼郵票），我們將不定期傳達最新訊息給您，並將您的建議做為修正與進步的動力！

姓名：＿＿＿＿＿＿＿＿＿＿ □先生 □小姐　民國＿＿＿年生　□單身　□已婚

郵件地址：□□□ ＿＿＿＿＿縣市＿＿＿＿＿鄉鎮市區＿＿＿＿＿＿＿＿

聯絡電話：公（0　）＿＿＿＿＿＿　宅（0　）＿＿＿＿＿＿　手機＿＿＿＿＿＿

■**您的E-mail address：**＿＿＿＿＿＿＿＿＿＿＿＿＿＿＿＿

■**您對本書或本社的意見：**

您可以直接上貓頭鷹知識網（http://www.owls.tw）瀏覽貓頭鷹全書目，加入成為讀者並可查詢豐富的補充資料。
歡迎訂閱電子報，可以收到最新書訊與有趣實用的內容。大量團購請洽專線 (02) 2356-0933轉282。
歡迎投稿！請註明貓頭鷹編輯部收。

廣 告 回 信
台灣北區郵政管理局登記證
台北廣字第000791號
免 貼 郵 票

104 台北市民生東路二段141號2樓

英屬蓋曼群島商家庭傳媒（股）城邦分公司

貓頭鷹出版社　　收